I0713412

NOUÉ SOUS LE GUI

DOUCE ROMANCE OMEGAVERSE

UN ROMAN DE WHISPERING GROVE

HARLEY KNIGHT

Traduction
MEET CUTE MEDIA

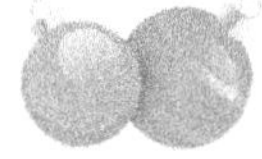

TABLE DES MATIÈRES

NOUÉ SOUS LE GUI

Qu'y a-t-il de pire que tout perdre ? Devoir s'accoupler pour tout garder.

Il me reste vingt et un jours avant la veille de Noël pour trouver un compagnon — sinon, mon bar ira à mon cousin avide de pouvoir. Vingt et un jours pour renier tout ce en quoi je crois, à commencer par mon indépendance. Vingt et un jours avant que le testament de ma tante ne ruine tout.

Heureusement, ma meilleure amie a un plan : trois rendez-vous à l'aveugle, trois semaines, trois Alphas qui font hurler mes instincts d'Oméga.

Un brasseur taciturne aux mains expertes et au regard dangereux.

Un aventurier sauvage, amateur de plein air, dont le sourire promet des nuits sans fin.

Un expert en sécurité sombre et troublant, dont les ténèbres répondent aux miennes.

On dit que certains Omégas ont besoin de trois points d'ancrage.

Moi ? Je dis que je n'ai besoin de personne.
Dommage que mes chaleurs ne soient pas de cet avis.

RUBY

e déteste le son des cloches de Noël à six heures du matin.

Elles résonnent dans les rues vides, rebondissent sur la neige fraîche, se faufilent par la fente sous la porte de service de la boulangerie Flour & Fable, où je suis en train de préparer ma quatrième fournée de snickerdoodles. Mes mains tremblent tandis que je dose la cannelle — la bonne, celle de Ceylan, parce que Tante Eve m'a appris à ne jamais lésiner sur les choses importantes. Le glaçage au sucre scintille sous les néons agressifs, mais tout ce à quoi je peux penser, c'est qu'il me reste exactement vingt et un jours pour sauver tout ce que je possède.

Vingt et un jours pour trouver un partenaire.

Vingt et un jours jusqu'à la veille de Noël.

Vingt et un jours avant que je ne perde mon bar au profit de mon cousin.

Ma poitrine se serre chaque fois que j'y pense, c'est-à-dire tout le temps.

Le saladier heurte le comptoir en métal plus fort que nécessaire tandis que je bats la préparation. Lily va me tuer si je réveille Chonky, son précieux levain. Je jurerais que cette masse de farine et d'eau me juge chaque fois que j'entre dans sa boulangerie pour ma séance de pâtisserie thérapeutique matinale. Mais c'est toujours mieux que d'être seule dans mon appartement au-dessus du bar, où chaque craquement ressemble à des bruits de pas et où chaque ombre recèle des souvenirs.

— Au moins, moi, je n'ai pas besoin d'être nourrie tous les jours, je marmonne en direction du levain, tout en crémant agressivement le beurre et le sucre. Le mouvement familier aide à calmer mes doigts tremblants. — Et je ne vis pas dans un bocal.

Génial. Maintenant, je parle à des bactéries. La prochaine étape, c'est de chanter des chants de Noël et de croire au Père Noël.

Dehors, les haut-parleurs de la ville crépitent, pile à l'heure, à six heures du matin. L'office du tourisme de Whispering Grove pense que les visiteurs ont besoin de l'esprit de Noël vingt-quatre heures sur vingt-quatre. Douce Nuit s'insinue à l'intérieur, et j'attrape l'extrait de vanille, prétendant que l'humidité dans mes yeux est due au froid. Mon nez capte l'odeur d'un autre Oméga, quelque chose comme de la menthe poivrée, avant que j'entende la porte grincer.

Je sais instantanément que c'est Lily, la propriétaire et boulangère de Flour & Fable Bakery et l'une de mes meilleures amies.

— Si tu comptes pâtisser à cause du stress, tu pourrais au moins m'envoyer un texto, dit Lily.

Je me retourne vers elle. Elle se tient dans l'embrasure de la porte de la cuisine, venant très probablement de descendre de son appartement à l'étage. Elle porte un pyjama à motifs de sucres d'orge et une doudoune, ses boucles brunes enfouies sous un bonnet. Elle renifle l'air en plissant le nez.

— Ton odeur est partout. Un Oméga en détresse à six heures du matin, ce n'est pas vraiment subtil.

— Désolée. Mais je ne le suis pas. — Je ne voulais pas te réveiller.

— S'il te plaît. Elle me lance un sourire en coin. — Comme si je dormais quand tu diffuses ton anxiété de l'autre côté de la rue. Elle se traîne jusqu'au comptoir mural et en revient avec un scone chocolat-cerise. Elle saute sur le plan de travail, balançant ses pieds dans des chaussettes duveteuses. — Alors, tu veux me dire pourquoi tu pâtisses pour déstresser au lieu de décorer ton bar pour les fêtes comme une commerçante normale ?

Je me concentre sur ma pâte à biscuits pendant qu'elle croque dans son scone.

— Le bar est très bien comme il est.

— Ruby, tu n'as pas mis une seule décoration de Noël. Même la station-service a un sapin.

— La station-service n'est pas tenue par… Je m'interromps, mais Lily termine à ma place.

— Une Oméga bonne à rien ? C'est ce que Marcus a encore dit ?

La cuillère en bois se fissure dans ma main.

Lily fronce les sourcils.

— Tu devrais le dénoncer, dit-elle doucement. Le Conseil des Droits des Omégas…

— Ne ferait rien. C'est un connard d'Alpha avec des relations. Je suis juste… — Je me désigne d'un geste, couverte de farine et manifestement incapable de me comporter comme un Oméga convenable. — Ça.

— Tu es incroyable. Et ça, c'est plutôt génial, si tu veux mon avis. — Lily prend une autre bouchée de son scone. — Qu'est-ce que tu as mis dedans ?

— Du chocolat noir, des cerises séchées et… — Exactement comme le faisait Tante Eve. Le souvenir me frappe sans crier gare, et l'étau dans ma poitrine se resserre. Eve dans sa cuisine, des mèches argentées s'échappant de son chignon, me montrant comment plier la pâte. *Ajoute toujours de la cardamome, Ruby. Ça donne de la profondeur, comme une bonne histoire.*

Je n'avais pas fait ces scones depuis la mort d'Eve, mais pour une raison quelconque, je me suis surprise à les faire aujourd'hui. Je n'ai pas non plus décoré pour Noël depuis que j'ai quinze ans. Je n'ai laissé personne s'approcher assez pour…

Un bruit de fracas quelque part à l'extérieur plus la boulangerie nous fait sursauter toutes les deux. Le scone de Lily s'envole.

— Ce ne sont que des ratons laveurs, dit-elle nerveusement, mais je me dirige déjà vers la porte. — Ruby, attends…

L'air de décembre me frappe comme une gifle, et ma peau frissonne sous l'effet du froid. La neige crisse sous mes bottes alors que je contourne la benne à ordures, la lampe torche de mon téléphone éclairant des détritus éparpillés. Normalement, je ne cours pas vers le danger, mais j'ai déjà vu des ratons laveurs dans cette ruelle, et la dernière fois, il y en avait un petit que je voulais capturer pour l'aider, sauf qu'il m'a échappé. Ils descendent des montagnes voisines à la recherche de nourriture facile.

Un cliquetis métallique attire mon attention sur une poubelle renversée.

C'est alors que je le vois — un jeune raton laveur qui se débat contre un ruban rouge enroulé autour de son cou, accroché à la poignée de la poubelle. Mon cœur s'arrête.

Soudain, un souvenir me revient en un éclair…

— Reste tranquille, ma petite Ruby. Le ruban doit être parfait pour les photos de Noël.

Des doigts qui serrent trop fort. Je n'arrive plus à

respirer. Maman boit encore, et le ruban me cisaille le cou, et Papa s'énerve à cause des honoraires du photographe qui attend, et leurs odeurs sont insupportables — la rage Alpha et la peur Oméga se mélangeant jusqu'à m'en étouffer...

Les piaillements paniqués du raton laveur me ramènent à la réalité. Je déteste cette acidité qui me brûle l'estomac chaque fois que mon passé me rattrape. Me reconcentrant sur l'animal poilu, qui se débat maintenant plus fort, le ruban se resserrant à chaque mouvement, je m'approche.

— Hé, dis-je dans un murmure en m'accroupissant lentement. — Hé, mon petit. Je sais exactement ce que tu ressens.

Il se fige, ses yeux de jais reflétant ma lampe torche. De près, je vois qu'il est jeune et que c'est peut-être celui que j'ai vu auparavant. C'est probablement son premier hiver seul, comme je l'étais ce réveillon de Noël où tout a volé en éclats.

— Être piégé, ça craint, n'est-ce pas ? — Je me rapproche encore, gardant ma voix douce. — Surtout par quelque chose de joli. Quelque chose qui est censé être festif.

Le raton laveur me regarde, respirant toujours vite, mais ne se débattant plus.

— Je vais t'aider, d'accord ? Mais tu dois me faire confiance. Juste une minute.

Je tends la main vers le ruban avec des doigts

tremblants. Le raton laveur claque des dents et attrape ma main entre ses pattes avant. Je grimace, mais il ne me mord ni ne me griffe, et je ne retire pas ma main. Je ne sais que trop bien à quel point la peur peut pousser à mordre.

— Oui, je comprends ça aussi. Faire confiance, ça fait mal parfois. Mais être piégé, ça fait encore plus mal.

Rapidement, je m'emploie à desserrer le ruban. C'est du satin synthétique, bas de gamme et cruel, comme ceux que Maman achetait en gros pour des photos de Noël parfaites. Une dernière traction et le raton laveur détale, me laissant avec le lambeau de tissu rouge à la main. J'ai la gorge serrée au souvenir de mon passé avec ma mère.

— Ruby ? La voix de Lily s'élève depuis le seuil de la porte, interrompant le fil de mes pensées. Tu vas bien ?

— Bien. Je fourre le ruban dans la poubelle. Très bien.

Quand je me retourne, elle n'est pas seule. Hannah, sa sœur, se tient elle aussi au bout de la ruelle, déjà vêtue d'un pantalon noir et d'une chemise blanche surmontée d'un gilet noir ajusté : l'uniforme de la boulangerie. Elle se serre dans ses bras dans la faible lueur du matin.

— Il faut qu'on parle, dit-elle d'un ton sérieux en s'adressant à moi.

— Je suis en train de pâtisser. Je retourne vers la boulangerie.

— Tu te caches. Hannah me barre le passage.

— Pas du tout. Je fourre les mains dans mes poches.

— Alors, les cartons de Noël dans ton bureau, ça ne compte pas ? Et l'offre de Marcus non plus ?

Mon sang se glace dans mes veines rien qu'à entendre le nom de mon cousin. Je ne veux pas avoir à gérer ça si tôt le matin.

Soudain, des phares balayent la ruelle, peignant de longues ombres sur les murs de brique. Une Mercedes noire passe lentement, la silhouette de mon cousin visible à travers les vitres teintées.

Quand on parle du loup, on en voit la queue !

Mes entrailles se serrent alors que je le regarde rôder dans cette partie de Whispering Grove, si loin de son manoir dans les collines privées de l'autre côté de la ville. Ce passage n'a rien d'innocent. Chacun de ses passages en voiture est calculé, un rappel silencieux du pouvoir qu'il détient sur le destin de mon bar. Il sait exactement ce qu'il fait, en passant devant mon bar comme s'il prenait déjà les mesures pour de nouvelles enseignes, choisissant les installations pour le moment où le testament de ma tante me forcera finalement la main.

Marcus tourne très légèrement la tête, et même à travers la vitre teintée, je devine son sourire narquois.

Bientôt à moi, dit ce sourire. Tout à moi.

La voiture disparaît au coin de la rue, mais le froid persiste. Je grince des dents.

Connard !

— Entrez, dit rapidement Lily. Toutes les deux. Je vais faire du thé.

La chaleur de la boulangerie m'enveloppe pendant que Lily met la bouilloire à chauffer. Hannah se perche sur un tabouret tandis que je me dirige vers l'évier et me lave vigoureusement les mains avec du savon désinfectant et de l'eau chaude. Ensuite, je les sèche et retourne à mes biscuits abandonnés, roulant méthodiquement la pâte en boules et les enrobant de sucre à la cannelle. Les gestes sont automatiques et apaisants. Tante Eve m'a appris cette recette le jour où elle a appris que mes parents m'avaient mise à la porte.

— Ruby. La voix d'Hannah est douce. Parle-nous. Est-ce que Marcus t'a rendu une autre visite ? Qu'est-ce qu'il a dit cette fois ?

Je lève le regard, fixant les sœurs qui me soutiennent toujours. — Rien de nouveau. Il m'a juste rappelé que très bientôt, tout cela n'aura plus d'importance. Le bar sera à lui.

— Il doit y avoir un moyen… commence Lily.

— Il n'y en a pas. Je passe près du comptoir couvert de farine. J'ai examiné tous les angles juridiques. Le testament d'Eve est clair. Je dois être unie et mariée à un Alpha avant la veille de Noël, ou tout revient à Marcus. Le bar. Le bâtiment. Son appartement. Absolument tout.

— C'est barbare, murmure Lily, les lèvres pincées. Faire de l'union une condition d'héritage.

Hannah soupire lourdement, les épaules raides. — Je le déteste tellement. Et ta tante n'aurait pas dû te mettre dans cette situation.

— Elle pensait bien faire. — Les larmes finissent par couler. — Elle s'inquiétait que je sois seule. Elle voulait s'assurer que celui que je choisirais serait assez engagé pour partager l'affaire, comme ça je ne peux pas épouser n'importe qui, puis divorcer plus tard, car il obtiendrait automatiquement la moitié du bar et de l'appartement, comme le stipule le testament de ma tante. Mais elle ne savait pas que Marcus allait…

Allait quoi ? Se transformer, lui, le cousin qui partageait autrefois mes crayons de couleur, en un Alpha déterminé à me remettre à ma place ? Utiliser ses relations pour faire fuir tous mes partenaires potentiels ? Faire bien comprendre qu'aucun vrai Alpha ne voudrait d'une Oméga défectueuse au milieu de la vingtaine qui n'a pas eu ses chaleurs, qui tenait un bar au lieu d'un foyer, et qui ne pouvait même pas gérer Noël sans s'effondrer.

La bouilloire siffle. Lily verse trois tasses du mélange chaï spécial d'Eve. Les épices emplissent l'air, se mêlant à l'odeur des biscuits.

— On a fait quelque chose, finit par dire Hannah

en jetant un coup d'œil à Lily, qui hoche la tête. C'est de ça qu'on voulait te parler. C'est quelque chose pour lequel tu pourrais nous détester, mais j'espère que tu ne le feras pas.

— S'il te plaît, ne nous déteste pas, la supplie Lily.

Ce ton n'annonce jamais rien de bon. Je plisse les yeux, légèrement effrayée.

— Quel genre de quelque chose ?

Lily prend une petite gorgée en me fixant du regard, et plus elle fait durer le suspense, plus je sais que ça va être terrible. — On t'a arrangé des rencontres avec des Alphas. Trois d'entre eux, d'ici la date butoir.

La tasse me glisse des mains et se brise sur le sol. Le thé éclabousse mes jambes, mais je le sens à peine. Ma poitrine se serre tandis qu'un ruban fantôme m'enserre la gorge.

— Non. — Le mot sort d'une voix étranglée. — Pas de rendez-vous. Pas d'Alphas. Pas de…

— Ruby, respire. — Lily est à mes côtés en un instant, m'aidant à calmer mon cœur qui s'emballe. — Respire profondément.

— Tu ne comprends pas. — Je m'agrippe au comptoir, les jointures blanches. — J'ai essayé les rencontres, tu te souviens ? Six catastrophes en deux mois. Un Alpha m'a carrément fait la morale sur le fait que les Omégas ne devraient pas posséder d'entreprise. Un autre voulait juste m'aider en rachetant le bar lui-même. Et le dernier… — Je frissonne. — Disons simplement que Marcus s'est assuré qu'il comprenne ce qui arrive aux Alphas qui touchent à sa propriété.

— Ceux-là sont différents, insiste Hannah. On les a approuvés personnellement. Ils ne sont pas sous l'influence de Marcus.

— Vous êtes toutes les deux pâtissières, pas des entremetteuses ! je réplique, peut-être plus durement que je ne le voulais, mais je panique intérieurement. Je n'ai eu que de mauvaises expériences avec les Alphas, sans parler du fait que je ne cesse de me souvenir de la façon dont mon père traitait brutalement ma mère Oméga et comment elle ne s'est jamais rebellée. Je ne veux pas finir comme ça…

— Nous sommes tes amies, et je te vois te laisser dévorer par la peur, dit Lily.

— Je n'ai pas peur ! — Les mots résonnent contre les appareils en acier. Le bocal de Chonky manque de vibrer sur son étagère. — Je suis pragmatique. Le bar, c'est tout ce que j'ai. Les souvenirs d'Eve sont tout ce que j'ai. Je ne peux pas risquer de…

— Risquer quoi ? D'être heureuse ? D'avoir un vrai partenaire au lieu de simplement survivre ? l'interrompt Hannah.

Mes mains tremblent alors que j'essaie de ramasser les débris de la tasse. Un bord tranchant érafle ma main déjà blessée, et je grimace.

— Ruby. — Hannah s'accroupit à côté de moi,

rassemblant elle aussi des éclats de céramique. — Laisse-nous t'aider.

Je ferme les yeux, revoyant le sourire narquois de Marcus alors qu'il se penchait sur mon bar hier après-midi. Son odeur d'Alpha avait rempli l'espace, forçant les autres clients à se soumettre inconsciemment. Me forçant à lutter contre chaque instinct d'Oméga qui me poussait à exposer ma nuque et à me soumettre. À admettre que j'étais soumise et qu'il pouvait prendre les décisions pour moi. Rien que cette pensée accélère ma respiration, mon cœur s'emballe.

— Il a dit qu'il me faciliterait la tâche. — Ma voix semble lointaine. — Je lui cède le bar maintenant, et il me laissera le gérer. Sous sa supervision, bien sûr. Parce que, de toute évidence, une Oméga non liée ne peut pas gérer des décisions commerciales. — Un rire amer m'échappe. — Il a dit qu'il me laisserait même garder mon appartement à l'étage. Si j'apprends ma place.

Lily grogne, un son surprenant de la part d'une Oméga. — Il n'a pas le droit de…

— Il peut le faire. Et dans vingt et un jours, il le fera.

Je me lève brusquement, ressentant le besoin de bouger.

— Sauf si je m'accouple avec quelqu'un. N'importe qui. Le laisser posséder la moitié de mon entreprise, la moitié de ma vie, la moitié de mon âme, juste pour empêcher Marcus de tout prendre.

— Essaie au moins de rencontrer ces Alphas, me supplie Hannah. Si c'est horrible, alors tu n'auras rien perdu. Mais si l'un d'eux était le bon ?

Dehors, on entend *Jingle Bells*. À l'intérieur, mes cookies sont en train de brûler, c'est certain, et je vais les sortir du four. Puis je regarde de l'autre côté de la rue, vers le bar Winterscape, les fenêtres de mon bar jetant une lueur chaude dans l'obscurité.

Bientôt, je vais tout perdre.

— Je ne peux pas. Les mots restent coincés dans ma gorge. Hannah, Lily, je… Je ne suis pas prête. Je ne peux pas revivre ça.

— Ruby…

— Non. Mes nerfs sont à vif. Je préférerais perdre le bar plutôt que de me perdre moi-même au profit d'un Alpha et de finir comme ma mère.

Au moment même où je le dis, je sais que c'est un mensonge ; c'est ma peur qui parle. Alors que le visage d'Hannah se décompose, que Lily me serre dans ses bras et que les haut-parleurs de la ville passent *Let It Snow*, je sais que je mens.

Parce que dans vingt et un jours, de toute façon, je perdrai les deux.

Le moteur de la Mercedes vrombit de nouveau en passant. Attend. Observe. Sait.

Je reste figée, chaque respiration plus courte que la précédente, comme un nœud coulant qui se resserre lentement… et je suis à court de moyens pour lutter.

Je repense à ce que j'ai dit à ce raton laveur, plus tôt, dans la ruelle.

« Faire confiance fait parfois mal. Mais être piégée fait encore plus mal. » C'est drôle comme les conseils finissent toujours par vous revenir en pleine figure.

2

RUBY

Celui ou celle qui a décrété que les guirlandes de Noël ne devaient en faire qu'à leur tête mériterait du charbon dans ses chaussettes... pour l'éternité.

Mes mains tremblent tandis que je me bats avec une guirlande lumineuse blanche emmêlée qui a réussi à s'entortiller entre ma voiture et mon stand sur la Grande Rue, pendant le festival hivernal de la bière artisanale de Whispering Grove. Ce tremblement ne vient pas seulement du froid ou de la nuit blanche que j'ai passée à cuisiner. C'est le genre de frisson qui vous parcourt l'échine quand on sait que le temps nous est compté.

— Je jurerais que ces machins se reproduisent juste pour se payer ma tête, je marmonne pour moi-même, en essayant de garder une voix stable. Vingt jours. L'échéance plane sur moi comme une lame de guillotine.

Je prends une profonde inspiration, essayant de refouler mon anxiété au plus profond de moi.

Le festival s'agite autour de moi, les vendeurs installent leurs stands sous un ciel matinal gris qui menace de nouvelles chutes de neige. Mon stand — qui n'est techniquement qu'une extension de l'emplacement habituel de mon bar lors des événements locaux — semble tristement dépouillé comparé aux fééries hivernales qui surgissent tout autour. Même l'enseigne a l'air fatiguée, les lettres dorées que Tante Eve avait peintes à la main commencent à s'estomper : Winterscape Bar & Brasserie – Fondé en 1962.

— Tu sais, lance Erica depuis son stand de cupcakes voisin. Les gens normaux décorent avant le jour de l'événement.

— Les gens normaux dorment la nuit au lieu de faire de la pâtisserie. Mes paroles sortent plus sèchement que je ne le voulais. Je vois un éclair de peine dans ses yeux et je le regrette aussitôt. Ce n'est pas sa faute si j'ai passé la nuit dernière à alterner entre pâtisserie anti-stress et crises de panique à cause de la dernière offre de Marcus pour racheter le bar.

— À ce propos, j'ajoute d'une voix plus douce, essayant d'arranger les choses. J'ai entendu dire que tu avais des cupcakes à la bière cette année. Whispering Grove a peut-être plus de boulangeries par habitant que n'importe où ailleurs en Amérique, mais les créations d'Erica sont uniques et délicieuses.

Son visage s'illumine tandis qu'elle arrange des cupcakes au glaçage parfait. — Tu n'as pas idée à quel point ils sont réussis. On pourra faire un échange plus tard… une bière contre un cupcake ?

— Marché conclu. Les guirlandes se rebellent alors que je monte sur une chaise, les doigts engourdis par le froid et l'épuisement. Le métal vacille sous mes pieds — évidemment, puisque tout dans ma vie semble sur le point de s'effondrer.

— Vous avez besoin d'aide pour ça ?

La voix grave me surprend. Ma chaise bascule, les lumières s'enroulent autour de mes bras tandis que je m'agite en vain. Des mains fortes attrapent ma taille, me stabilisant. Son odeur me frappe de plein fouet — des aiguilles de pin et du houblon, oui, mais en dessous, il y a ce parfum familier, plus sombre et plus riche, comme des grains de café torréfiés avec de la vanille. J'adore cette sensation de bien-être qui m'envahit quand je le respire, mes entrailles commencent à s'apaiser, et je crois que je m'emballe. Qu'est-ce qu'il m'a fait ? Ma poitrine me fait mal de désir, et un feu s'allume entre mes cuisses, ce qui déclenche immédiatement des signaux d'alarme dans ma tête.

— Ces guirlandes sont un risque d'incendie, dit l'inconnu, ses mains toujours douces sur ma taille, et j'ai du mal à penser à autre chose qu'à son contact brûlant. À mon corps qui frémit de partout. Quand je lève enfin les yeux, je manque de perdre l'équilibre à nouveau.

Il est grand — la plupart des Alphas le sont — mais ce n'est pas seulement sa taille qui impose le respect. Des cheveux sombres coiffés en arrière sur un visage qui devrait faire la une d'un magazine de sport masculin, bien que le gris sur ses tempes adoucisse ce qui pourrait autrement être une perfection intimidante. Ses yeux me rappellent un vert forêt avec des reflets bleus, plissés aux coins par l'inquiétude. Un tatouage recouvrant tout son bras, représentant le processus de brassage, descend le long d'un de ses bras, visible sous un Henley aux manches retroussées, et un pantalon cargo ne fait rien pour cacher tous ces muscles. Je suis sous le charme.

Respire, Ruby. Respire.

— Mon cousin aussi, mais les services d'hygiène ne l'ont pas encore fait fermer. Les mots m'échappent avant que le filtre de mon cerveau ne s'enclenche, et je me crispe immédiatement, attendant sa réaction. Les Alphas n'aiment pas les Omégas qui ont de la répartie. J'ai appris cette leçon très jeune, généralement avec une main autour de ma gorge.

Il rit, d'un rire grave et sincère, et me repose délicatement sur la terre ferme.

— Argument valable. Mais je préfère une installation électrique douteuse à des parents douteux, n'importe quand. Il recule d'un pas, les mains levées en signe de reddition. Vous voulez un coup de main ? Je suis une sorte d'expert pour démêler les catastrophes.

Les sirènes d'alarme hurlent de plus belle. Il a l'air… inoffensif. Ce qui le rend plus dangereux que n'importe quel Alpha ouvertement agressif. La confiance est un luxe que je ne peux pas me permettre, pas avec Marcus qui me souffle dans le cou.

— Ça va aller, dis-je rapidement, en plaçant la chaise entre nous. Mais merci…

— Garrett. Il me désigne le stand en face du mien. L'enseigne indique « Mountain Gate Brewing Co. » en lettres peintes à la main. Pas de bannière sophistiquée, pas de logo d'entreprise. Juste la passion et — mon cœur rate un battement — un stout au café sur sa carte des bières pression.

Concentre-toi, Ruby.

J'ai déjà vu la marque en ville et j'ai même goûté certaines de leurs bières, qui sont toujours exceptionnelles, mais je n'ai jamais su à qui appartenait la brasserie… jusqu'à maintenant.

— Tu es la nièce d'Eve, dit-il soudainement. Celle qui a hérité du Winterscape Bar.

Mes épaules se crispent. Chaque muscle de mon corps se prépare au sermon habituel sur le fait que les Omégas ne peuvent pas gérer une entreprise seules, que nous avons besoin des conseils d'un Alpha, que nous devrions nous concentrer sur la recherche d'un partenaire au lieu d'essayer de rivaliser dans un monde qui n'a pas été construit pour nous. Lily fait face aux mêmes problèmes, mais comme elle gère sa boulangerie avec sa sœur, cela semble en quelque sorte plus acceptable.

— Ruby, je réponds sèchement. Et oui, je gère le bar. Avec succès. Sans aide.

— Je sais. Son sourire me prend au dépourvu. Ton stout impérial allemand a remporté le premier prix au printemps dernier. Et ta version de la bière d'hiver d'Eve ? Ajouter de la cardamome était une idée de génie. Ça lui donne de la profondeur.

Je cligne des yeux. — Tu connais la recette originale de ma tante Eve ?

— J'aidais à la mise en bouteille pendant mes étés au lycée. Eve m'a laissé étudier ses techniques quand tout le monde disait que les Alphas n'avaient pas la patience pour le brassage artisanal et que ça devait être laissé aux Bêtas. Son sourire se tord ironiquement. Elle avait des opinions bien arrêtées sur la place de chacun dans la société.

Je ris. — C'est tout elle.

Quelque chose dans sa voix résonne d'une vieille douleur, mais avant que je puisse répondre, une ombre s'abat sur moi, et la température semble chuter de dix degrés. Une eau de Cologne familière perce le brouhaha du festival, chère et calculée, conçue pour masquer l'odeur naturelle d'un Alpha.

Une seule personne en ville se donnerait cette peine.

Mon sang se glace.

— Tiens. Marcus apparaît tel un cauchemar dans un manteau de laine taillé sur mesure qui coûte probablement plus cher que mon loyer mensuel. Tout en lui crie la vieille fortune, le vieux pouvoir — de ses cheveux sombres parfaitement coiffés à ses chaussures en cuir italien. Il est beau de cette manière froide et cruelle qui pétrifie les proies sur place. — Tu fais déjà du réseautage, petite Ruby ? Comme c'est… progressiste.

Mes mains se crispent sur les guirlandes lumineuses, le plastique s'enfonçant dans mes paumes. Le regard de Garrett se rétrécit brusquement sur mon cousin, mais je m'avance avant qu'il ne puisse parler. Le dernier Alpha qui a tenté de me défendre a fini à l'hôpital avec la mâchoire cassée. Marcus s'est assuré que tout le monde sache que c'était un accident de ski.

— Vous ne devriez pas être à votre country club ? je demande d'une voix neutre, prudente. Ne montrer aucune peur. Ne montrer aucune faiblesse.

Marcus se rapproche, utilisant sa taille pour me dominer. — Vingt jours, petite. Sa voix tombe à un murmure qui me griffe la colonne vertébrale comme de la glace. — Bien qu'on pourrait accélérer les choses si tu continues à… décevoir la famille. Que dirait ton père en voyant sa fille unique écarter les jambes pour n'importe quel Alpha qui possède une brasserie ?

Ces mots crus me frappent comme une gifle. Je sens le goût du sang là où je me suis mordu la joue, essayant de ne pas montrer à quel point il m'a ébranlée. Mais mes mains tremblent alors que j'essaie de démêler une autre section de guirlandes, et je sais qu'il le voit. Il voit toujours les fissures dans mon armure.

Il sait que mentionner mon père me fait perdre tous mes moyens. Ma mère a toujours pris son parti contre moi, malgré la façon dont il la traitait, et depuis son décès, il n'a jamais cherché à me contacter une seule fois.

— J'ai entendu dire que l'inspecteur de l'hygiène faisait sa ronde aujourd'hui, continue Marcus, sa voix toujours trop basse pour que les autres l'entendent. Ce serait dommage que quelque chose soit... non conforme. Ces vieux bâtiments, tant d'infractions potentielles. Un mauvais rapport et la banque pourrait reconsidérer cette prolongation de prêt.

— Y a-t-il un problème ici ? La voix de Garrett pourrait glacer l'enfer.

Marcus se redresse, sans pour autant atteindre la taille de Garrett, mais son masque public se remet en place tandis qu'il carre les épaules.

— Juste une discussion de famille. Quoique, je suis surpris que vous perdiez votre temps avec elle. Il arbore un sourire moqueur à mes dépens, le menton pointé dans ma direction. — Ruby a une sacrée réputation… d'instabilité. Mais c'est peut-être ce qui plaît à des gens de votre genre.

— Mon genre ? La question de Garrett est presque un grognement.

— Des brasseurs de seconde zone qui jouent à avoir du succès. Marcus ajuste son col déjà impeccable. — Quoique, je suppose qu'on ne peut pas faire la fine bouche. Vingt jours, Ruby. Tic-tac.

Il s'en va, mais sa présence persiste comme une ecchymose. Mes jambes menacent de flancher. Mes mains ne cessent de trembler. Au stand d'à côté, je surprends le regard de Sophie et de son Alpha, plein d'une pitié non dissimulée, et quelque chose en moi s'effondre. Je déteste ça — déteste être le spectacle, la risée, l'Oméga qui a osé croire qu'elle pouvait voler de ses propres ailes.

— Ruby ? La voix de Garrett est douce. Trop douce. — Est-ce que tu…

— Je vais bien. Les mots sortent, cassants. — Tu devrais y aller. Marcus a des méthodes pour créer des problèmes aux gens qui m'aident.

— Ça tombe bien, j'aime les problèmes. Il y a maintenant de l'acier sous son sourire désinvolte, une rage soigneusement contenue. — On échange des échantillons plus tard ? J'ai une porter vieillie en fût de bourbon qui a besoin d'un avis sincère.

Une partie de moi veut dire oui. Une plus grande partie se souvient du dernier Alpha qui a proposé d'échanger des échantillons — se souvient de s'être réveillée trois jours plus tard à l'hôpital, les médecins disant que j'avais eu de la chance qu'ils aient détecté les hormones de liaison à temps.

— Je ne pense pas que ce soit une bonne idée. Je me concentre sur l'accrochage des guirlandes lumineuses, en feignant que mes mains ne tremblent pas. — Mais merci.

Je sens ses yeux sur moi tout au long de la matinée, entre le service des échantillons et les explications sur les recettes d'Eve aux clients. Il n'est pas ostentatoire, mais j'ai trop l'habitude d'être observée pour ne pas sentir le poids de son regard. Cela devrait me rendre nerveuse. Au lieu de ça, c'est comme se tenir sous un rayon de soleil : chaud et dangereusement réconfortant.

L'inspecteur sanitaire arrive juste avant midi. Je vois Marcus ricaner derrière lui, et mon estomac se noue. Pas aujourd'hui, Satan. S'il te plaît, pas aujourd'hui. J'ai besoin des revenus de ce festival pour payer la prochaine traite de mon prêt.

Ils traversent la rue bondée pour se diriger vers le stand de Garrett.

Je suis pétrifiée sur place.

Je n'entends pas leur conversation, mais mon sang se glace. C'est ma faute. Marcus le cible parce qu'il m'a parlé, parce qu'il a osé être gentil avec la mauvaise Oméga. Des mots bouillonnent dans ma gorge — défi, colère, vengeance — mais la peur m'étrangle. Un seul faux pas et Marcus pourrait avancer l'échéance du prêt. Pourrait s'assurer que je ne travaille plus jamais dans ce secteur.

J'observe, impuissante, l'inspecteur rédiger des contraventions. Non loin de là, la pitié de Sophie s'est muée en résignation. Elle sait comment ça se passe. Nous le savons toutes.

Le festival continue, mais quelque chose en moi se sent brisé. Je sers les échantillons en mode pilote automatique, souris machinalement, et fais semblant de ne pas remarquer que les conversations s'arrêtent quand je passe. Je fais semblant de ne pas voir Garrett me regarder avec une sorte de compréhension dans ses yeux de verre de mer.

Vingt jours avant que je perde tout. Vingt jours avant que Marcus ne gagne.

J'aurais dû savoir qu'il ne fallait rien espérer de différent. Pourtant, je pense à la proposition de trois rendez-vous de Hannah et Lily, et je me demande s'il y a une possibilité de ce côté-là. J'envisage aussi l'idée d'épouser un Alpha pour m'assurer que Marcus n'obtienne pas le bar… mais chaque fois que j'y pense, mon estomac se noue alors que des flashs de mon père battant ma mère inondent mes pensées. Et comment elle ne lui a jamais tenu tête, ne l'a jamais quitté. Au lieu de ça, elle m'a mise à la porte, en disant que c'était pour mon bien.

Je respire bruyamment et repousse le passé et les pensées qui m'assaillent.

Alors que la lumière de l'après-midi s'estompe, je découvre un échantillon de stout au café sur mon comptoir. Un mot glissé dessous dit : « Certains désastres valent la peine d'être démêlés. »

Je le verse dans l'évier. Je suis obligée.

L'espoir est un luxe que je ne peux pas me permettre en ce moment.

3

GARRETT

Des heures après que le festival a pris fin et que le soleil s'est couché, le parfum de Ruby persiste dans mes narines, un mélange de miel, de cardamome et d'une note sauvage sous-jacente qui fait trembler mes mains quand j'y pense trop fort. Cette odeur délicate, qui la désigne comme une Oméga non liée, devrait me repousser. J'ai passé des années à éviter les Omégas sans partenaire, gardant mes distances et restant professionnel, car je croyais ne jamais vouloir me poser. En vérité, aucune d'entre elles ne m'a jamais attiré aussi puissamment que Ruby.

Elle est différente. Tout en elle est différent.

De l'intérieur du bar, les lumières du festival d'hiver scintillent à l'extérieur à travers les fenêtres pendant que nous nettoyons, projetant des ombres dansantes sur le parquet usé. Les guirlandes de Noël tendues en travers de Main Street diffusent des couleurs douces à travers le verre dépoli, faisant luire la peau de Ruby tandis qu'elle se déplace entre les tables. Elle n'arrête pas de répéter qu'elle peut très bien s'occuper seule du nettoyage et du transport de sa marchandise depuis son stand extérieur jusqu'à son bar.

Je suis incapable de partir. Je l'ai observée toute la journée, gardant un œil sur elle, à deux doigts de tuer ce putain de connard qui la harcelait. Et lui qui pensait qu'en amenant un inspecteur à mon stand, il allait m'effrayer. Il ne sait pas du tout à qui il a affaire.

J'ai contacté mes deux plus proches amis, Knox et Dominic, pour les mettre au courant de l'incident avec Marcus et des mesures que nous devons prendre pour nous occuper de lui. Ils rencontreront Ruby d'ici une semaine ou deux en tant que partenaires potentiels. Idéalement, nous voulons un Oméga à partager, mais dans ma tête, elle est déjà à moi. Qu'elle s'entende avec eux ou non ne changera rien à ce que je ressens… ni à ma revendication sur elle.

Ma priorité est Ruby et sa sécurité. Ne me demandez pas ce qui a bien pu me passer par la tête si vite, mais vu qu'elle est la première Oméga à me faire cet effet, je suis enclin à suivre mon instinct. Même si cela signifie simplement m'assurer qu'elle est en sécurité.

Alors maintenant, je l'aide à nettoyer le bar fermé.

Elle a troqué sa robe rouge festive pour un jean

noir et un pull trop grand qui lui tombe sur une épaule, révélant des taches de rousseur que j'aimerais tracer du bout des doigts. Ses bottes font des bruits étouffés sur le sol pendant qu'elle travaille. Elle est à sa place ici, parmi les bouteilles étincelantes et les luminaires en laiton, faisant autant partie de l'âme du bar que le vieux parquet sous nos pieds.

Je souris, connaissant ce sentiment. C'est ce que je ressens dans mon propre bar.

— Tu n'as vraiment pas besoin de m'aider, dit Ruby pour la troisième fois en déposant une autre caisse près de la poubelle de recyclage. Ses cheveux blond vénitien se sont presque entièrement échappés de son chignon flou, formant un halo sauvage autour de son visage. Il y a une tache de saleté sur sa joue que mes doigts me démangent de nettoyer. Je suis sûr que tu as mieux à faire que de nettoyer le bazar de quelqu'un d'autre.

— Ton cousin a dépassé les bornes, dis-je brusquement, la faisant s'interrompre. Amener l'inspecteur de l'hygiène au festival, puis me le faire visiter ? Ça ne me concernait pas. Le but, c'était de t'atteindre. Mes mains se serrent autour du chiffon que je tiens, me remémorant le sourire suffisant de Marcus. C'est un putain de lâche, il utilise la bureaucratie pour mener ses batailles.

Le rire de Ruby est sec et amer. — Bienvenue dans la méthode de Marcus Winters. Il essaie de faire déclarer cet endroit insalubre depuis que tante Eve est morte il y a douze mois. Elle commence à trier les bouteilles avec agressivité, le verre tintant comme un carillon éolien en colère. Il dit qu'un bar n'est pas un lieu pour une Oméga, mais ça ne posait pas de problème pour ma tante, qui était une Bêta. Il dit que je déshonore le nom de la famille. Une bouteille lui glisse des doigts, mais je suis juste à côté d'elle et je la rattrape avant qu'elle ne puisse se briser. Le mouvement nous rapproche assez pour que je puisse voir la minuscule cicatrice près de son sourcil gauche et sentir les épices persistantes du festival dans ses cheveux.

— Fais attention, murmurai-je en mettant la bouteille en sécurité de côté. Ma main effleure son bras, et une décharge électrique crépite entre nous. Elles commencent à être lourdes.

— Je fais ça toute seule depuis deux ans, dit-elle, mais il y a moins de mordant dans sa voix maintenant. Plus d'épuisement. Depuis que ma tante Eve… Elle s'interrompt en se frottant les tempes. Parfois, je pense que Marcus a raison. Pas sur le fait que les Omégas ne peuvent pas tenir de bars — ça, c'est des conneries — mais sur le fait que je ne suis pas assez forte pour faire tourner cet endroit.

Ma prise se resserre sur le chiffon jusqu'à ce que mes jointures blanchissent. La pensée du visage suffisant de Marcus fait naître une violence au creux de mon ventre. J'ai déjà vu son genre — des Alphas riches qui pensent que leur statut leur donne le droit de contrôler les autres.

— Je devrais lui rendre une petite visite, dis-je doucement en observant sa réaction. Lui expliquer le concept de courtoisie professionnelle. Des images défilent dans mon esprit — le visage choqué de Marcus alors que je le coince dans son précieux country club, mes mains autour de sa gorge, lui apprenant ce qui arrive quand on menace quelqu'un…

Ruby pivote vers moi, le regard étincelant.

— Ne fais pas ça. S'il te plaît. Il ne mérite pas que tu risques ton entreprise pour lui.

— Il met déjà mon entreprise en danger. Je me rapproche, attiré par son pouls qui s'emballe à son cou. Une mèche de cheveux est tombée sur son visage et, avant de pouvoir me retenir, je la repousse. Sa peau est chaude sous mes doigts. Plus important encore, il menace la tienne.

— Pourquoi tu t'en soucies ? dit-elle en reculant, mais elle n'a nulle part où aller ; le bar est derrière elle, les bouteilles scintillent. Tu me connais à peine.

La question me frappe plus durement qu'elle ne le devrait. Pourquoi est-ce que je m'en soucie ? Pourquoi est-ce que la voir se battre contre ce salaud me serre la poitrine ? Pourquoi est-ce que je veux anéantir quiconque met ce regard hanté dans ses yeux ambrés ?

— Je voyage beaucoup, dis-je au lieu de

répondre directement. Je m'appuie contre le bar à côté d'elle, assez près pour sentir la chaleur de son corps, mais sans vraiment la toucher. J'ai bâti la réputation de ma brasserie sur trois continents. Je me suis dit que les relations étaient trop compliquées. J'ai vu trop d'amis Alphas tout perdre à cause de marques de lien désastreuses et de revendications brisées. Alors, j'ai accepté que ce n'était pas pour moi, mais j'ai vu mes deux jeunes sœurs et la façon dont elles luttaient pour s'intégrer, comment on les traitait parce qu'elles étaient des Omégas. Je les ai aidées autant que j'ai pu... enfin, en vérité, autant qu'elles me l'ont permis. Je glousse en me souvenant de leur obstination, qui me rappelle un peu celle de Ruby.

Elle m'observe du coin de l'œil, ses doigts jouant avec l'étiquette d'une bouteille vide alors qu'elle se tient près du bar.

— Politique avisée.

— C'est ce que je pensais. Je plonge mon regard dans ses yeux de feu, la coinçant entre mes bras en agrippant le bar de chaque côté d'elle. Sans la toucher, mais assez près pour partager le même souffle. Chaque parcelle de mon être est attentive à sa proximité, au rythme rapide de sa poitrine qui se soulève et s'abaisse. Puis tu as failli tomber d'une chaise ce matin, et soudain, je n'arrive plus à penser à autre chose. Je ne peux m'empêcher de me demander à quoi tu ressembles quand tu souris. Ce qui te fait rire. Si tu chantes en même temps que la radio quand tu es seule dans le bar.

La couleur inonde ses joues.

— Ne dis pas ça. Ce sont les phéromones qui parlent. Ça arrive parfois…

— C'est plus que ça, je la coupe, ayant besoin qu'elle comprenne. J'ai rencontré beaucoup d'Omégas compatibles. Aucune d'entre elles ne m'a donné envie de commettre une agression pour une inspection sanitaire. Aucune d'entre elles n'a rendu ma peau trop étroite par sa simple présence dans le même espace.

Cela lui arrache un rire — un vrai cette fois, doux et surpris. Putain de merde, mes couilles se contractent à ce son magnifique. Qu'est-ce qu'elle est en train de me faire ?

— Mon chevalier servant en tenue de brasseur. Elle jauge mon haut Henley, avec mon logo brodé sur la manche, mon pantalon cargo et mes bottes imperméables.

— Je suis sérieux, Ruby. Je saisis son poignet alors qu'elle essaie de passer, mon pouce trouvant son pouls qui s'emballe. Sa peau est de la soie et du feu contre la mienne, et je dois combattre l'envie de la tirer plus près de moi. Ce que Marcus a fait aujourd'-hui ? Ce n'est que le début. Il va continuer à s'en prendre à toi, à essayer de t'avoir à l'usure.

— Je sais. Sa voix se brise sur ces mots. Crois-moi, je le sais. Mais je peux gérer ça.

— Tu ne devrais pas avoir à le faire. Les mots sortent plus brusquement que prévu. Ma main glisse de son poignet à sa taille, et elle frissonne. Laisse-moi t'aider.

— Pourquoi ? Elle lève les yeux vers moi, la défiance luttant contre quelque chose de plus sombre dans son regard. Sous cette lumière, ses yeux sont plus dorés qu'ambrés, mouchetés d'ombres qui me donnent envie de chasser chaque mauvais souvenir qu'elle porte en elle. Parce que je suis une demoiselle en détresse ? Une Oméga qui a besoin de la protection d'un Alpha ?

— Parce que tu es extraordinaire. La vérité de ces mots me brûle la poitrine. Mon autre main se lève pour encadrer son visage, mon pouce effleurant cette tache de saleté que j'ai envie d'effacer depuis le début de la soirée. Parce que te voir travailler aujourd'hui, voir comment tes clients s'illuminent quand tu leur parles, t'entendre expliquer le processus de brassage à ce gamin qui voulait se lancer dans la brasserie artisanale... tu ne fais pas que survivre, Ruby. Tu es en plein épanouissement.

Marcus veut te prendre ça parce qu'il ne supporte pas qu'une Oméga réussisse mieux que lui. Et parce que je sais à quel point c'est dur de démarrer contre vents et marées. J'ai commencé avec que dalle, j'ai emprunté de l'argent et j'étais endetté jusqu'au cou, mais j'ai travaillé d'arrache-pied pour que mon entreprise décolle. Alors, voir ce connard essayer d'écraser ton rêve, ça touche une corde sensible en moi.

Son souffle se coince. Nous sommes trop proches maintenant, la chaleur de son corps appelant le mien. Elle sent le miel, la vanille et la détermination, comme tout ce qui m'a manqué sans que je le sache. Mon esprit s'embrume, mes pensées s'envolent.

— Je ne peux pas… Elle déglutit difficilement. Le bar, Marcus, tout… je ne peux pas me permettre de distractions en ce moment.

— C'est ce que je suis ? Une distraction ? Je n'ai aucune idée de comment je peux déjà être aussi obsédé par elle. Pourtant, je connais la réponse… Bien sûr, il y a les phéromones, mais c'est tellement plus que ça, et je n'ai aucune intention de m'en aller.

— Tu es un feu de forêt. Son rire est tremblant. Et je brûle déjà.

Je ne peux pas empêcher ma main libre de glisser dans ses cheveux, de lui emboîter la nuque et de lui renverser la tête en arrière. Ses yeux papillonnent et se ferment à mon contact, et quelque chose de primal s'éveille en moi en rugissant.

— Ruby…

Cette fois, quand elle frissonne, ce n'est pas de peur. Son odeur s'intensifie, m'inondant de désirs désespérés, d'une faim si puissante qu'elle me donne le vertige. Je me penche vers elle, lui laissant le temps de reculer.

Elle ne le fait pas.

Le premier effleurement de mes lèvres contre les siennes est doux. Le second est pure possession. Elle a le goût d'épices d'hiver et de sexe, sa bouche s'ouvrant sur un hoquet que j'avale goulûment. Mes doigts se resserrent dans ses cheveux, inclinant sa tête pour approfondir notre baiser. Nos bouches s'écrasent l'une contre l'autre, mon corps se presse contre le sien, et je sens la douceur de ses seins, son corps qui tremble. Ses mains agrippent ma chemise, ses ongles griffant ma poitrine à travers le tissu.

Je l'embrasse comme un homme affamé qui trouve enfin de l'air. Chacun de ses gémissements délicats vibre à travers mes os, réveillant des instincts primaux que je croyais enfouis depuis longtemps.

Protéger.

Revendiquer.

Garder.

Mienne.

Son dos se cambre, se pressant plus fort contre moi. Ses tétons sont durs, et je grogne dans sa bouche. Ma main libre glisse le long de son flanc jusqu'à sa hanche, l'attirant plus près, impatient de sentir chaque parcelle d'elle. Elle pousse un son désespéré qui manque de me faire perdre tout contrôle, ses doigts s'emmêlant dans mes cheveux.

Il m'en faut plus… il me la faut tout entière.

Quand je me recule enfin, mes mains sur ses hanches pour la soulever sur le bar, nous sommes tous les deux essoufflés, mais elle pose aussitôt une paume sur ma poitrine, m'arrêtant. Ses lèvres sont gonflées, ses pupilles dilatées, ses cheveux en désordre à cause de mes mains. Je veux l'embrasser à nouveau. Je veux la baiser ici même, sur le bar, la faire hurler.

Puis elle me repousse si fort que je trébuche.

— Non, dit-elle d'une voix tremblante. Non, non, non. Ce n'est pas en train d'arriver. Je ne suis pas prête pour un Alpha, je ne suis pas sûre de pouvoir faire confiance…

J'ai encore son goût sur mes lèvres, je peux sentir comment nos odeurs se sont mélangées pour créer quelque chose d'enivrant. Putain, c'est une addiction.

— Ruby…

— Sors. Elle enroule ses bras autour d'elle, paraissant plus petite, d'une certaine manière. S'il te plaît, juste… je ne peux pas faire ça. Je ne peux pas.

Tout en moi se bat contre l'envie de la laisser comme ça, ma bite si dure dans mon pantalon qu'elle en est douloureuse, mais je me force à reculer.

— Je partirai si c'est ce que tu souhaites.

— Oui, ça l'est. Mais elle ne croise pas mon regard, et nous savons tous les deux qu'elle combat sa propre tentation.

J'arrive à la porte avant de me retourner. Ruby est toujours appuyée contre le bar, l'air perdu, le front plissé, et incroyablement belle.

— Si ça peut te rassurer, dis-je doucement, je n'essaie pas de te sauver. Je veux juste te connaître.

Puis je sors dans la nuit avant de faire une bêtise, comme l'embrasser à nouveau jusqu'à ce qu'on finisse par baiser. L'air frais ne fait rien pour me vider la tête ; je sens encore cette délicieuse odeur de sexe, je goûte encore son miel, je sens encore la pression de ses lèvres contre les miennes.

Je me force à continuer de marcher.

Ruby a beau ne pas croire au destin, ne rien vouloir avoir à faire avec les Alphas, les relations ou moi, je sais une chose avec une certitude viscérale.

Elle est à moi. Elle ne le sait juste pas encore.

4

GARRETT

Je suis devenu cet Alpha. Le genre qui surveille une Oméga de l'autre côté de la rue, à ma troisième tasse de café en deux heures ce matin, tout en prétendant ne pas être complètement obsédé par ses moindres faits et gestes. Mais voilà, quand votre âme reconnaît son âme sœur, la rationalité fout le camp.

Maman m'a toujours dit que je le saurais. « Un jour, Garrett, tu sentiras une Oméga, et tout basculera. Ça te terrifiera, mais saisis cette chance à deux mains et ne la lâche pas. »

Je ne m'attendais pas à ce que ça arrive un jour, et encore moins si vite, au milieu des lumières de Noël et de la bière artisanale. Pourtant, c'est exactement ce qui s'est passé.

Je suis au Cocoa & Cheer Cafe, qui offre un point de vue idéal sur le Winterscape Bar de Ruby. Dehors, la neige tombe doucement, recouvrant Main Street d'un manteau blanc immaculé, mais cela n'empêche pas une foule de gens de faire leurs achats de dernière minute. Des guirlandes et des lumières scintillantes ornent chaque vitrine, et la chanson « White Christmas » passe probablement pour la centième fois de la journée. D'habitude, j'adore cette période de l'année : les lumières, la musique, la façon dont toute la ville se transforme en un lieu magique.

Mais à cet instant précis, je ne peux me concentrer que sur Ruby.

Trois jours depuis le festival. Trois jours depuis ce baiser qui a failli me mettre à genoux. Trois jours que son parfum — miel et cardamome — inonde mes rêves.

J'étais hors de la ville ces deux derniers jours pour un rendez-vous avec un nouveau fournisseur, alors aujourd'hui, j'ai bien l'intention de voir ma douce Ruby. Mais avant, je veux m'assurer qu'elle est en sécurité, car d'après des amis à qui j'avais demandé de surveiller sa maison, son cousin rôdait dans les parages.

Mon café a refroidi, le sirop de vanille s'est déposé au fond. Je devrais être à ma brasserie. Je devrais travailler sur cette nouvelle stout d'hiver. Au lieu de ça, je suis ici.

Il y a quelque chose qui cloche sérieusement avec Marcus. La façon dont il a regardé Ruby au festival, comme si elle était une propriété à revendiquer plutôt que la femme féroce et indépendante qui m'a presque terrassé d'un seul sourire. Je me suis renseigné sur le golden boy de Whispering Grove. Les choses que les gens chuchotent quand ils pensent que personne n'écoute... Ce connard est riche, il a des relations, tout ça hérité du côté de son beau-père. Il n'a jamais travaillé un seul jour de sa vie.

C'est à ce moment-là qu'une Mercedes noire qui descend la rue enneigée attire mon attention, et j'aperçois Marcus au volant. Ma main se crispe sur ma tasse.

— C'est l'heure de jouer, je murmure en sortant mon téléphone. Un texto rapide à Dominic.

« Ton gars passe à l'action. »

La réponse est instantanée.

« Profite du spectacle. »

Marcus se gare illégalement presque devant la porte du café — évidemment — et ajuste son manteau de marque. Il fait un pas en direction du bar de Ruby.

C'est à ce moment que la dépanneuse surgit du coin de la rue, se dirigeant en grondant vers la Mercedes et se gare devant elle.

Ma nouvelle tasse de café arrive, et j'adresse un sourire narquois à la blonde qui me fixe un peu trop longtemps.

Je reporte rapidement mon attention sur le spectacle.

Deux types massifs sortent du camion. Avant que

Marcus n'atteigne le trottoir, ils sont déjà en train d'accrocher sa précieuse voiture. Je souris en voyant son visage prendre la couleur des lumières de Noël.

— Qu'est-ce que vous croyez que vous faites ? sa voix parvient jusqu'à moi malgré la porte du café entrouverte. Vous savez qui je suis ?

Le plus grand des deux — il doit frôler les deux mètres dix — a l'air suprêmement ennuyé.

— Quelqu'un qui est garé dans une zone de déneigement.

— C'est ma ville ! Marcus sort son téléphone. — Je vais vous faire virer pour ça !

— Votre ville ? C'est marrant. D'après les papiers, elle appartient au conseil municipal. Le deuxième type s'avance dans l'espace personnel de Marcus. Il tapote le panneau que Marcus a sans aucun doute vu et ignoré. On ne peut pas déneiger avec des voitures qui bloquent le passage. C'est une question de sécurité publique.

Une foule commence à se rassembler. Des appareils photo de téléphone apparaissent. Le costume parfaitement taillé de Marcus ne semble plus si parfait tandis qu'il gesticule frénétiquement, le visage de plus en plus rouge à chaque seconde. Le type immense ne bouge pas d'un poil, il reste planté là, telle une montagne dans son gilet de sécurité haute visibilité.

— Mon beau-père va entendre parler de ça !

— Bien sûr. Le premier type continue son travail,

les chaînes cliquetant. Il pourra récupérer votre voiture à la fourrière. Après avoir payé les amendes. Et les frais pour retirer le sabot.

— Un sabot ? Marcus baisse les yeux. D'une manière ou d'une autre, pendant qu'il fulminait, ils lui ont mis un sabot sur le pneu arrière. Vous ne pouvez pas… Je vais vous poursuivre…

— Arrêté municipal 47-B. L'armoire à glace hausse les épaules. Le stationnement en double file pendant le déneigement vous vaut un sabot, puis un voyage à la fourrière, histoire de s'assurer que vous reteniez la leçon quand vous recevez deux amendes.

Je cache mon sourire narquois derrière ma tasse alors que le sang-froid de Marcus se fissure. Il est de nouveau au téléphone, faisant les cent pas, ce contrôle d'Alpha pur sang lui échappant à chaque mouvement. La foule adore ça, suspendue à leurs lèvres. Plusieurs personnes sont clairement en train de diffuser la scène en direct.

La Mercedes s'élève sur le plateau de la dépanneuse alors qu'un taxi apparaît, pile au bon moment. Marcus se rue dessus, essayant de garder sa dignité tout en écumant de rage.

— Ce n'est pas fini ! crie-t-il à la dépanneuse.

— Si, ça l'est, lance l'armoire à glace d'une voix traînante. Sauf si vous voulez une contravention pour menaces sur agents municipaux.

La portière du taxi claque. La dépanneuse s'éloigne. La foule se disperse lentement, mais les téléphones sont toujours de sortie, partageant encore le dernier divertissement qu'offre la ville.

— Tu profites du spectacle ? me lance soudain Dominic, qui est derrière moi.

Il se glisse sur la chaise en face de moi. Quinze ans d'amitié et je n'ai toujours pas compris comment il fait pour se déplacer si silencieusement que je ne l'entends jamais approcher.

— Tes gars font du bon boulot.

Il affiche un sourire en coin, tout en angles vifs, et a l'air dangereux dans son costume noir hors de prix. — C'est souvent le cas des anciens des forces spéciales. C'est incroyable le nombre d'entre eux qui trouvent du travail dans la sécurité privée.

— C'est incroyable comme ils apparaissent toujours pile au bon moment, dis-je d'un ton sarcastique.

— Ah, j'adore les heureuses coïncidences. Il fait signe à la serveuse, qui accourt. Son odeur fruitée de Bêta nous envahit tandis qu'elle nous dévisage tous les deux. Un latte au caramel bourbon, avec un shot en plus.

— Autre chose ? Elle bat des cils si fort que je crains qu'elle ne se fasse un claquage.

— Juste le café. Le sourire de Dominic est un pur péché.

En partant, elle trébuche littéralement.

Je glousse. — Tu lui donnes de faux espoirs.

— C'est l'hôpital qui se moque de la charité, mon

cher stalker. Il fait un signe de tête en direction du bar de Ruby. Ça fait trois jours que tu es là. Tu ne deviendrais pas un peu obsessionnel ?

— Dit l'homme qui a tout l'historique de Marcus, y compris ses bulletins de maternelle.

— Il a mordu trois enfants et a accusé un chien. Très révélateur. L'expression de Dominic redevient sérieuse. Il est dangereux, Gar. Pas seulement le danger du genre « gosse de riche pourri gâté ». Il y a quelque chose qui cloche chez lui.

Je repense au visage de Ruby quand Marcus l'a menacée au festival. À la peur qu'elle essayait de cacher.

— Dis-moi.

— Trois Omégas ont porté plainte contre lui l'année dernière pour agression sexuelle et coups et blessures. Toutes retirées soudainement. Elles ont toutes déménagé peu de temps après.

Mon grognement fait sursauter les clients les plus proches. Dominic continue comme s'il ne remarquait rien.

— Son père a la moitié du conseil municipal dans sa poche. Les flics du coin n'y touchent pas. Mais... — Son sourire en coin réapparaît. — Les agences fédérales en ont rien à foutre de la politique des petites villes.

— Qu'est-ce que tu as trouvé ?

— Disons simplement que le fisc est très intéressé par certaines anomalies financières dans l'entreprise de papa. Il leur faudra peut-être quelques semaines pour mener une enquête approfondie. Probablement aux alentours de Noël.

La serveuse revient avec son café, tout sourire.

— Merci, ma belle. — Il lui fait un clin d'œil.

— Tu es toujours un connard, lui dis-je.

— S'il te plaît. Comme si tu ne venais pas de marquer ton territoire dans tout le festival. — Il boit une gorgée de son café. — En parlant de marquer son territoire, Hannah et Lily n'ont pas été très loquaces sur leur petit plan de marieuses, n'est-ce pas ? Ni sur la raison pour laquelle elles voulaient qu'on essaie de sortir avec Ruby si rapidement, mais elles ont été claires sur le fait que ce n'est pas un coup d'un soir. Ruby cherche un engagement à long terme, et c'est pour ça qu'on a accepté.

En vérité, nous nous sommes renseignés sur elle avant d'accepter quoi que ce soit, nos problèmes de confiance nous obligeant à creuser en profondeur. Mais dès l'instant où nous avons posé les yeux sur elle, ce soir-là où il y avait tant de monde et que nous nous sommes arrêtés pour boire un verre, nous avons su qu'elle pourrait être l'Oméga que nous cherchions. Nous connaissons Hannah et Lily, à qui nous achetons toutes nos pâtisseries, depuis des années, alors j'ai fait confiance à leur jugement lorsqu'elles m'ont approché pour me demander de l'aide avec Ruby. Elles savaient très bien que Dominic, Knox et moi étions des célibataires sans Oméga. De fil en aiguille, nous en sommes arrivés là… à traquer la fille.

— Je pense que la peur l'empêche de suivre son cœur. Bref, ma première tentative aurait pu mieux se passer, j'admets.

— Ça aurait pu être pire. — Les yeux de Dominic s'emplissent d'intérêt. — Est-ce qu'il s'est passé quelque chose que je devrais savoir ?

Je ne peux retenir le grondement de désir dans ma poitrine.

— Je l'ai embrassée. Putain, elle m'excitait tellement, même avant le baiser.

— Et ? — Il se penche en avant, soudainement intense.

— Et rien n'a jamais semblé plus juste. — Je passe une main dans mes cheveux, me souvenant de son goût, de la façon dont son odeur m'a fait bander en quelques secondes. — C'était comme si… tout s'emboîtait, mais en même temps, il manquait quelque chose.

— Il manquait quelque chose ? — Il hausse un sourcil.

— Je ne peux pas l'expliquer. Je sais juste que j'en veux plus. Que j'en ai besoin de plus. Et qu'elle se retient. — Je croise son regard. — Tu comprendras quand tu la rencontreras.

— Si elle nous pardonne, à nous et à ses amies, pour ce coup monté. — Il sourit, mais une faim dévore son expression. — C'est au tour de Knox de tenter sa chance de la rencontrer, puisqu'il a insisté.

Mes mains se serrent à l'idée que mon ami soit près d'elle, mais étrangement, ce n'est pas de la jalousie que je ressens. Plutôt de… l'anticipation. Nous avons décidé d'éviter les rendez-vous traditionnels, voulant la rencontrer dans des situations plus naturelles, pour qu'elle nous voie tels que nous sommes dans notre travail, comme je l'ai rencontrée au festival. Les rendez-vous sont toujours horriblement gênants pour tout le monde.

Le regard de Dominic brille.

— Tu crois que ses amies savent ce qu'elles ont vraiment manigancé ?

— Est-ce que ça a de l'importance ? Nous cherchons tous notre Oméga, et je pense qu'elle pourrait être la bonne pour nous. Je jure que je sens que mon odeur est compatible avec la sienne, mais j'ai besoin de plus de temps près d'elle pour en être sûr.

Dominic siffle, puis glousse bruyamment, attirant quelques regards dans notre direction. — On va bien voir. Il consulte son téléphone. — En parlant de Knox, il demande si on s'est occupé de Marcus. Il tape sa réponse, sachant déjà la réponse.

Je regarde Ruby à travers la vitrine de son bar, pendant qu'elle accepte quelque chose des mains du facteur. Elle rit de ce qu'il a dit, et j'ai un pincement au cœur.

— Tu crois qu'elle pourra tous nous gérer ?

Le regard de Dominic suit le mien. — D'après ce que tu m'as dit… je suis plus que prêt à le découvrir. Sa voix se fait plus basse. — Quand mon tour viendra, il faudra qu'elle soit prête.

— Elle est parfaite.

— Tu es vraiment mordu, mon ami.

— Ouais. Je ne prends même pas la peine de le nier. — Mais quelque chose me dit que je ne serai pas le seul.

Il ne le nie pas, se contentant de la regarder avec cet air calculateur que je ne connais que trop bien. Celui qui dit qu'il planifie déjà son approche, qu'il imagine déjà sa propre chance.

— Eh bien, dit-il enfin. — Noël s'annonce intéressant.

5

RUBY

Le mercredi soir, la foule dans mon bar me tient suffisamment occupée pour que j'en oublie presque les fleurs. Presque. Elles sont posées au bout du bar, des camélias d'hiver aux diverses nuances de rose, et mon cœur fait un bond chaque fois que je perçois leur parfum doux et floral, mêlé au souvenir persistant du baiser de Garrett.

— Patronne, la table quatre veut une autre tournée. La voix d'Ash me ramène à la réalité. Mon videur et barman passe derrière le comptoir, ses manches de tatouages accrochant la lumière chaude. Les scènes nautiques qui enveloppent ses bras semblent s'animer quand il travaille, les vagues et les navires dansant tandis qu'il prépare les cocktails. Je lui ai dit qu'une fois que je gagnerai plus d'argent, j'engagerai un videur, pour qu'il puisse se concentrer sur son travail de barman.

J'ai rencontré Ash il y a cinq ans, quand Eve était encore en vie. Il était entré au hasard, à la recherche de travail, tout juste sorti de la Marine et avec trop de tatouages pour que la plupart des endroits l'embauchent. Eve n'a eu besoin que d'un regard pour voir sa nature douce de Bêta, dissimulée derrière cet extérieur de dur à cuire, et l'a engagé sur-le-champ. Aujourd'hui, il est plus un membre de la famille qu'un employé.

— Tu les regardes encore, dit-il en désignant les fleurs d'un signe de tête tout en servant les verres.

— Pas du tout. Je m'affaire à essuyer le comptoir déjà impeccable, ma jupe tourbillonnant autour de mes genoux au gré de mes mouvements rapides. Je m'assure juste qu'elles ne sont pas en train de mourir.

— Bien sûr, dit-il avec un grand sourire qui révèle le petit écart entre ses dents de devant et qui, bizarrement, le rend encore plus charmant. Rien à voir avec l'Alpha qui les a envoyées ?

— Juste un type que j'ai rencontré au festival. Je lui lance mon chiffon. Quand tu m'as abandonnée pour l'anniversaire de ta grand-mère.

— Hé ! Il attrape le chiffon avec les réflexes qui font de lui un si bon videur. Mamie ne fête ses cent ans qu'une fois. Et puis, on dirait que tu t'en es très bien sortie sans moi. Ses yeux pétillent. À moins qu'il y ait quelque chose que tu ne me dises pas à propos de ce type du festival ?

Un client qui commande ma dernière création, la

Midnight Porter, me sauve de justesse. Pour moi, elle a une odeur et même un arrière-goût de céréales torréfiées, de chocolat et de caramel, l'une des raisons de sa grande popularité.

— On est presque à court, dis-je à Ash en me servant. C'est incroyable à quelle vitesse elle se vend.

— Parce qu'elle est incroyable. Eve serait fière… Il s'interrompt au milieu de sa phrase, les yeux écarquillés en regardant vers la porte.

Mon cœur sait de qui il s'agit avant même que je me retourne.

Garrett entre comme s'il était chez lui, toute son énergie d'Alpha confiant enveloppée dans une chemise à carreaux bleus et noirs qui se tend parfaitement sur ses épaules lorsqu'il retire sa veste. Une barbe de trois jours assombrit sa mâchoire, et ses cheveux courts et bruns sont légèrement en bataille à cause de la neige dehors. Il accroche sa veste près de la porte, et je ne regarde absolument pas la façon dont ses muscles roulent sous sa chemise.

— Oh, murmure Ash derrière moi. C'est lui, le type du festival ? Purée, patronne.

— La ferme, je siffle, mais tout mon corps frémit déjà de conscience. Mes instincts d'Oméga ronronnent à sa présence, se souvenant de la sensation de ses lèvres contre les miennes, de son parfum masculin qui m'enveloppe comme une protection et une promesse et…

— Tu baves. Ash me donne un coup de coude

alors que Garrett choisit un coin tranquille sur le côté du bar, jetant un coup d'œil dans ma direction.

Je fais semblant de ne pas le voir. Fait-il soudainement très chaud ici ?

— Vas-y, ma belle, mais joue-la cool. Les Alphas adorent la chasse.

— Je te déteste, je murmure.

— Moi aussi je t'aime, patronne, dit-il avec un grand sourire. Maintenant, va servir ton homme avant que je le fasse.

Je prends une profonde inspiration, essayant d'ignorer les picotements électriques sur ma peau alors que je m'approche, un sourire menaçant de s'étaler sur mes lèvres. De près, ses yeux sont encore plus verts que dans mon souvenir, et les coins de ses lèvres se relèvent quand il me voit.

— Tu ne pouvais pas rester loin de moi ? j'arrive à dire d'un ton désinvolte malgré mon cœur qui s'emballe. Tu es venu jauger la concurrence ?

Son rire me fait un effet qui devrait être illégal. — Peut-être que c'est simplement ta bière à la cardamome qui me manquait.

— Sûr que ce n'était pas ma personnalité pétillante ?

— Ça aussi. Il se penche légèrement en avant, et son parfum viril me donne envie de lui offrir mon cou. Comment vas-tu, Ruby ?

Sa façon de prononcer mon nom me fait

fondre. — Oh, tu sais. Je gère mon bar, j'évite l'esprit de Noël, la routine, quoi.

— Et ça se passe bien ? il demande en désignant les quelques décorations de Noël que j'ai finalement installées.

— Un accès de folie passagère. Qu'est-ce que je te sers ?

— Surprends-moi.

La façon dont il le dit, d'une voix profonde et confiante, m'envoie des frissons le long de la colonne vertébrale. Je me retourne pour cacher ma réaction, sortant mon verre de réserve spéciale. Le porter coule, noir comme la nuit, avec une mousse crème parfaite, et je me surprends à le servir de manière encore plus parfaite, en prenant plus de temps que d'habitude. Depuis quand est-ce que j'essaie d'impressionner les Alphas ?

— Tu prends toujours autant de soin pour chaque service ? Sa voix est empreinte d'un intérêt sincère, pas de moquerie.

— Seulement pour les clients qui apprécient l'art. Je fais glisser le verre vers lui, hyper-concentrée sur ses doigts qui effleurent les miens. Bien que certains veuillent juste ce qu'il y a de moins cher et de plus rapide.

— Tant pis pour eux. Il prend une lente gorgée, et la façon dont sa gorge bouge ne devrait pas être aussi fascinante. Température parfaite. Tu sais que la plupart des endroits servent la bière artisanale trop froide ?

— Ça tue les arômes. Je m'appuie contre le bar, me laissant emporter par le rythme familier de la discussion sur la bière. Eve avait l'habitude de dire que si tu dois faire quelque chose…

— … Fais-le bien ou ne le fais pas du tout, termine-t-il. Nos regards se croisent, et quelque chose d'électrique passe entre nous.

— Tu la connaissais vraiment bien.

— Ouais. Elle me laissait étudier ses recettes après la fermeture, elle m'a enseigné le contrôle adéquat de la température, les temps de fermentation… Ses mains bougent pendant qu'il parle, et je remarque une petite cicatrice sur l'articulation de sa main droite. Eve savait tout. Son sourire s'adoucit. Y compris comment repérer quelqu'un qui avait besoin d'une chance.

Le poids du souvenir s'installe dans ma poitrine, me rappelant à quel point sa perte me pèse encore. Le temps aide peut-être à accepter la perte d'un être cher, mais je trouve que le temps creuse aussi la douleur. Remarquant un nouveau client, je m'excuse et m'affaire à préparer un whisky sour, trop consciente du regard de Garrett qui suit mes mouvements.

— Tu es différente ici, dit-il quand je reviens. Plus… toi-même.

— C'est mon territoire. Je désigne le bar, les murs

en bois chaleureux, les guirlandes de Noël que j'ai finalement laissé Ash installer.

— Ça te va bien. L'intensité de son regard me donne des frissons sur la peau. Il inspire profondément, ses yeux s'assombrissant comme s'il humait mon odeur, l'admirait.

La chaleur m'inonde les joues. Un Alpha qui fait un tel geste devrait me sembler envahissant.

Il prend une autre gorgée, sa gorge se contractant, et je n'imagine absolument pas la sensation que ce serait de passer ma langue le long de son cou, sur le point où bat son pouls.

— Excellente bière.

Je laisse échapper un petit rire. — La flatterie t'ouvrira toutes les portes avec moi.

— C'est une promesse ?

Avant que je puisse formuler une réponse qui ne soit pas embarrassante de besoin, il sort un petit carnet. Il est en cuir usé, les pages noircies de notes.

— Qu'est-ce que tu fais ?

— Risque du métier. Il griffonne quelque chose et je me penche pour jeter un œil. Son écriture est étonnamment élégante, décrivant des notes de saveurs et des techniques de brassage possibles. Je tiens des journaux comme celui-ci depuis mes dix-huit ans.

— Un bon brasseur apprend de chaque pinte, disons-nous en chœur.

Son sourire est dévastateur de près. Si proche, son odeur me submerge et mon cerveau reptilien d'Oméga me souffle le mot « partenaire ». Je me redresse rapidement, le cœur battant à tout rompre.

— Une autre ? je demande en désignant son verre presque vide, fière que ma voix reste stable.

— En fait… Une lueur de défi apparaît dans ses yeux. J'ai entendu des choses intéressantes sur votre Midnight Pine. Le bruit court que c'est le meilleur porter des trois comtés.

Mon estomac se noue. — Ah.

— Quelque chose ne va pas ?

— Nous sommes peut-être temporairement en rupture de stock. Je jette un coup d'œil au fût qui était presque vide tout à l'heure. À moins que…

— À moins que ?

— Il pourrait en rester à la cave. On y garde des provisions supplémentaires, mais… Je me mords la lèvre, me souvenant qu'Ash a mentionné une livraison.

— Mais ?

— Mais il faudrait que je vérifie. Donne-moi deux secondes. Je contourne le bar et me dirige de son côté, car il est assis juste à côté de la porte de la cave.

Il se lève et, soudain, il est si proche que je peux sentir la chaleur de son corps.

Je ne ressens que cette satanée anticipation à nouveau. Comme si chaque cellule de mon corps était attirée vers lui. J'attrape la porte, luttant pour ouvrir cette chose récalcitrante.

— Cette porte coince, je murmure.

Il passe son bras près de moi, frôlant le mien, et le contact envoie une décharge électrique qui parcourt mes veines.

— Laisse-moi faire.

La porte s'ouvre facilement sous sa force. Les escaliers descendent dans une obscurité chaude, et alors que je fais le premier pas, son odeur s'enroule autour de moi comme une promesse.

Ou un avertissement.

L'obscurité chaude de la cave m'enveloppe quand je me retourne et remarque qu'il me rejoint.

Les signaux d'alarme devraient retentir. Un Alpha, seule dans ma cave ? Au lieu de ça, mon corps frémit d'un abandon sauvage.

La main de Garrett effleure le creux de mes reins, me stabilisant dans les escaliers étroits, et ce simple contact envoie des étincelles dans tout mon corps. L'odeur du bois vieilli et de la bière entreposée se mêle à sa présence d'Alpha de plus en plus enivrante.

— Fais attention où tu mets les pieds, murmure-t-il.

— Tu vas encore me rattraper ? je le taquine. Même si je suis tout à fait capable de veiller sur moi-même.

— Je sais que tu l'es, répond-il.

J'allume les lumières tamisées, révélant des rangées de fûts et de provisions entreposées. Je m'affaire à vérifier les étiquettes des fûts, les vérifiant tous, essayant d'ignorer comment sa présence remplit l'espace.

— La plupart des Alphas n'aiment pas ça chez moi. Je l'observe depuis l'arrière d'une étagère. Ce truc de ne pas « savoir rester à ma place ».

— La plupart des Alphas sont des idiots. Il se rapproche, m'aidant à déplacer quelques boîtes. Les muscles de ses bras se contractent sous sa chemise et ma bouche devient sèche. Mes sœurs t'adoreraient, tu sais. Ce sont aussi des battantes, toujours à se fourrer dans le pétrin et à ne jamais se laisser faire.

Je m'arrête pour l'étudier dans la pénombre. La façon dont ses yeux brillent quand il parle de sa famille, la douce fierté dans sa voix. Il y a une telle retenue dans sa force, un tel contrôle.

— Alors, tu me vois comme une sœur ? J'essaie de plaisanter, mais ma voix se fait rauque. — Inté-ressant.

Le changement est instantané. Son odeur s'as-sombrit, se charge de désir. Il se rapproche, me faisant reculer contre l'étagère, et soudain, le sous-sol me paraît trop petit, trop chaud.

— Crois-moi, Ruby, sa voix se fait plus grave, m'envoyant des frissons le long de la colonne verté-brale. — Ce que je ressens pour toi... Ses mains m'emprisonnent, et mon souffle se coupe alors qu'il se penche vers moi. — Ce que je veux te faire... ça n'a rien à voir avec ce que je ressens pour mes sœurs.

Mon cœur bat si fort, je suis sûre qu'il peut l'entendre. — Et que ressens-tu, exactement ?

— Tu m'empêches de dormir. Ses doigts effleurent ma joue, légers comme une plume. — Je pense à ton rire. À ta fougue. À la façon dont tu t'illumines en parlant de brassage. À ton goût…

Sa proximité m'enivre de désir et de besoin. Chacun de mes instincts d'Oméga me hurle de me soumettre, de laisser cet Alpha me revendiquer. Cette pensée devrait me terrifier. Au lieu de ça, une chaleur s'accumule dans mon bas-ventre et trempe ma culotte.

— Je ne vais pas te brusquer, poursuit-il, son pouce frôlant ma lèvre inférieure. — Mais je veux que tu saches… tu me plais. Plus que je ne le devrais. Plus que de raison après seulement quelques jours.

— Garrett… Son nom sort de ma bouche comme une prière.

— Dis-moi d'arrêter. Son front se pose contre le mien. — Dis-moi que ça ne te fait pas le même effet.

Je devrais. Tout ce que j'ai construit, tout ce pour quoi je me suis battue, me hurle de le repousser. De fuir. De me cacher.

— Embrasse-moi, je murmure. — S'il te plaît, je vais mourir si tu ne le fais pas…

Sa bouche s'empare de la mienne, et ce baiser anéantit notre premier. C'est de la chaleur, de la faim et du désespoir. Je m'abandonne contre lui alors qu'il me plaque contre les étagères, une main s'emmêlant dans mes cheveux tandis que l'autre agrippe ma hanche. Un son m'échappe, quelque chose entre un gémissement et un ronronnement qui devrait me faire honte mais ne fait que le faire grogner.

— Mon Dieu, ton odeur, gémit-il contre mes lèvres. — Ça me rend fou.

— J'ai si chaud. Ma peau est en feu partout où il me touche, mon corps bouge contre le sien. — C'est normal ? D'avoir l'impression de brûler de l'intérieur ?

— Laisse-moi prendre soin de toi. Ses baisers descendent le long de mon cou, et je penche la tête instinctivement, offrant ma gorge. — Laisse-moi te montrer à quel point ça peut être bon.

Je ne me suis jamais sentie comme ça — comme si mon corps ne m'appartenait plus, comme si j'allais imploser s'il arrêtait de me toucher. Mes mains s'agrippent à ses épaules alors qu'il dépose des baisers humides sur ma gorge, chacun envoyant des décharges électriques directement entre mes cuisses.

— Tu as le goût du paradis, murmure-t-il contre ma peau. — Le goût de tout ce dont j'ai toujours rêvé.

Sa cuisse glisse entre les miennes, et je suffoque sous la pression. Mes hanches ondulent sans ma permission, en cherchant plus. La chaleur monte entre nous, désespérée et sauvage.

— Garrett, je... Je ne peux pas finir ma pensée.

Impossible de réfléchir avec ses mains qui parcourent mes flancs, son odeur qui remplit mes poumons.

Il est soudain à genoux devant moi, une main relevant ma jupe jusqu'à mon ventre, l'autre s'enroulant autour de l'élastique de ma culotte.

Il lève les yeux vers moi, et je retiens mon souffle.

— Tu veux ça ?

Je hoche la tête, incapable de trouver mes mots, plus sûre de ça que de toute autre chose dans ma vie. En quelques secondes, il coince ma robe dans ma ceinture et fait glisser ma culotte le long de mes jambes. J'en sors, n'arrivant toujours pas à croire que je suis en train de faire ça.

Mes inspirations sont trop rapides, et il a un sourire en coin en baissant son regard sur mon offrande, m'étudiant sans la moindre gêne.

— Si belle et épilée pour moi, en plus.

Il y avait une noirceur primitive dans sa voix.

Mes tétons se durcissent contre mon haut tandis qu'il écarte doucement mes cuisses, se penchant, et ses doigts m'ouvrent, les autres pinçant mon clito.

Mon souffle se coince dans ma gorge, mon corps se tendant. J'ai déjà flirté avec des hommes, mais ce n'était jamais sérieux. Pourtant, je n'ai jamais eu l'impression d'être sur le point d'exploser comme ça.

Puis sa bouche se presse contre moi, sa langue s'insinuant entre mes lèvres.

Un gémissement franchit mes lèvres, et je m'appuie contre les étagères, m'y agrippant comme si j'allais tomber. Deux doigts avides s'enfoncent en moi tandis que sa langue vient fouetter mon clito. Mes hanches se balancent au rythme de ses doigts qui font des va-et-vient en moi.

Je me tortille pendant qu'il émet des sons de succion lascifs, ses lèvres enserrant ma chatte, ses doigts s'enfonçant en moi. D'autres gémissements roulent dans ma gorge.

D'une manière ou d'une autre, un reste de lucidité me rappelle que je ne devrais pas attirer l'attention de quiconque à l'étage, vu que j'ai laissé la porte du sous-sol ouverte.

Putain !

C'est au même moment que ses doigts se recourbent en moi pour toucher un point si précis, d'une perfection si électrisante, que je pousse un cri alors qu'un orgasme convulsif me déchire. Il vient si vite, je vois des étoiles pendant que Garrett retire ses doigts et lèche mon ouverture comme s'il ne pouvait se lasser de mes sucs. Je suis trempée, tremblante, toutes ces endorphines parcourant mon corps. Je suis follement amoureuse de la façon dont il me lape, donnant de rapides coups de langue et me dévorant.

Il grogne, me gardant écartée, sans me relâcher. Ce son m'excite alors que frisson après frisson parcourt ma chatte.

Me tortillant contre lui, je flotte, m'accrochant aux étagères, cherchant mon souffle.

Redescendant de mon extase, je ne peux m'empêcher de sourire.

— C'était incroyable.

Il se détache et se met debout, me dominant, sa bouche et son menton luisants. Son corps est pressé contre le mien, son énorme queue nichée contre mon ventre. C'est tout ce à quoi je peux penser maintenant : lui, s'enfonçant en moi, m'écartant, me faisant crier.

— Tu es si humide, si douce, si prête, putain, murmure-t-il, et ça devrait m'effrayer, mais je souris encore, désespérée de recevoir tout ce qu'il offre. Ses yeux s'assombrissent pour devenir vert forêt, dilatés par la faim, mais il y a autre chose qui traverse son expression.

Devrais-je m'inquiéter ?

— Ma douce Ruby, murmure-t-il, la voix rauque, mon odeur enivrante partout sur sa bouche. Savais-tu que tu commences à entrer en chaleur ?

Le sang se glace dans mes veines alors même que mon corps brûle encore plus fort. — Quoi ?

— PATRONNE ! La voix d'Ash tonne soudain d'en haut, me faisant sursauter. J'ai besoin d'un coup de main ici !

— Non. Je pousse la poitrine de Garrett, la panique montant. Tu as tort. Ça n'arrive pas. Je n'ai pas de chaleurs. Je n'en ai pas eu une seule…

— Ça arrive quand tu rencontres ton double olfactif. Sa voix est douce, mais ses yeux brûlent de possession. Je sais qu'il a raison, mais j'ai du mal à me l'admettre. Quand tu trouves ton Alpha.

La terreur et le désir se livrent une guerre dans ma poitrine. Ça ne peut pas être vrai. Je ne suis pas prête à succomber à un Alpha, à le laisser me contrôler, à contrôler tout ce pour quoi je me suis battue. Ma tête tourne avec trop de confusion pour comprendre tout ce qu'il dit.

— Je dois y aller. Ma voix tremble alors que je me baisse pour passer sous son bras, rajustant ma robe, mes jambes en coton. Les clients… Je dois…

— Ruby, attends ! Il tend la main vers moi, et le besoin brut dans sa voix brise presque ma résolution.

— Non ! Ma voix est plus dure que je ne l'aurais voulu. — Non, tu as tort. Ce n'est pas… Je ne suis pas…

Je m'enfuis en courant dans les escaliers, le laissant dans l'obscurité, son goût encore sur mes lèvres, la panique me serrant la gorge, et trempée. C'est là que je réalise que j'ai oublié ma culotte, mais je suis incapable d'y retourner. Mon corps hurle de retourner auprès de lui, de le laisser me revendiquer, de me soumettre à ce que tous mes instincts me crient être la bonne chose à faire.

Mais ça me terrifie aussi de perdre le contrôle si facilement.

Chaleur. Alpha. Compagnon.

Ces mots résonnent dans ma tête, ainsi qu'autre chose…

Et s'il était la solution... la réponse à mon problème avec Marcus ? Suis-je prête à accepter un compagnon si vite pour le bien du bar ? Je me sens déchirée, détestant cette peur qui m'envahit quand il s'agit de mes sentiments pour Marcus.

6

RUBY

Je ne devrais pas être ici, dans les montagnes.

Cette pensée me martèle la tête à chaque pas sur le sentier enneigé, aussi tenace que le souvenir du deuxième baiser de Garrett l'autre soir — de ma culotte qui avait disparu quand je suis retournée la chercher au sous-sol, au fait qu'il m'ait envoyé d'autres fleurs, mais ne soit pas revenu me voir en personne. J'ai envisagé d'aller à sa brasserie, mais j'avais peur de paraître désespérée. Alors, me voilà, sur le point de gravir une montagne du coin, souvent empruntée pour des randonnées.

Mon corps frissonne encore quand je pense à la façon dont il m'a fait jouir, ce qui est d'ailleurs une autre raison de ma présence ici — arrêter de penser à lui et me vider la tête. Pourtant, dans mon esprit, je le revois me sourire en quittant le bar l'autre soir, et je n'ai pas réussi à me le sortir de la tête depuis. Et puis, il y avait son odeur, qui m'a presque fait ronronner.

Depuis quand est-ce que je ronronne, moi ?

J'ai donc pris un jour de congé du bar, incapable d'affronter qui que ce soit là-bas, et encore moins Marcus s'il revenait. Sans parler d'Ash, avec ses taquineries suffisantes, parfaitement conscient de ce qui se passait au sous-sol.

Le problème, c'est que je veux que Garrett revienne.

Bien sûr, j'ai pensé qu'il pourrait être celui qui m'aiderait avec mes problèmes avec Marcus, pourtant, quelque chose en moi se raidit quand je me rappelle l'engagement de m'accoupler et de me marier avec quelqu'un que je connais à peine. Et s'il s'avérait être exactement comme mon père ? Un Alpha violent ?

Nous, les Omégas, nous sommes faits pour être à la merci des Alphas, et ça me terrifie.

Je me sens déchirée, brisée, confuse.

Non, j'ai besoin d'une pause, et ça tombe bien que ce matin, j'aie trouvé un prospectus pour Pine Peak Adventures glissé sous la porte de mon bar. Ça m'a semblé être une intervention divine.

Première Randonnée Gratuite – Découvrez Votre Esprit Montagnard !

La marche jusqu'à leur bureau plus tôt dans la journée, à l'autre bout de la ville, n'a pas été éreintante. Maintenant, me voici dans l'air frais de la montagne, entourée de neige et d'un petit groupe de participants, avec notre guide, Knox Anderson. J'ai entendu dire qu'il organisait des randonnées à ski depuis la ville, mais je n'ai jamais eu le temps d'explorer la région montagneuse.

L'air est vif et pur, dissipant le brouillard de confusion qui n'a jamais quitté mes pensées depuis que je suis tombée sous le charme de Garrett dans le sous-sol. Plus tard cette nuit-là, j'ai cherché par curiosité sur mon téléphone des suppresseurs pour Omégas, afin de pouvoir prendre des décisions la tête froide, plutôt que de laisser mes hormones me contrôler. Les publicités promettaient la liberté, le contrôle, et un moyen de faire taire ces instincts traîtres qui me rendent faible. Pour éviter de devenir comme ma mère.

— Tout le monde arrive à suivre ? La voix grave de Knox Anderson porte facilement au-dessus du groupe, avec un ton traînant et nonchalant qui réussit à être à la fois autoritaire et réconfortant, me tirant de mes pensées. Notre guide semble tout droit sorti d'une plage australienne : cheveux décolorés par le soleil qui dépassent de son bonnet, peau bronzée, et des yeux bleu glacier si vifs que je ne peux m'empêcher de les fixer.

Bien sûr, ça n'aide pas que cet homme soit d'une beauté à tomber par terre.

J'ajuste les sangles de mon sac à dos de prêt, jetant un coup d'œil au reste du groupe qui avance péniblement dans la neige. Knox nous guide sur un sentier ouvert et usé dans la neige peu profonde, Mme Peterson ne cesse de proposer son mélange de fruits secs fait maison sorti d'un sac Ziploc, et Sarah et James n'arrêtent pas de se toucher. Ce serait mignon si ça ne me rappelait pas tout ce qui m'inquiète.

Et puis il y a Mia et Kym, des Omégas que je n'ai jamais vues en ville, mais ça ne veut pas dire qu'elles n'y habitent pas. Whispering Grove est immense.

Je les observe rôder autour de Knox depuis ce matin, gloussant à chacun de ses mots, trouvant des prétextes pour avoir besoin de son aide. Il gère la situation avec professionnalisme, mais je surprends leurs regards de prédatrices, la façon dont elles se positionnent pour le frôler accidentellement.

— Et puis l'été dernier, s'extasie Kym. J'ai essayé l'escalade pour la première fois. Peut-être que tu pourrais me donner des leçons particulières ?

Le sourire poli de Knox semble forcé. — Le bureau des guides propose des cours collectifs...

— Mais tu es le meilleur moniteur, m'interrompt Mia en battant des cils. Tout le monde le dit.

Je lève les yeux au ciel avec exaspération. Leur désespoir empeste plus fort que leur parfum, ce qui n'est pas peu dire. Qui met du parfum pour une randonnée en montagne ?

Je jette un coup d'œil à Knox.

Il y a quelque chose chez lui qui l'empêche de passer inaperçu. Peut-être sa façon de se mouvoir — silencieuse et gracieuse malgré sa grande taille. Peut-être la manière dont son regard croise le mien, s'y attardant un peu trop longtemps, avant de glisser sur mes lèvres. Je suis déroutée par ce qui se passe et par mon incapacité à détourner le regard. Ou peut-être que c'est son odeur…

Mon Dieu, son odeur. Elle n'a rien à voir avec celle de Garrett, mais elle est tout aussi enivrante — un mélange de chocolat, de neige fraîche et de quelque chose de sauvage qui me rappelle les orages. Mon côté Oméga s'éveille chaque fois que le vent tourne, m'apportant son parfum par vagues taquines. Ma peau se met à picoter, mon corps devient trop chaud malgré la fraîcheur de la montagne.

Knox s'arrête à un virage en épingle, montrant du doigt un sommet lointain. Le soleil de midi éclaire son profil, soulignant la ligne nette de sa mâchoire, sa barbe naissante qui serait rêche contre ma peau si je…

« Tu ne vaux pas mieux que les autres Omégas », ricane la voix de mon père dans ma mémoire. « Encore une salope d'Oméga, toujours à le réclamer. »

Le souvenir me revient brutalement — ma mère, recroquevillée dans la cuisine, la rage imbibée d'alcool de mon père emplissant la maison de phéromones amères. J'avais douze ans, et je regardais par l'entrebâillement de la porte de ma chambre alors qu'il lui attrapait le bras, lui laissant des bleus.

— Ce n'est pas de sa faute, m'avait-elle dit plus tard, en couvrant les marques avec du maquillage. Les Alphas ne peuvent pas maîtriser leurs instincts, ma chérie. Et nous, les Omégas, nous les provoquons. C'est notre nature.

J'enfonce mes ongles dans les paumes de mes mains gantées. Je ne suis en rien comme elle. Je maîtrise la situation. Et si cette maîtrise m'échappe ces derniers temps... eh bien, c'est à ça que servent les suppresseurs. Le site web avait promis une livraison en vingt-quatre heures, sans poser de questions. Le prix m'a fait grimacer, mais peut-être que ça vaudra le coup pour faire taire ces pulsions, pour empêcher mon corps de me trahir. Même si je ne suis pas encore sûre de les commander.

— Attention où vous mettez les pieds, lance Knox en tendant la main pour aider Mme Peterson à franchir une section rocheuse du sentier. Son tatouage d'épines se contracte sur le côté de son cou, et j'imagine ce que ce serait de passer mes doigts dessus.

Je me reprends en soupirant. Qu'est-ce qui ne va pas chez moi ? Garrett avait-il raison de dire que mes chaleurs approchaient ? Et maintenant, me voilà à craquer pour tous les Alphas. Je ne vaux pas mieux que Mia et Kym, à baver sur Knox. Les chaleurs peuvent survenir n'importe quand entre dix-huit et vingt-cinq ans, et j'arrive à la fin de cette période.

Un rire enjoué à proximité me tire de ce dangereux fil de pensées. Sarah, l'Oméga du jeune couple, est pratiquement rayonnante alors que James l'aide à franchir le même passage rocheux. Elle se blottit contre lui comme si elle ne pouvait s'en empêcher, comme si sa présence était la gravité et qu'elle était heureuse en orbite. Il la regarde comme si elle était la seule personne sur la montagne, sa main protectrice au creux de ses reins. Ils se meuvent en parfaite synchronisation, perdus dans leur propre petit monde.

Quelque chose dans ma poitrine me fait mal à cette vue. Juste un instant, je me laisse imaginer ce que ce serait d'avoir ça — faire assez confiance à quelqu'un pour le laisser entrer, se sentir en sécurité au lieu d'être piégée. Ne pas sursauter quand un Alpha hausse la voix, ne pas constamment lutter contre ma propre biologie...

— La vue est magnifique, n'est-ce pas ?

Je sursaute à la voix de Knox juste à côté de moi. Quand s'est-il autant approché ? Je peux voir les paillettes dorées dans ses yeux bleus et la minuscule cicatrice au-dessus de son sourcil gauche. Il est plus jeune que je ne le pensais au départ, peut-être entre vingt-cinq et trente ans.

— Je suppose, parviens-je à dire en m'éloignant pour mettre de la distance entre nous. Mon cœur s'emballe, et je suis sûre qu'il peut l'entendre. Il peut probablement sentir la confusion et le désir qui émanent de moi par vagues. Si vous aimez ce genre de choses.

Son rire est grave et chaleureux, remuant quelque chose de primal dans ma poitrine.

— Pas une passionnée de nature ?

— Plutôt un chat d'intérieur. Je désigne mes chaussures de randonnée manifestement neuves, achetées dans la panique au magasin de sport ce matin. C'est… une expérience.

— Tu essaies de bousculer tes habitudes ? Ses narines se dilatent légèrement, et je regarde ses pupilles s'élargir. Ou tu fuis quelque chose ?

La question touche un point trop sensible. J'ouvre la bouche pour esquiver, mais un cri plus loin interrompt le moment. Nous nous tournons tous les deux pour voir James étalé sur le sentier, se tenant la cheville. Son visage est blême de douleur.

Knox réagit au quart de tour. Je le suis sans réfléchir, mes réflexes de secouriste appris au bar reprenant le dessus.

— Restez tous en arrière. Laissez-lui de l'espace, ordonne Knox, déjà agenouillé près de James. Le reste du groupe s'attroupe, anxieux, pendant que Knox vérifie les signes vitaux de James. — Tu peux me dire ce qui s'est passé ?

— J'ai glissé sur du gravier. La voix de James est tendue par la douleur. — J'ai essayé de me rattraper, mais…

Je me laisse tomber à genoux de l'autre côté de James, mes mains se tendant déjà vers sa cheville. — Je peux ? J'ai quelques notions de secourisme.

Knox hausse légèrement les sourcils, mais il hoche la tête. Nos mains se frôlent alors que nous soutenons tous les deux la jambe de James, et le contact envoie une décharge électrique le long de mon bras. Son regard s'ancre dans le mien l'espace d'un battement de cœur, et l'intensité dans ses yeux me fait frissonner.

Concentration. La cheville enfle déjà, mais quand je la manipule avec précaution, James grimace, ce qui suggère une entorse plutôt qu'une fracture. La peau est chaude au toucher, mais il n'y a pas de déformation évidente.

— Une entorse, je pense, je murmure à Knox, luttant pour garder une voix stable malgré sa proximité. — Il a besoin de surélever sa jambe, d'une compression et de glace, mais ça aurait pu être pire.

— Il y a une trousse de premiers secours à environ un kilomètre et demi en arrière, déclare Knox, puis il fronce les sourcils en regardant le ciel menaçant. — La météo se gâte plus vite que prévu. Elle n'aurait pas dû atteindre notre ville avant ce soir.

Je suis son regard et vois des nuages sombres s'amonceler de façon inquiétante au-dessus des sommets. La température a chuté de manière perceptible ces dernières minutes, et le vent transporte l'odeur âpre de la neige qui approche. Le mauvais temps arrive.

Le vent apporte aussi l'odeur de Knox, et de si près, j'y perçois autre chose — quelque chose de familier qui titille ma mémoire. Quelque chose qui me rappelle le vieux papier et l'encre passée, les pommes fraîchement sorties du four, et son odeur masculine qui me fait pâmer.

— Je sais que ce groupe était censé faire encore cinq kilomètres, lance Knox à tout le monde, passant sans transition en mode sérieux. Sa voix a ce timbre d'Alpha, et j'en ai le souffle coupé de voir à quel point j'aime l'entendre. — Mais avec la blessure de James et la météo, nous devons évacuer. Il y a un refuge à environ quatre cents mètres devant nous — nous nous y abriterons jusqu'à ce que la tempête passe.

Il sort son téléphone satellite, et aussitôt, Mia se rapproche. — On sera en sécurité là-bas, Knox ? Elle lui touche le bras, la voix mielleuse.

— Le refuge est entièrement approvisionné pour les urgences, dit-il, passant déjà son appel. — Je préviens la base de notre changement de programme.

— Je peux t'aider si tu as besoin de quoi que ce soit, propose Kym.

Après son appel, Knox envoie Sarah et Mme Peterson en éclaireuses pour préparer le refuge tandis que le couple Henderson se charge de distribuer les provisions d'urgence de son sac.

— Je vais aider pour James, se porte volontaire Mia aussitôt, mais Knox secoue la tête.

— Ruby a une formation médicale. Ruby, prends son côté gauche. Je m'occupe de sa droite.

Je me mets en position, interceptant au passage les regards assassins que Mia et Kym me lancent. Le groupe se resserre alors que la température chute et que la neige commence à tomber plus dru.

— Je peux porter la trousse de secours, annonce Kym en se collant au côté libre de Knox. — Elle a l'air lourde.

— En fait, dit Knox. — Est-ce que toi et Mia pourriez aider Mme Peterson ? Le sentier devient difficile par ici.

Elles s'éloignent en chuchotant avec fureur, tandis que James gémit entre Knox et moi. Le temps se dégrade rapidement, le vent nous fouettant le visage de neige.

— On y est presque, murmure Knox, mais tout ce que je vois autour de nous, ce sont des arbres. — Tu te débrouilles très bien, Ruby.

Derrière nous, j'entends le chuchotement faussement discret de Kym à Mia. — Elle pourrait pas être plus désespérée ?

Je secoue la tête et les ignore.

Avec la tempête qui approche, j'ai de plus gros problèmes que deux Omégas jalouses.

Mon téléphone vibre dans ma poche, mais je n'ai pas les mains libres pour le consulter, alors il devra attendre. Finalement, nous atteignons l'immense chalet en bois, qui est plus grand que ce que j'avais imaginé. Il est niché dans une clairière au milieu d'arbres couverts de neige.

À l'intérieur, la pièce principale est meublée de canapés disposés devant une cheminée. Il y a une kitchenette rudimentaire et ce qui ressemble à des dortoirs et une salle de bain derrière une porte latérale. Et un autre couloir qui mène à d'autres pièces. Pendant que Knox et moi installons James, je remarque Mia et Kym qui chuchotent en me lançant des regards venimeux. Je les ignore et vérifie à nouveau la cheville de James pendant que Knox attrape la trousse de premiers secours et comprime la zone avec un bandage, tandis que je saisis plusieurs coussins pour surélever son pied.

— Tout le monde, je vais informer la base de notre arrivée, annonce Knox. Ils sauront que nous attendons ici que la tempête passe. Inutile de risquer l'envoi d'équipes de secours par ce temps pour une petite entorse.

James hoche la tête en signe d'approbation, tandis que Sarah est agenouillée à ses côtés, lui tenant la main.

Je profite de ce moment pour consulter mon téléphone et je découvre trois appels manqués de ma meilleure amie, Lily, et un texto qui me glace le sang.

« Marcus vient de passer pour demander de tes nouvelles. Il a dit un truc du genre qu'il voulait s'assurer qu'on prenait soin de toi. Ruby, qu'est-ce qui se passe ? »

Les mots se brouillent tandis que ma vue se trouble. Putain, qu'est-ce qu'il me veut, encore ? Je lui réponds rapidement par message que je vais bien et que je lui parlerai plus tard.

Enfournant le téléphone dans ma poche, je jette un coup d'œil autour de moi et je vois James allongé sur l'un des canapés face à la cheminée, la jambe surélevée. Knox jette d'autres bûches dans les flammes grandissantes, essayant d'attiser le feu.

Être ici, dans les montagnes, était mon moyen d'échapper à Marcus, pourtant, le message de Lily me laisse glacée jusqu'aux os.

— Hé, ça va ? Le ton de Knox est teinté d'une inquiétude sincère alors qu'il se rapproche. Tu as l'air un peu pâle.

Alors que j'essaie de me concentrer, tout me semble trop intense : la chaleur du chalet, le senti-ment d'être prise au piège et, surtout, la présence de Knox qui se fait plus forte à chaque pas qu'il fait vers moi.

— Je vais bien, c'est juste que... Je vacille légère-ment, et sa main attrape mon coude. Même à travers ma veste, son contact est un feu tentateur.

— Viens. Sa voix se fait plus basse, destinée à moi seule. Laisse-moi te préparer un chocolat chaud. James se repose, et nous ne pouvons rien faire d'autre qu'attendre la fin de cette tempête.

Je le suis jusqu'à la petite kitchenette au fond de la pièce, le regardant se défaire de ses vêtements d'hiver. Sans sa veste épaisse et son bonnet, je contemple ce bel apollon. Là où Garrett est tout en épaules larges et en puissance, Knox est athlétique et captivant. Ses cheveux blond cendré lui tombent dans les yeux tandis qu'il fouille dans les placards, et le t-shirt épais à manches longues qu'il porte met en valeur ses bras musclés. Un fin cordon de cuir autour de son cou disparaît sous son col, et je me surprends à me demander ce qui y est suspendu.

— Tu m'observes attentivement, dit-il sans se retourner, une pointe d'amusement dans la voix.

— J'essaie juste d'imaginer comment tu as fait pour être aussi bronzé dans une ville comme Whispering Grove, où il neige plus souvent qu'à son tour.

— Je suis rentré récemment d'une compétition de surf à Hawaï.

— Ça semble bien loin du métier de guide de montagne. C'était comment ?

Il a un petit rire, et je fixe la fossette de son menton.

— On était sur la côte nord d'Oahu, à Banzai Pipeline. Mec, les vagues étaient de vrais monstres… des barrels parfaits, des conditions lisses jusqu'à ce que le vent se lève. Il passe une main dans ses cheveux décolorés par le sel. Puis des requins-marteaux ont décidé de s'incruster à la fête… ils se sont approchés bien trop près de la zone de take-off. On a dû rappeler tout le monde.

La façon dont il parle du surf le transforme — il y

a cette liberté sauvage dans sa voix qui fait vibrer quelque chose en moi — comme s'il était le plus vivant lorsqu'il défie la nature elle-même.

— Ça a l'air terrifiant, j'avoue.

— Nan, c'est ça, la montée d'adrénaline. Pareil que l'escalade, en fait, c'est juste toi contre les éléments.

— Et les requins n'ont pas été impressionnés par tes talents ?

Il sourit, et je fonds devant le plus beau sourire que j'aie jamais vu.

— Je suis arrivé quatrième. Il hausse les épaules, mais je perçois la déception dans sa voix. — La compétition était rude cette année.

— La quatrième place, c'est incroyable. Alors, tu voyages souvent ? Je le regarde doser le cacao dans un mug.

— Par-ci, par-là. De la vapeur s'élève alors qu'il ajoute de l'eau chaude à la tasse. — Mais rien ne vaut le sentiment d'être chez soi, à Whispering Grove. Une ombre passe sur son visage. — J'ai grandi ici. Mes parents sont décédés maintenant, mais…

— Je suis vraiment désolée. La douleur dans sa voix est difficile à ignorer.

— Un accident de la route. Il hausse les épaules et se tourne pour attraper des marshmallows dans le placard au mur. — Ça fait dix ans maintenant. Ses mots sont secs, comme s'il retenait ses émotions. Je ne peux pas lui en vouloir. — Des marshmallows ? Pour moi, c'est deux minimum.

— Deux, c'est parfait.

Le mug réchauffe mes mains gelées alors qu'il me guide vers une banquette près de la fenêtre. Les coussins beiges semblent avoir bien vécu ; c'est de toute évidence un coin favori. À travers la vitre, la tempête redouble d'intensité, la neige tourbillonne en motifs furieux tandis que les branches des arbres sont secouées violemment.

Il me guide jusqu'à la banquette, et j'aperçois Mia qui murmure quelque chose à Kym, ce qui les amène toutes les deux à jeter un coup d'œil dans ma direction. Je les ignore.

— Knox ? nous interrompt Kym, qui se tient à quelques pas de nous. — Tu peux m'aider, s'il te plaît ? Je crois que j'ai une écharde…

— Tu portes encore tes gants, fait-il remarquer sans me quitter des yeux, mais je remarque son air renfrogné tandis qu'elle s'éclipse.

— Ça ne me dérange pas si tu vas l'aider. C'est ta petite amie, n'est-ce pas ? Une partie de moi fait l'innocente, mais j'ai besoin de l'entendre de sa bouche.

— Putain, non ! répond-il brusquement, les sourcils froncés comme si la simple idée le faisait souffrir. — Je n'ai pas de petite amie en ce moment. Bref, tu devrais venir faire de la randonnée plus souvent, me dit-il en s'installant près de moi.

Pas trop près, mais assez pour que son parfum m'enveloppe et me fasse frissonner de partout. Surtout en apprenant qu'il est un homme libre.

— C'est fou comme on peut se retrouver dans la nature, poursuit-il.

Je ris, mais le son sort plus tremblant que prévu. — J'adorerais ça plus que tu ne peux l'imaginer.

— Parle-moi de toi. Qu'est-ce qui te fait vibrer ? Son ton est si décontracté.

— Ma brasserie, c'est toute ma vie. Je continue en expliquant mes créations en détail et finis par parler plus que prévu, puis je m'arrête pour prendre une gorgée de ma boisson. Il m'observe attentivement, avec un intérêt qui dépasse la simple politesse. — Mais ces derniers temps, la vie a été une vraie garce.

Son rire est inattendu et riche. — On dirait moi. Quand j'ai perdu mes parents, j'ai sombré. Vraiment sombré. Je détestais absolument tout. Il passe une nouvelle fois la main dans ses cheveux, et ce geste est si attachant que j'ai mal à la poitrine. — C'est comme ça que j'ai découvert la randonnée en montagne, en fait. J'avais besoin de quelque chose pour me sortir de cette noirceur.

— Est-ce que ça a marché ?

— Pas au début. Il jette un coup d'œil dehors, puis revient à moi. — Les premières fois, je marchais jusqu'à l'épuisement. Puis je m'effondrais là où je me trouvais. J'ai probablement eu de la chance de ne pas mourir de froid.

— Qu'est-ce qui a changé ?

— J'ai rencontré un vieux guide. Un vrai connard, mais il a vu quelque chose en moi. Il m'a appris les bonnes techniques de survie, l'orientation et les premiers secours. Il disait que si j'étais assez stupide pour m'enfoncer dans la nature, je devais au moins être assez intelligent pour en ressortir.

Je me surprends à sourire. — On dirait Eve. Il me lance un regard interrogateur. — Ma tante. Elle avait cette façon d'aider les gens en faisant semblant de ne pas les aider du tout.

— C'est le cas des meilleurs. Il sourit, ses yeux perçants ne me quittant pas, et quelque chose se retourne dans mon estomac. — Bref, il m'a fait suivre une vraie formation. Puis, j'ai découvert le surf lors d'un voyage en Californie. Il y a un truc avec le fait de prendre les vagues… c'est comme si le temps s'arrêtait. Plus rien n'existe, à part toi et l'eau.

Je ne connais pas grand-chose au surf, si ce n'est que ceux qui en font sont incroyablement courageux de surfer sur ces vagues immenses.

— C'est pour ça que tu fais de la compétition ?

— En partie. — Il bouge et son bras frôle le mien. Des picotements me parcourent au contact, et il y a quelque chose de si réconfortant à simplement discuter avec lui. — Surtout, ça me donne un but. Quelque chose à atteindre, tu vois ?

La question me touche plus profondément qu'il ne le voulait sans doute. Quel est mon but ? Le bar, évidemment. L'héritage d'Eve. Mais est-ce que ça suffit ? Est-ce pour ça que je me bats si ardemment pour le conserver ?

— Désolé. — Sa voix me ramène à la réalité. — Je suis parti dans des considérations philosophiques. Tu veux entendre une blague vraiment nulle à la place ?

— Je t'écoute. — Je m'allonge, adorant sa façon de me sourire.

— Que fait une vache avec une radio ?

Je fronce les sourcils. — J'ai peur de demander.

— Elle fait de la meuh-sique ! — Son sourire est ridicule et parfait.

Je grogne mais je ne peux pas m'empêcher de rire. — C'est horrible.

— J'en ai des pires. Pourquoi les canards sont-ils toujours à l'heure ?

— Pitié, non.

— Parce qu'ils sont dans les temps !

— Arrête ! — Je glousse maintenant, et la façon dont il me regarde fait bégayer mon cœur.

C'est dangereux. Je ne devrais pas ressentir cette attirance pour lui, pas alors que le baiser de Garrett brûle encore sur mes lèvres. Pas alors que mon corps réagit à eux deux d'une manière que je n'ai jamais connue avec d'autres Alphas.

— Knox ? — Mia apparaît soudain à côté de nous, en fronçant les sourcils. — Pourrais-tu vérifier les bulletins météo ? Je m'inquiète pour ma famille en ville avec cette tempête…

Il soupire. — Bien sûr. Ruby, ne bouge pas. J'ai d'autres blagues horribles pour mon retour.

À l'instant où il part et se dirige vers le fond de la pièce avec Mia, Kym se matérialise à mes côtés. — Tu t'amuses bien ?

— Terriblement. — Je sirote mon chocolat chaud. — Ton écharde va mieux ?

— Écoute-moi bien, — siffle-t-elle. — Ça fait des semaines qu'on travaille Knox au corps. Il est à nous. Lâche l'affaire, ou tu le regretteras.

Je ris, ce qui n'est manifestement pas la réponse qu'elle attendait. — Ce n'est pas un projet sur lequel on travaille. C'est une personne.

— Tu n'as aucune idée à qui tu as affaire. — Son doux sourire est de travers. — On a vu comment il te regarde. Ça s'arrête maintenant.

— Tout va bien, ici ? — demande Sarah, en nous rejoignant.

— J'expliquais juste à Ruby comment ça marche, — dit Kym d'un ton enjoué. — Le respect, le territoire.

— Et moi, je m'en allais, justement. — Je me lève, mais Mia me barre le chemin.

— Tu sais ce qui arrive aux briseuses de couple dans ces montagnes ? — demande-t-elle. — Un terrain si dangereux. Les accidents sont si vite arrivés.

Sa menace pèse lourdement sur moi.

Avant que je ne puisse répondre, Knox

revient. — La tempête s'aggrave. On dirait qu'on est coincés ici pour la nuit. Installez-vous et mettez-vous à l'aise.

À travers la fenêtre, la tempête s'intensifie. La neige passe en rafales blanches, et le vent semble presque vivant. Quelque chose là-dedans me fait hérisser les poils sur la nuque.

Ou peut-être que c'est juste le fait de savoir que je suis piégée dans un chalet avec deux Omégas qui me dévisagent comme si j'étais leur ennemie jurée.

Ça promet.

7

RUBY

Jamais des macaronis au fromage n'avaient eu un tel goût de tension.

La sauce en poudre et les nouilles bouillies se mélangeaient à des morceaux de bœuf séché — une suggestion de Knox pour ajouter des protéines — tandis que des haricots verts en conserve et des crackers rassis complétaient notre dîner cinq étoiles de cuisine montagnarde. Pourtant, après la randonnée et les péripéties de la journée, même ce repas simple nous semblait divin. Et pour le dessert, des chocolats chauds.

Dehors, il faisait nuit noire et la tempête hurlait pendant que nous étions rassemblés autour de la cheminée, dont la chaleur était le seul véritable réconfort dans cette situation. Mme Peterson s'était approprié l'un des canapés et y avait étendu ses jambes, tandis que Sarah était assise sur mon canapé et James sur un autre, la cheville surélevée. Mia et Kym s'étaient savamment installées en face de moi. Knox, lui, se trouvait au fond de la pièce, contactant le camp de base par radio.

— Je trouve ça triste, dit Mia assez fort pour que tout le monde l'entende. Quand les gens ne respectent pas les limites.

Kym hoche la tête d'un air entendu.

— Ou les relations établies.

J'enfourne une autre fourchetée de macaronis au fromage dans ma bouche pour m'empêcher de répondre. Ces pâtes bas de gamme ont un goût de carton et de venin.

— Il y a des gens qui ne comprennent pas où est leur place, intervient Sarah, à ma grande surprise. Depuis quand elle a rejoint le clan des pestes ?

Ma fourchette s'immobilise à mi-chemin de ma bouche.

— Pardon, qu'est-ce que tu insinues, au juste ?

— Oh, elle parle ! s'exclame Mia. Sa surprise feinte lui vaudrait un prix d'art dramatique au lycée. On croyait que tu ne parlais qu'aux Alphas.

— Seulement à certains Alphas, ajoute Kym avec un rictus méprisant.

James remue sur son siège, mal à l'aise.

— Hé, on devrait peut-être…

— C'est bon, le coupe Sarah, et je me lève pour poser mon assiette sur la table avant d'être tentée de la jeter. C'est aussi à ce moment-là que je remarque

que Knox est toujours à la radio, ne prêtant aucune attention à notre conversation, même si j'aimerais bien qu'il le fasse.

De retour sur le canapé, elles m'observent toutes, attendant clairement ma réponse.

— J'ai l'habitude que les gens fassent des suppositions sur moi. Mais en général, ils sont plus doués pour ça.

— C'était une menace ? demande Mia en se redressant.

— Une observation. Je force ma voix à rester neutre. Comme le fait que je vous ai observées, vous deux, vous jeter sur Knox toute la journée, sans le moindre succès. Ça doit être frustrant.

Le visage de Kym prend une intéressante teinte violacée.

— Petite…

— Tout va bien par ici ? La voix de Knox brise la tension. La radio dit que la tempête s'installe pour la nuit.

— Parfait ! La transformation de Mia, passant de la fureur au sucre d'orge, me donnerait le tournis si je n'étais pas aussi écœurée. On t'a gardé une place.

Knox se laisse tomber dans l'espace qu'elles ont créé pour lui, et elles se serrent immédiatement contre lui comme des serre-livres. Cette scène ne devrait pas me déranger, mais elle m'irrite au plus haut point.

— J'ai trouvé des jeux au fond, continue-t-il,

apparemment inconscient du fait que Kym est pratiquement sur ses genoux. Et des livres, si ça intéresse quelqu'un. On devrait aussi s'organiser pour dormir. Il y a cinq lits simples dans la pièce du fond. Un pour James, évidemment. Et Sarah à côté de lui, peut-être ?

Elle hoche la tête avec empressement.

— Un pour moi, s'empresse d'ajouter Mme Peterson.

— Je prends un canapé, je propose. Tout pour éviter d'être coincée dans une chambre avec mon nouveau fan-club.

Knox dévisage les deux filles. — Vous avez pris les deux derniers lits ?

— Où est-ce que tu vas dormir ? roucoule Mia en battant des cils dans sa direction.

— Sur le canapé, puisque je veux surveiller la météo.

— Alors on reste aussi ! annonce Kym. Au cas où tu aurais besoin d'aide. Et puis, il fait tellement plus chaud ici.

Génial. Vraiment génial.

Bien qu'une partie de moi envisage d'aller dans la chambre, je me sens plus en sécurité près de Knox. Surtout que maintenant, Sarah s'est aussi retournée contre moi.

Knox hausse les épaules. — Comme vous voulez. C'est votre choix. Bon, c'est réglé. Maintenant, est-ce que quelqu'un veut entendre une histoire ? demande Knox, et quelque chose dans sa voix me fait me pencher en avant malgré moi. — Il y a une vieille légende sur ces montagnes en hiver.

— Est-ce que ça fait peur ? Mia s'agrippe à son bras.

— Ça a l'air génial, j'ajoute, et les autres hochent la tête.

— Seulement si vous croyez à la Yuki-onna. Son regard croise le mien alors qu'il commence, et soudain, c'est comme si tout le monde disparaissait. — La Femme des Neiges. On dit qu'elle parcourt ces sommets pendant les pires tempêtes, belle et mortelle. Et si on vous trouve seul dans les montagnes la nuit, elle viendra vous enlever. Une bûche bouge dans la cheminée, projetant des étincelles. Quelqu'un halète.

— On dit qu'elle apparaît comme un fantôme, continue Knox, sa voix se faisant plus basse. — Une femme en blanc, avec une peau pâle comme un clair de lune et des lèvres bleues comme des engelures. Ses pieds ne touchent jamais la neige... elle glisse au-dessus, ne laissant aucune trace.

— Arrête, murmure Mia d'un ton sarcastique, mais elle se penche aussi pour écouter.

— Il y a dix ans, un randonneur a disparu par ici. Ils ont retrouvé son appareil photo deux mois plus tard, quand la neige a fondu. Knox fait une pause, laissant le silence s'installer. — Vous voulez savoir ce qu'il y avait dessus ?

Nous hochons tous la tête, le feu crépitant de manière sinistre.

— La dernière photo montrait une silhouette blanche au loin, à peine visible à travers la tempête de neige. Mais quand ils ont zoomé... Il se penche en avant. — Ils ont vu qu'elle regardait droit vers l'objectif. Et qu'elle souriait.

Le vent hurle dehors, faisant trembler les fenêtres. La moitié du groupe sursaute. La chair de poule me parcourt les bras.

— On dit que c'est comme ça qu'elle chasse. Elle crée des tempêtes de neige dévastatrices, attendant que quelqu'un se perde. Puis elle apparaît, prétendant vouloir aider... Il jette un coup d'œil au cercle. — Et si vous la suivez...

Une autre bûche se déplace, projetant une pluie d'étincelles. Cette fois, la plupart d'entre nous poussent un cri, sauf James.

— Qu'est-ce qui se passe alors ? chuchote Sarah.

Le ton de Knox descend pour n'être plus qu'un murmure. — On vous retrouve au printemps, quand la neige fond. Gelé. Avec un sourire paisible sur le visage... et les cheveux devenus tout blancs de terreur.

Le feu crépite bruyamment, et Mia hurle, enfouissant son visage dans l'épaule de Knox. Kym se moque d'elle avec un rire nerveux.

— Mais ce n'est qu'une vieille légende, dit Knox, reprenant sa voix normale. Mais quand ses yeux croisent à nouveau les miens, il y a autre chose. — Bien que... ils n'ont jamais retrouvé le corps de ce randonneur.

Le vent forcit dehors, sifflant à travers les arbres, et soudain, la chaleur du feu ne semble plus tout à fait suffisante.

Knox me regarde droit dans les yeux, souriant, adoucissant la peur qu'il a provoquée.

C'est à ce moment que je remarque les regards furieux de Mia et Kym dans ma direction, tandis que les lèvres de Knox s'étirent en un petit sourire alors qu'il commence une nouvelle histoire.

Finalement, il nous a raconté trois histoires, et je suis recroquevillée en boule avec mon oreiller. Mme Peterson est debout, en a visiblement assez, et commence à distribuer des couvertures et des oreillers avant d'aller se coucher. Knox aide Sarah à emmener James dans la chambre.

Puis il revient, installant son canapé quelque part derrière le mien.

— Dors bien, murmure-t-il. Mia et Kym s'emparent des canapés restants, tapotant agressivement leurs oreillers, juste dans mon champ de vision.

Le feu crépite, projetant des ombres sur les murs. Dehors, la tempête fait rage, mais ici, l'ambiance est presque paisible... si j'ignore les regards assassins qu'on me lance de l'autre côté de la pièce. Et je fais semblant de ne pas être hyperconsciente de la présence de Knox dans la même pièce que moi.

Penser à lui fait picoter ma peau et emballe mon cœur.

Comment suis-je censée dormir quand il me regarde comme ça ?

Ou quand Mia et Kym pourraient m'assassiner dans mon sommeil ?

Et pourquoi, malgré tout, est-ce que je ne peux m'empêcher de penser au baiser de Garrett tout en étant noyée dans le parfum de Knox ?

[*Ruby*] Une douleur explose dans mon épaule alors que je heurte quelque chose de dur et de froid. Pendant un instant, je n'arrive pas à comprendre ce qui se passe : pourquoi ne suis-je pas sur le canapé, pourquoi tout est-il si sombre et pourquoi est-ce que je n'arrive pas à respirer ? Puis de la neige remplit ma bouche alors que j'essaie de reprendre mon souffle, et le déclic métallique d'un verrou qui s'enclenche me ramène brutalement à la réalité.

Je me relève péniblement pour me retrouver dehors, dans la neige, la porte du chalet fermée. Je cligne des yeux pour chasser le sommeil et je sais que j'ai le sommeil lourd, je n'entends souvent même pas mon réveil le matin, alors ça me tue de savoir que j'ai dormi pendant qu'on me transportait.

Sans compter que ces folles furieuses ont dû me jeter dehors !

Putain !

Le vent me fouette comme des griffes invisibles, et l'obscurité absolue semble se refermer sur moi alors que je me précipite vers la porte. Je ne porte que les vêtements avec lesquels je me suis endormie : un jean, un t-shirt thermique à manches longues et des chaussettes. Pas de veste. Pas de chaussures. Aucune chance si je ne rentre pas à l'intérieur.

— Hé ! je martèle la porte principale de mes poings, ma voix éraillée par le vent. Laissez-moi entrer ! Ouvrez la porte !

Rien. Bien sûr, rien. À travers la fenêtre, je vois que la porte du vestibule est fermée, personne ne m'entendra par-dessus la tempête. Je repense au canapé où je dormais. Elles ont dû attendre que je sois profondément endormie. Elles étaient deux pour me porter ? Oh, je parie que Sarah les a aidées. Une angoisse, plus glaciale que le vent, m'envahit.

Une autre rafale manque de me faire tomber. Je me serre dans mes bras, essayant de conserver le peu de chaleur qu'il me reste, mais mes vêtements sont déjà trempés par la neige. Combien de temps avant que l'hypothermie ne s'installe ? Vingt minutes dans ces conditions ? Moins ? L'histoire de Knox sur la Yuki-onna résonne dans ma tête : belle et mortelle, s'emparant des voyageurs perdus dans des tempêtes comme celle-ci.

Je jette un regard derrière moi vers l'obscurité totale et je me sens vulnérable et si seule.

— Pas comme ça, je murmure entre mes dents qui claquent. Je ne vais pas mourir parce que deux Omégas ne supportent pas le rejet.

Je force mes pieds déjà engourdis à bouger, luttant dans une neige jusqu'aux genoux pour faire le tour du chalet. Des branches de pin me fouettent, déversant encore plus de neige dans mon dos. Chaque inspiration me donne l'impression d'avaler de la glace.

— S'il vous plaît, je murmure, sans trop savoir qui j'implore : Dieu, l'univers ou la femme des neiges elle-même. S'il vous plaît, ne me laissez pas mourir comme ça.

Mon souffle s'échappe en nuages déchiquetés alors que je fixe les ténèbres, l'histoire de Knox me hantant l'esprit. Le vent siffle à travers les branches squelettiques au-dessus de ma tête. Quelque chose hurle depuis les montagnes, ou est-ce le cri plaintif d'une femme ? La terreur me parcourt l'échine alors que je fonce le long de la maison. Mon cœur martèle mes côtes et chaque ombre semble vouloir m'attraper.

La première fenêtre que je trouve donne sur la chambre du fond. À travers une fente dans les rideaux, je peux distinguer les formes des lits dans l'obscurité. Je frappe la vitre plus fort qu'avant.

— Au secours ! Que quelqu'un se réveille ! Mais ma voix et mes coups sur la vitre sont emportés par la tempête hurlante qui fait trembler les fenêtres.

Ils ne m'entendent pas. Ils dorment à poings fermés.

Mes doigts sont complètement engourdis au moment où je trouve la porte de derrière. Encore des coups, encore des cris, encore le silence. Le vent transperce mes vêtements trempés comme des couteaux, et mes pensées commencent à s'embrouiller. Mauvais signe. Très mauvais signe.

Encore une fenêtre à quelques pas. Je dois juste essayer une dernière fenêtre.

J'ai si froid que je peux à peine lever les bras pour frapper à la vitre. Mes jambes se dérobent, me faisant tomber dans la neige. Quelle ironie. J'ai survécu à mes parents, à Marcus jusqu'à présent, à tout ce que la vie m'a fait subir, pour finalement mourir à cause de deux stupides Omégas.

Un cri rauque s'échappe de ma gorge, mais il est noyé par la tempête.

Alors que les bords de ma vision s'assombrissent, une lumière se répand soudainement sur la neige. Une porte s'ouvre. De la chaleur. Pitié, que ce soit la chaleur.

— Ruby ? La voix de Knox est empreinte d'une horreur pure. — Oh, mon Dieu, Ruby !

Des bras puissants me soulèvent, me berçant contre une poitrine qui est comme du feu sur ma peau gelée. J'essaie de parler, mais ma mâchoire refuse de fonctionner correctement.

— Je te tiens, murmure-t-il, déjà en mouvement. — Quand j'ai vu ton canapé vide, je t'ai cherchée dans tout le chalet jusqu'à ce que je voie un mouvement dehors par la fenêtre arrière et je suis venu te trouver. Mais je te tiens maintenant. Tiens bon.

Nous passons la porte pour entrer dans une chaleur bénie, mais je tremble si fort que j'ai du mal à réaliser où nous allons. À l'étage ? Je ne savais pas que le chalet avait un escalier.

— F-Froid, j'arrive à articuler.

— Je sais, ma chérie. Je sais. Sa voix contient une fureur à peine maîtrisée alors qu'il ouvre une autre porte d'un coup d'épaule. Il me pose sur le bord d'un lit couvert de couvertures.

— Il faut qu'on t'enlève ces vêtements mouillés. Maintenant. Son ton n'admet aucune contestation de ma part alors que je reste assise là, tremblante, luttant pour bouger. — Tu es aux premiers stades de l'hypothermie. Nous devons faire remonter ta température corporelle.

J'essaie d'attraper ma chemise, mais mes doigts ne coopèrent pas. Les mains de Knox remplacent les miennes, retirant chaque vêtement trempé. Il n'y a rien de sexuel là-dedans, bien que dans d'autres circonstances, me faire déshabiller par un Alpha pourrait faire exploser mes réactions. Pour l'instant, je n'arrive pas à penser au-delà du froid qui me glace jusqu'aux os.

— Les bras en l'air, m'ordonne-t-il en retirant ma chemise trempée. Le reste suit rapidement — jean, chaussettes, tout — puis il m'enveloppe dans des couches de couvertures épaisses. — Allonge-toi.

Je m'effondre sur le lit, des frissons secouant tout mon corps. Knox se glisse à côté de moi, me tirant contre lui pour que nous soyons face à face. Il ajoute une autre couverture sur nous deux. Sa chaleur corporelle s'infiltre en moi lentement, douloureusement, alors que la sensation revient dans mes extrémités.

— T-Tu m'as trouvée, j'arrive à dire après ce qui me semble être des heures.

— J'ai entendu la porte d'entrée se fermer. Ses bras se resserrent autour de moi, sa voix est rauque. — Quand j'ai vu ton canapé vide… Putain, Ruby. Est-ce qu'elles t'ont fait du mal ? À part…

— J-Juste jetée dehors. Parler est plus facile maintenant, même si je tremble encore. — Je ne m'attendais pas à un tel niveau de j-jalousie de psychopathe.

— Je suis tellement désolé. Il presse son visage dans mes cheveux. — Je savais qu'elles étaient intenses, mais ça… c'est une tentative de meurtre.

— P-penché au-dessus de toi.

— Je suis tellement désolé. Il écarte des mèches de

cheveux de mon visage. Je vais leur faire payer ce qu'ils t'ont fait. Je te donne ma parole.

Le silence s'installe entre nous, et je n'arrive pas à détacher mon regard de ce bel homme, me demandant comment j'ai bien pu me retrouver dans ses bras, dans une telle situation.

Il cligne des yeux, ses prunelles bleues et hypnotiques captant la faible lumière au-dessus de nous, et je me sens sombrer dans leur profondeur, tout en essayant d'ignorer à quel point ses bras autour de moi sont un refuge.

Mes pensées sont une véritable tempête : le froid mordant, la terreur, la façon dont il m'a trouvée… et, mon Dieu, il m'a vue complètement nue avant de m'envelopper dans ces couvertures. Une vague de chaleur m'envahit la nuque, malgré le froid persistant qui me glace jusqu'aux os.

— Oh, regarde, tu reprends des couleurs. C'est bon signe. Il frotte ses phalanges contre ma peau, son contact d'une douceur incroyable. Tu m'as inquiété.

— À une minute près ? Les mots m'échappent avant que je puisse les retenir.

Son expression s'assombrit. — Si j'étais arrivé ne serait-ce qu'une minute plus tard…

— Mais ça n'a pas été le cas, je murmure, en essayant d'arrêter de trembler. Tu m'as trouvée.

— Je ne me serais jamais pardonné d'avoir déclenché tout ça. Les mots sortent comme un grognement, à la fois possessif et protecteur. Sa main se pose sur ma joue, et je me penche contre sa chaleur sans réfléchir. Repose-toi, maintenant. Tu es en sécurité.

— Q-qu'est-ce que ça veut dire ? Mes paupières s'alourdissent, mais je lutte.

— Mmm ? Contente-toi de te reposer maintenant.

— Merci… merci d'être venu me chercher.

Il me serre plus fort contre lui, plaçant ma tête sous son menton. — Dors, ordonne-t-il doucement. Je ne vais nulle part.

Je veux rester éveillée, mémoriser cette sensation, mais l'épuisement m'emporte. La dernière chose que je perçois est le battement de son cœur contre mon oreille, régulier comme un tambour, et ses mots murmurés qui sonnent presque comme une menace.

— Plus personne ne te fera de mal.

8

KNOX

Le lever du soleil dore la peau de Ruby.

Je ne peux pas m'empêcher de la fixer — la façon dont la lumière matinale filtre par la fenêtre du chalet, accrochant les reflets cuivrés de ses cheveux en désordre, adoucissant le pli soucieux entre ses sourcils. Ruby est blottie dans mon lit comme si c'était sa place, sa respiration douce et régulière, une main glissée sous sa joue. La nuit dernière me fait l'effet d'un rêve fiévreux — la trouver enfermée dehors dans la tempête, la peau glacée, et ces salopes de Kym et Mia qui pensaient que c'était une sorte de blague.

Putain. Mes mains se serrent en me remémorant ses tremblements violents, la façon dont elle s'est pratiquement effondrée contre moi quand je l'ai trouvée. Un pur coup de chance que je me sois réveillé, que j'aie remarqué son absence du canapé et que j'aie commencé à fouiller le chalet. Si je ne l'avais pas fait…

Mes entrailles se nouent à cette pensée, une rage possessive me brûlant les veines. Quand Garrett m'a parlé d'elle, qu'il m'a dit que je devais la rencontrer, j'ai pensé qu'il exagérait. Mais ce premier jour où elle est entrée dans mon bureau, serrant le bon pour une randonnée gratuite que j'avais soigneusement glissé sous sa porte… Bon sang. Son odeur m'a frappé comme une avalanche — du miel, de la vanille et quelque chose de sauvage en dessous qui a fait appel à chaque instinct protecteur que je possède.

Même maintenant, alors qu'elle dort paisiblement après avoir été enfermée dehors, cette odeur m'enveloppe comme un contact physique. C'est subtil, délicat… rien à voir avec les phéromones envahissantes que la plupart des Omégas non accouplés dégagent. Il y a quelque chose qui me donne désespérément envie de me rapprocher, de goûter…

Je m'éloigne du lit avant de faire quelque chose de stupide comme enfouir mon visage dans son cou. Le plancher en bois grince sous ma botte alors que je me dirige vers la porte, et je tourne la tête, mais elle ne se réveille pas. Tant mieux. Elle a besoin de repos après ce que ces idiotes lui ont fait subir.

La pièce principale du chalet est silencieuse quand j'arrive dans la cuisine. Mia et Kym sont affalées sur les canapés où elles dorment encore, et ma lèvre se retrousse à cette vue. L'envie de les traîner dehors, de les laisser geler comme elles l'ont fait avec Ruby, me brûle la poitrine. Ce serait si facile. Si satisfaisant de leur faire vivre ce qu'elles lui ont fait subir…

Mais je vois déjà les gros titres : « Un guide jette ses clientes dehors en plein blizzard ».

Mes doigts s'enfoncent dans le comptoir de la cuisine alors que je réprime cette envie. Il y a d'autres moyens de gérer ça. De meilleurs moyens. Des moyens qui ne ruineront pas mon entreprise.

Vous n'avez aucune idée à qui vous vous frottez, toutes les deux, pensé-je sombrement en les regardant dormir. Elles l'apprendront bien assez tôt. Je les ai tolérées assez longtemps pour le bien de mon entreprise, même leur flirt insistant, mais elles ont dépassé les bornes en s'en prenant à Ruby.

La cuisine est assez vide — nous ne gardons pas grand-chose ici à part des provisions d'urgence — mais je sais où sont cachées les bonnes choses. La réserve privée des moniteurs se trouve derrière un faux panneau dans le garde-manger — du chocolat chaud de qualité supérieure, du granola de luxe, des fruits secs, le genre de nourriture réconfortante qui rend les longues gardes supportables. Ruby mérite mieux qu'un mélange de randonnée après la nuit dernière.

Alors que je fais chauffer du lait pour le chocolat chaud sur mon unique réchaud, mon esprit dérive vers la maison vide qui m'attend à Whispering

Grove. Des souvenirs de parents disparus depuis longtemps et de l'incessante soif de voyage qui m'anime depuis que je les ai perdus. Les montagnes ont comblé ce vide pendant un temps — le mouvement constant, la solitude, le but simple de veiller à la sécurité des autres pendant qu'ils exploraient la nature sauvage.

Mais dernièrement… putain, dernièrement, ça ne suffit plus. Je veux plus que des pièces vides et des matins silencieux. Je veux quelqu'un avec qui partager des histoires, avec qui construire quelque chose de permanent.

Mes pensées se tournent vers Ruby et la rapidité avec laquelle elle m'a captivé. Sa beauté, la facilité avec laquelle le courant passe entre nous, mon envie de la voler au monde entier pour tout savoir d'elle. Cette pensée me suit en montant les escaliers, alors que je porte en équilibre le chocolat chaud et une assiette de granola, de baies séchées, et les derniers sablés de ma réserve secrète.

La porte grince quand je la pousse avec l'épaule. Ruby bouge à ce bruit, et je suis de nouveau frappé de voir à quel point elle a l'air d'être à sa place dans ce lit.

— Lève-toi et resplendis, belle au bois dormant, dis-je. Tu sais quelle est la différence entre un bon matin et un mauvais matin ?

Elle jette un œil de sous la couverture.

— Quoi ?

— Environ trente-huit degrés. Je souris tandis qu'elle gémit et tire la couverture sur sa tête.

— Trop tôt pour les blagues, marmonne-t-elle, mais je peux entendre le sourire dans sa voix.

Quand elle émerge à nouveau, la réalité la percute de plein fouet. La conscience inonde son regard — où elle est, ce qui s'est passé la nuit dernière —, réalisant très probablement qu'elle est nue. J'ai gardé une attitude professionnelle la nuit dernière, mais putain, qui est-ce que j'essaie de tromper ? Difficile de rester complètement détaché face à une peau couleur crème, des courbes qui font pulser ma queue, des seins pleins qui m'appellent…

Putain !

— Tu es en sécurité, je lui dis en posant le petit-déjeuner sur la table de chevet.

Elle soupire lourdement, resserrant la couverture autour de son cou. — Je n'arrive pas à croire qu'elles m'aient fait ça.

— Ne t'en fais pas. Mon ton se fait plus bas, un grognement se mêle à ma voix. — C'est moi qui vais m'occuper d'elles.

— Tu n'as pas besoin de me protéger, proteste-t-elle, puis elle tire sur la couverture. Une rougeur se propage sur ses joues alors qu'elle essaie de se couvrir davantage.

Et putain, comme si ça ne suffisait pas, mon cerveau se fait un plaisir de me rappeler chaque détail de la nuit dernière. La douceur de ses hanches quand j'ai retiré son jean mouillé. La bande de poils blonds à la naissance de ses cuisses. Le petit tatouage en forme de flocon de neige juste au-dessus de son sein droit que je n'aurais certainement pas dû remarquer. Mais ces images sont gravées dans mon esprit, et je ne peux pas les oublier.

Je m'éclaircis la gorge. — Je t'ai apporté ton petit-déjeuner. Et tes vêtements sont secs ; je les ai mis près du radiateur. Je désigne du menton la pile de vêtements soigneusement pliés. — Il y a une salle de bain par là. Mon menton indique la porte blanche de l'autre côté de la pièce.

Elle me regarde avec un mélange de gratitude et de confusion qui me serre la poitrine. Un petit sourire se dessine au coin de ses lèvres. Ces lèvres sont une tentation, une torture…

— Je vais te laisser t'habiller, dis-je en reculant vers la porte avant de lui dire à quel point elle est magnifique et de me glisser sous la couverture avec elle.

— Après tout, tu m'as déjà vue nue. Elle a un petit sourire en coin, et sa tentative d'humour est adorable, surtout avec ce rougissement qui colore ses joues.

— Et c'était magnifique. Les mots m'échappent avant que je ne puisse les retenir, d'une voix basse et rauque de sincérité. Je referme vivement la porte et m'appuie contre elle, le cœur battant à tout rompre.

Fin. Vraiment putain de fin.

Je l'entends bouger à l'intérieur — des pas légers, le bruissement de vêtements, un fredonnement discret qui me donne envie de me blottir contre elle et de ronronner. La nuit dernière n'aurait pas dû se passer comme ça, mais sa présence ici, dans mon espace, me semble juste, d'une manière que je ne saurais expliquer.

— Tu peux revenir, crie-t-elle, et je franchis la porte avec une rapidité embarrassante.

Elle est maintenant perchée au bord du lit, entièrement habillée mais toujours délicieusement froissée. Ses pieds couverts de chaussettes sont repliés sous elle tandis qu'elle tient précieusement son chocolat chaud entre ses mains, et quelque chose au fond de moi me fait vraiment mal tellement elle est adorable, putain. Ses cheveux ont été à peu près domptés, mais il y a toujours une mèche rebelle qui s'enroule autour de son oreille et mes doigts me démangent de la toucher.

— C'est une sorte de chambre secrète ? demande-t-elle en balayant du regard la pièce, qui est nettement plus agréable que le chalet principal en bas.

Je m'assois sur le lit à côté d'elle. — C'est pour que les moniteurs puissent fuir le chaos de temps en temps. Tout le monde a besoin d'une échappatoire.

— Surtout quand on a des stalkeuses dans son groupe.

Le rappel de ce que Kym et Mia ont fait me fait serrer les poings.

Ruby prend une autre gorgée de sa boisson, et un minuscule sourire étire ses lèvres alors qu'elle la savoure.

— C'est délicieux, au fait, dit-elle en examinant l'assiette. Où est-ce que tu as trouvé toutes ces friandises au milieu de nulle part ?

— J'ai mes sources. Je la regarde prendre un cookie, en réprimant un sourire face à son expression de pure béatitude.

— Mmm-hmmm. Elle me dévisage par-dessus le bord de sa tasse. Alors, quels autres secrets est-ce que tu caches ici, dans ta forteresse au cœur de la montagne ?

— Je ne peux pas révéler tous mes secrets. Je m'appuie en arrière sur mes mains tandis qu'elle se love pour me fixer du regard, sa main s'emparant d'un deuxième cookie.

— Tu n'es pas ce à quoi je m'attendais.

— Non ? À quoi est-ce que tu t'attendais ?

— Je ne sais pas. Un guide Alpha macho qui aurait essayé de me faire la leçon sur la randonnée. Ou de me traiter comme une poupée de porcelaine parce que je suis une Oméga. Elle hausse les épaules. Pas… toi.

— Désolé de te décevoir.

Son regard se lève instantanément. — Je n'ai pas dit que c'était décevant. Ses yeux rencontrent les miens, et putain, il y a une chaleur qui n'a rien à voir avec le soleil du matin qui filtre par la fenêtre.

Je me force à rester immobile pendant qu'elle m'étudie, la tête légèrement penchée.

— Alors, comment je suis, d'après toi ? je demande.

— Tu es… Elle marque une pause, se mordillant la lèvre inférieure d'une manière qui est terriblement distrayante. Abordable, mais pas mièvre. Fort sans être autoritaire. Et tu racontes des blagues nulles.

— Mes blagues sont géniales.

Ruby se rapproche, peut-être sans s'en rendre compte. Son genou effleure le mien, et le contact envoie une décharge jusque dans mes couilles.

— Merci, dit-elle doucement. Pour hier soir. Pour ne pas avoir… profité de la situation.

Un grognement monte dans ma poitrine à l'idée qu'elle ait pu croire que je le ferais. — Jamais je ne…

— Je sais. Elle me coupe, posant sa petite main sur la mienne. C'est ce que je veux dire. Tu n'avais pas besoin d'être si prévenant avec moi. Mais tu l'as été.

Son contact est comme une marque au fer rouge sur ma peau. Je retourne lentement ma main, laissant nos paumes se presser l'une contre l'autre. Ses doigts sont minuscules comparés aux miens, mais ils s'insèrent parfaitement dans les espaces entre eux.

— Tu mérites qu'on soit prévenant avec toi, je lui dis, et je le pense plus que tout ce que j'ai pu dire depuis longtemps.

Quelque chose de vulnérable traverse son visage. — Même après avoir prouvé à quel point je suis sans défense ? En restant coincée dehors, en ayant besoin d'être secourue…

— Hé. Je lui saisis le menton de ma main libre, inclinant son visage vers le mien. Tu n'es pas sans défense. Tu as survécu à des conditions provoquant l'hypothermie jusqu'à ce que je te trouve. Tu as gardé la tête froide, tu as continué à bouger, tu as continué à te battre. Ce n'est pas de la faiblesse, Ruby. C'est de la force.

Elle cligne rapidement des yeux, mais je maintiens son menton, mon pouce caressant sa mâchoire.

Elle sourit aussi, sans retirer sa main de la mienne.

Le soleil du matin éclaire de nouveau ses cheveux, les transformant en un feu vivant. Cette boucle de cheveux tenace me nargue, et avant que je puisse y réfléchir, je tends la main pour la glisser derrière son oreille. Son souffle se coupe à mon contact, ses pupilles se dilatant légèrement.

— Knox… Mon nom n'est qu'un murmure sur ses lèvres.

Une porte claque quelque part en bas, brisant l'instant. Ruby se fige, se levant rapidement du lit et posant sa tasse. Je dois retenir un grognement de frustration. C'est vrai. Le reste du monde existe. Y compris deux futurs ex-clients dont je dois m'occuper.

— Je devrais aller m'en occuper, dis-je à contre-cœur en me levant. Tu peux rester ici aussi longtemps que tu veux. Personne d'autre ne vient dans cette partie du chalet.

Elle hoche la tête, se refermant déjà un peu sur elle-même, mais elle attrape ma main au moment où je me tourne pour partir. — Knox ?

— Oui ?

— Merci. Pour… tout.

Il y a tant de choses que je voudrais lui dire. Lui parler de Garrett, de ses amies qui m'ont demandé de sortir avec elle, du fait que je l'ai cherchée toute ma vie sans le savoir. La serrer dans mes bras et ne plus jamais la lâcher. Retrouver tous ceux qui l'ont blessée un jour et les faire payer.

Au lieu de ça, je lui serre doucement la main. — Quand tu veux, mon ange.

Je me force à partir avant de me pencher pour l'embrasser.

Ruby a quelque chose de spécial. Quelque chose de rare, de précieux, qui mérite qu'on prenne son temps. Qui mérite que les choses soient bien faites.

Putain, Garrett avait raison.

Je suis complètement et totalement foutu — je n'avais aucune idée de ce dans quoi je m'embarquais.

9

RUBY

Mes mains tremblent légèrement pendant que j'écris le message à mon barman, Ash.

Je suis restée coincée dans la tempête à Pine Peak. C'est une longue histoire, mais je suis en sécurité. Peux-tu ouvrir le bar aujourd'hui ? Je t'expliquerai tout à mon retour.

Je fais une pause, le pouce suspendu au-dessus du bouton d'envoi. Devrais-je mentionner Knox ? Ash voudra des détails si je parle d'un type. La façon dont Knox m'a sauvée la nuit dernière, me sortant des ténèbres glaciales pour m'amener au chaud, en sécurité ? La façon dont son odeur m'a enveloppée, me faisant me sentir protégée pour la première fois depuis des années ?

Non. Rien que d'y penser, j'ai l'air d'en faire des

tonnes, et Ash ne me lâchera jamais avec ça. Alors, j'ajoute autre chose.

Il s'est passé des trucs de dingue avec le groupe. Je te raconterai plus tard.

Le message part, et je prends une profonde inspiration, laissant ma tête reposer contre le mur de la salle de bain. Le miroir me montre dans quel état je suis : mes cheveux tiennent à peine dans leur queue de cheval en bataille, le pull supplémentaire que j'ai pris dans mon sac à dos me tombe d'une épaule, et mes yeux ambrés brillent trop fort, encore chargés de l'adrénaline et de la peur de la nuit dernière.

D'en bas, la voix de Knox me parvient — grave et autoritaire — pourtant, je ne distingue pas ses mots. Le simple son de sa voix me donne des papillons dans le ventre, ce qui est... peu pratique. Une réaction ridicule. La dernière chose dont j'ai besoin, c'est d'une autre complication avec un Alpha dans ma vie. Bien que l'idée qu'il puisse peut-être m'aider avec Marcus me vienne à l'esprit... tout comme Garrett et notre baiser, et je me mets soudain à faire les cent pas entre la porte et la douche. Comment puis-je être attirée par deux hommes ? Voilà qui compliquerait encore plus ma vie. Ou est-ce une sorte d'effet secondaire des premiers signes de mes chaleurs ?

Je balaie ces pensées, car, avant tout, j'ai affaire à de sales pestes.

Je redresse les épaules, puisant dans l'énergie à toute épreuve de Tante Eve. « Dans la vie, tu dois te défendre », disait-elle toujours. « Peu importe à quel point c'est inconfortable, à quel point ça te terrifie. Parce que si tu n'affrontes pas tes démons, ma chérie, ils te mangeront toute crue. »

En bas, le silence s'installe dans la pièce principale à mon arrivée. James teste sa cheville, grimaçant mais mobile, tandis que Sarah et Mme Peterson se tiennent près de lui, prêtes à le rattraper. Mon attention se fixe sur Kym et Mia, blotties près de la cheminée comme si elles essayaient de se faire toutes petites.

Bien. Elles ont raison d'avoir peur.

— L'équipe de secours devrait être là dans vingt minutes, annonce Knox en se dirigeant vers la porte d'entrée avec James, Sarah et Mme Peterson, qui nous fait un signe de la main. Je suppose qu'elle a décidé de quitter rapidement la montagne par les airs. Je vais leur montrer le meilleur point d'atterrissage. Vous autres, attendez mon retour.

— Eh bien, regardez qui a survécu à la nuit. Dès qu'il est parti, la voix faussement mielleuse de Kym déchire le silence.

La moquerie dans son ton fait bouillir mon sang, mais je garde une voix calme.

— C'est drôle que tu poses la question.

— Ah oui ? Mia examine ses ongles.

Je m'approche, les bras serrés le long du corps. — Tu ne te souviens pas de m'avoir enfermée dehors en plein blizzard ? De m'avoir ignorée alors que je martelais la porte ?

— On dirait un mauvais rêve. Le sourire de Kym m'exaspère.

— Je sais que c'était vous deux !

— Tu as des preuves ?

— À part le fait que Knox m'ait trouvée à moitié gelée ? Je vois leurs airs suffisants vaciller légèrement.

— Tu as pensé à voir un médecin ? On dirait que tu es somnambule, marmonne Mia, le menton haut.

— Vous auriez pu me tuer. Mon rire sonne amer, même à mes propres oreilles. Mais j'imagine que c'était le but, n'est-ce pas ? Il ne fallait pas qu'une Oméga attire l'attention de Knox.

Une vilaine jalousie déforme les traits de Kym. — Quels mensonges lui as-tu racontés sur nous ?

— Rien qu'il n'ait deviné par lui-même. Je souris, un sourire doux comme le poison. — Tu n'es pas aussi maligne que tu le penses.

— Écoute, salope… Kym s'avance, mais Mia lui attrape le bras.

— Ne fais pas ça, siffle-t-elle. — Pas ici.

La porte s'ouvre avant que Kym puisse répondre, et la présence de Knox emplit la pièce. Son regard se pose sur nous et se rétrécit tandis qu'il s'avance dans notre direction d'un pas décidé, une lueur dangereuse scintillant au fond de ses yeux.

— Tout va bien ici ? demande-t-il, mais son regard est fixé sur moi.

— Parfaitement, dis-je, sans quitter Kym des yeux.

Sa mâchoire se crispe. — Prenez votre équipement, leur ordonne-t-il. — On descend.

Je me déplace pour ramasser mon sac à dos, mais il est soudain là, si près que j'inhale son odeur, et la tête me tourne.

— Ça va ? demande-t-il à voix basse.

— Ouais, merci. J'acquiesce de la tête, hyperconsciente des regards furieux de Kym et Mia qui me brûlent le dos.

Sa main est dans le bas de mon dos, et mon corps vibre d'adrénaline, d'une excitation qui me surprend. Quand je lève les yeux, nos regards s'ancrent, et il ressent la connexion, lui aussi.

Je tremble légèrement, et c'est surtout à cause de ce qu'il me fait, de la manière dont la chaleur embrase si vite mon entrejambe que ça m'effraie.

Les mots de ma mère me reviennent en mémoire, un souvenir de cette nuit où elle est rentrée avec des bleus sur le cou, des larmes traçant des sillons dans son maquillage.

— Ne les laisse jamais te duper, Ruby. Le magnétisme d'un Alpha est la ruse la plus cruelle de la nature. Ton corps te trahit en premier : la chaleur, le besoin, la façon dont ton esprit s'embrume. Le temps que tu réalises ce qui se passe, il est trop tard. Ils prennent tout — ton choix, ta dignité, ton âme — et ils te font croire que c'est ce que tu voulais.

Ces mots se tordent dans mon ventre, amers comme de la bile. Je me souviens comment elle m'avait empoigné les épaules, ses doigts désespérés, ses yeux fous d'une peur que je ne comprenais pas à l'époque. J'avais douze ans, et je regardais ma belle et forte mère se briser en mille morceaux.

— Promets-moi que tu seras plus intelligente que moi. Promets-moi que tu ne laisseras jamais un Alpha te faire t'oublier.

Mais me voilà, mon corps vibrant de désir pour un homme que je connais à peine. Ma peau me brûle quand il est près de moi, et une partie de moi veut se laisser aller à ce feu, le laisser tout consumer — mes peurs, mes doutes qui me tiennent éveillée la nuit. Ce serait si facile de céder.

Et ça me terrifie plus que Marcus n'a jamais pu le faire.

Peut-être que je ne me bats pas du tout pour le bar. Peut-être que je m'autosabote, que je repousse l'aide, que je choisis l'échec plutôt que le risque de laisser quelqu'un entrer. Peut-être que je suis si brisée que je préférerais tout perdre plutôt que de faire confiance à un Alpha qui me regarde comme si j'étais quelque chose de précieux au lieu de quelque chose à posséder.

Un autre souvenir fait surface : maman rentrant à la maison après cette dernière terrible dispute, un œil enflé et fermé, la lèvre fendue. Mais elle est quand même retournée chez mon père le lendemain. — Il a besoin de moi, avait-elle murmuré. — Et quand un Alpha a besoin de toi, c'est comme respirer. Même quand ça te tue.

— Hé, ça va ? La voix de Knox est douce alors qu'il me touche la main, de la tendresse dans ses paroles. — On n'est pas obligés de quitter le chalet tout de suite. On peut attendre encore un peu ici. La douceur derrière ses mots m'attire vers lui, mais la voix de maman continue de résonner, de m'avertir.

— Je suis là pour toi, tu le sais. Son pouce dessine des cercles sur ma paume.

— C'est bien de ça que j'ai peur, je murmure, la vérité m'échappant avant que je puisse la rattraper.

— Tu n'as pas à avoir peur, dit-il doucement, mais je m'écarte déjà.

— On ferait mieux d'y aller. Je refoule toutes ces pensées, enfermant les émotions qui menacent de s'échapper. Ma colonne vertébrale se redresse alors que Mia et Kym nous observent depuis l'autre bout de la pièce.

— Allez, on y va, annonce Knox, ce qui, Dieu merci, détourne l'attention de moi.

Dehors, le soleil matinal scintille sur la neige fraîche. J'aperçois des empreintes de pas qui s'éloignent du chalet, la piste laissée par James et Sarah vers le pick-up venu les secourir. C'est étrange de voir à quel point cet endroit qui a failli me coûter la vie semble paisible maintenant.

J'ajuste les sangles de mon sac à dos pendant que Knox ferme le chalet à clé. Mia et Kym descendent déjà la pente. Qui aurait cru qu'une simple randonnée d'une journée se transformerait en une nuit d'hypothermie, en histoires de fantômes, et que je serais incapable de détacher mon regard de Knox ?

Puis, nous nous mettons en route. Knox se positionne entre les autres et moi, tel un bouclier, ses larges épaules leur bloquant la vue sur moi. Ce geste ne devrait pas me rendre si heureuse, ne devrait pas me donner envie de me blottir contre sa chaleur.

— Alors, Knox, la voix de Kym brise le silence après une dizaine de minutes. Tu nous as manqué hier soir. Quand on s'est réveillées, tout le monde était parti.

— Figure-toi, dit-il d'un ton neutre.

— Est-ce qu'il se passe quelque chose ? demande Mia d'un ton suggestif. Entre toi et elle ?

Je ne peux retenir le rire sec qui m'échappe. — Sérieusement ? Après ce que vous avez fait ?

— Hé, intervient soudain Knox, sa voix s'éclaircissant d'un enthousiasme manifestement faux. Regardez-moi ça ! Il y a du gui qui pousse là-bas.

Je suis son regard jusqu'à des buissons couverts de neige, submergée par la confusion. Je ne sais pas ce que c'est, mais ce n'est certainement pas du gui, et pourtant Kym et Mia se précipitent aussitôt.

— On dit que ça porte chance si on le cueille en hiver, continue Knox. Son parfum est incroyable, aussi — unique pour chaque personne qui le touche. Vous voulez essayer ?

Les filles manquent de trébucher l'une sur l'autre en se dirigeant vers les plantes. Je les regarde, incrédule, tandis qu'elles retirent leurs gants, cassent des branches et — oh mon Dieu — se les frottent sur la peau.

— Tu le sens ? demande Kym d'une voix haletante, en pressant les feuilles contre son cou. La main de Knox trouve la mienne, la serrant doucement alors que j'observe les filles en faire des tonnes, battant des cils en direction de Knox. Il avance déjà, les dépassant, avec moi à ses côtés.

Nous marchons depuis au moins une demi-heure, et mes mollets me brûlent à cause de la descente, mais il ne me viendrait pas à l'idée de me plaindre — pas quand Knox continue de trouver des excuses pour me stabiliser avec ses mains ridiculement sexy et immenses. Qui peut bien avoir des mains aussi grandes ? Chaque fois qu'il touche mon coude ou le bas de mon dos pour me guider sur une portion de sentier hasardeuse, ma peau se met pratiquement à grésiller.

Derrière nous, les pestes chuchotent entre elles et se grattent tout en tenant encore ces maudites brindilles qu'elles ont arrachées au buisson. Elles sont si désespérées de plaire à Knox qu'elles feraient n'importe quoi de ce qu'il dit. Non pas que je leur prête la moindre attention. J'ai appris ma leçon. Qu'elles marinent dans leur jus de garces. J'ai mieux à faire, comme me concentrer sur la façon dont Knox réussit à transformer une randonnée en promenade de santé.

— Attention ici, murmure-t-il, et je jurerais que sa voix a baissé d'une octave depuis que nous avons entamé la descente. Le soleil a cette façon déloyale d'accrocher sa mâchoire juste comme il faut, mettant en valeur une barbe naissante qui donne à mes doigts une envie folle de la toucher. Il me domine de toute sa hauteur, tel un dieu de la montagne, tout en épaules larges et en force tranquille. Ouais, je comprends tout à fait pourquoi les Omégas perdent la tête pour lui. Moi non plus, je ne parviens pas vraiment à garder ma raison intacte.

— Tu vois ce pic ? Il désigne un monstre de montagne déchiqueté qui perce les nuages. Sa manche remonte, révélant un avant-bras digne d'un calendrier de grimpeurs. C'est là que j'ai eu mon pire accident. Je me suis cassé la jambe à trois endroits l'année dernière.

Je manque de m'emmêler les pinceaux. — À trois endroits ? Bon sang, Knox. Tu as essayé de te battre avec un puma là-haut ou quoi ?

Son rire gronde dans l'air entre nous, et je jurerais que je le sens vibrer dans ma poitrine.

— Rien d'aussi excitant. J'ai juste fait le malin, je

n'ai pas respecté la montagne. J'ai passé six semaines cloué au lit, à lire tous les manuels d'escalade que je pouvais trouver. Rien de tel qu'une jambe cassée pour t'apprendre l'humilité.

D'autres grattements furieux dans notre dos, suivis par ce qui ressemble étrangement à des jurons. Les doigts de Knox trouvent les miens alors que nous franchissons une section escarpée de rochers et de neige, et mon cœur fait ce truc embarrassant, un battement désordonné. Sa main engloutit pratiquement la mienne, et c'est bien trop distrayant pour quelqu'un qui essaie de ne pas s'étaler de tout son long sur un sentier de montagne.

Kym pousse un bruit bizarre et étranglé derrière nous, et je jette un coup d'œil en arrière pour la voir se gratter les poignets, qui prennent une vilaine teinte rouge. Elle me surprend à la regarder et se détourne si vite que je suis surprise qu'elle ne se fasse pas un coup du lapin. Peu importe. Si elle veut en faire des tonnes, c'est son problème. J'ai une vue magnifique devant moi — et les montagnes ne sont pas mal non plus.

Knox se remet en marche, ses longues jambes dévorant le sentier.

— Ça picote tellement…, murmure Kym.

— Ça picote, hein ? Ce doit être l'huile d'urushiol. Knox jette un coup d'œil derrière lui vers les filles, qui se grattent maintenant comme des folles.

— Le quoi ? demande Mia, qui se griffe déjà le poignet.

— De l'herbe à puce dont vous êtes en train de vous couvrir.

Le silence qui s'ensuit est absolument magnifique.

— De l'herbe à… quoi ? Kym dévisage les branches dans ses mains comme si elles allaient la mordre.

— À puce, dit Knox d'un ton serviable. Ça provoque une sacrée éruption cutanée. Surtout quand on s'en frotte directement la peau comme ça.

Les branches tombent dans la neige alors que les deux filles se mettent à s'essuyer frénétiquement le cou et les bras. Mais il est trop tard — des plaques rouges fleurissent déjà sur leur peau.

— Tu nous as dit que c'était du gui ! hurle Mia en se grattant frénétiquement.

— Ah bon ? La voix de Knox n'est qu'innocence et confusion. Je suis presque sûr de vous avoir juste montré des plantes intéressantes. Ce n'est pas ma faute si vous n'avez pas vérifié ce que vous preniez et que vous vous êtes trompées d'arbustes.

— On a besoin d'aide ! s'écrie Kym d'une voix qui monte dans l'hystérie alors que l'éruption s'étend sur son bras qu'elle découvre en remontant sa manche. Rappelle l'équipe de secours !

— Pour de l'herbe à puce ? Knox hausse les épaules. Ce n'est pas vraiment une urgence. Vous allez devoir prendre sur vous pour la descente. Les actes ont des conséquences, après tout.

La compréhension se lit sur leurs visages alors qu'elles nous regardent tour à tour. L'expression de Kym devient meurtrière malgré les plaques rouges qui couvrent son cou.

— Espèce de salaud, siffle-t-elle. Tu as fait ça exprès.

— On y va, marmonne Knox sans la moindre trace de compassion. Bon sang, à cet instant, je l'adore de les faire souffrir.

Il me fait un clin d'œil, et mes genoux flageolent pour de bon. Ce geste ne devrait pas être si séduisant, et pourtant, il l'est. Le voir me défendre, orchestrer une justice karmique aussi parfaite… Je crois que je vais pâmer ! Aucun Alpha n'avait jamais pris ma défense avant.

Il me prend la main comme si nous faisions une simple promenade au lieu de descendre une montagne avec deux Omégas furieuses et couvertes de démangeaisons à nos trousses.

Je m'accroche à lui, en essayant d'ignorer à quel point il semble juste de le toucher.

Le reste de la descente se déroule dans un brouillard de plaintes et de grattages de plus en plus désespérés de la part de Kym et Mia. Knox entretient avec moi un flot continu de conversation sur tout et rien — les sentiers de randonnée préférés, les meilleurs restaurants locaux, la façon dont les montagnes sont différentes à chaque saison. C'est facile, naturel, comme si nous nous connaissions depuis des années au lieu de quelques heures.

Et c'est bien ça, le problème.

Knox commence à me plaire beaucoup trop. J'aime sa façon de sourire, la fossette sur son menton et le grondement protecteur dans sa voix quand il parle de la sécurité des gens en montagne. J'aime la façon dont il peut être à la fois impitoyablement malin et infailliblement gentil.

C'est dangereux. Terrifiant. Tout ce contre quoi j'avais juré de me méfier.

— Hé, dit soudain Knox, interrompant mes pensées. Pourquoi l'alpiniste a-t-il emporté du fil dentaire dans son expédition ?

Je le regarde d'un air soupçonneux. — Je n'ose pas demander.

— Au cas où il se retrouverait coincé entre deux pics. Il sourit, l'air absurdement content de lui.

Un rire surpris m'échappe avant que je ne puisse le retenir.

— C'est terrible. Genre, vraiment horrible.

— Mais tu as ri.

Sa fossette refait son apparition, et mon cœur fait un bond dans ma poitrine.

— Comment pouvez-vous plaisanter, là, maintenant ? grogne Kym près de nous, en se grattant les bras avec fureur. On est littéralement en train de crever, là !

— Sérieusement, renchérit Mia en s'écorchant le cou. C'est un enfer. Un véritable enfer. Et vous, notre guide, vous ne faites rien pour nous aider.

— Pour l'instant, ma priorité est de faire descendre tout le monde en sécurité avant que la tempête ne revienne, dit Knox, d'un ton léger mais ferme. Le sumac vénéneux, c'est désagréable, mais l'hypothermie, c'est pire.

Il leur lance un sourire.

— Ça fait partie de l'authentique expérience en pleine nature.

Elles ne disent pas grand-chose de plus pendant le reste du trajet… enfin, pas à nous, en tout cas. Et ça me remplit de joie.

Peu de temps après, nous nous retrouvons tous dans le magasin de Knox, là où j'ai réservé mon trek hier matin.

Je fais semblant d'être fascinée par le formulaire de retour de location, mais toute mon attention est portée sur Knox qui entraîne Kym et Mia dans un coin du bureau. La peur se lit déjà sur leurs visages.

— Ce que vous avez fait ?

La voix de Knox prend cette intonation dangereuse qui me donne la chair de poule.

— Ce n'était pas seulement stupide. C'était une tentative de meurtre.

Il fait un pas vers elles, les épaules hautes, et même de l'autre bout de la grande pièce, je vois qu'il se retient à grand-peine.

— Nous n'avons pas… commence Kym, la voix tremblante.

— Fermez-la, ordonne-t-il. Vous croyez que c'est une blague ? Vous avez enfermé quelqu'un dehors par des températures négatives pendant une tempête de neige. Vous avez la moindre idée de ce que l'hypothermie fait à une personne ?

Ses mains se serrent en poings le long de son corps.

— Leur sang gèle littéralement. Leurs organes lâchent. Ils souffrent avant de mourir.

Mia se met à pleurer, mais Knox ne montre aucune pitié.

— Vous avez de la chance que je ne porte pas plainte. Par contre, Ruby pourrait le faire, et croyez-moi, je la soutiendrai à chaque étape. Ce que vous avez fait montre exactement qui vous êtes.

Il se penche vers elles, et les deux filles reculent.

— Vous êtes bannies de Pine Peak Adventures. Pour toujours. Et si je vous vois traîner près d'ici, près de moi, ou — que Dieu vous vienne en aide — n'importe où près de Ruby, je vous montrerai ce que ça fait d'être abandonnée dans le froid.

Je risque un coup d'œil. Leurs visages sont blancs comme des linges. Je détourne vite les yeux quand le regard de Kym croise le mien, et je réprime un sourire satisfait en rendant mon équipement de prêt.

— Vous avez passé un moment incroyable ?

demande l'employé d'un ton joyeux, ignorant la tension ambiante.

— Oh, une expérience unique. Que je n'oublierai jamais. Jamais.

Je ne peux empêcher le sarcasme de percer dans ma voix.

Knox se matérialise à côté de moi, sa présence chaude et solide.

— Je te raccompagne.

Ce geste protecteur ne devrait pas faire battre mon cœur la chamade, mais c'est pourtant le cas.

Dehors, Whispering Grove est plus que jamais un paradis de Noël. On dirait qu'ils ont ajouté encore plus de décorations. Chaque lampadaire porte désormais une couronne de guirlandes, et chaque fenêtre scintille de lumières clignotantes. Le soleil du matin se reflète sur la neige fraîche, faisant briller toute la rue.

— Tu vas bien ? demande doucement Knox pendant que nous marchons. Vraiment bien ?

J'envisage de mentir, mais quelque chose dans sa voix me pousse à être honnête.

— Ça va aller. La nuit dernière était… intense.

— Ces pestes n'avaient aucun droit !

Son épaule frôle la mienne alors que nous évitons un groupe de touristes.

— Je n'arrive toujours pas à croire qu'elles…

Il s'interrompt, la mâchoire crispée.

— Eh, je le pousse doucement. Je suis en vie. Grâce à toi.

Il secoue la tête.

— Tu n'aurais même pas dû avoir besoin d'être sauvée.

Une musique de Noël s'échappe de haut-parleurs cachés, *Santa Claus is Coming to Town* se mêlant au bavardage des passants.

— Cette ville aime un peu trop Noël, glousse-t-il, reprenant le pas à côté de moi. J'ai voyagé partout — au Népal, en Suisse, même en Alaska — mais aucun endroit n'est vraiment comme Whispering Grove.

— Vraiment ? J'adorerais faire le tour du monde un jour. J'essaie d'ignorer son bras qui frôle sans cesse le mien, et les petites étincelles que chaque contact envoie en moi.

Nous passons devant la boulangerie Mason, et l'odeur des viennoiseries fraîches nous coupe la parole à tous les deux.

— Mon Dieu, leurs chaussons aux pommes, je gémis en inspirant profondément.

— Toi aussi ? Ses yeux s'illuminent d'un plaisir sincère. — Mes préférés.

— Oh mon Dieu, pareil ! Mais mes snickerdoodles maison sont à tomber par terre, aussi. Je secoue la tête d'un air théâtral.

— Des snickerdoodles, hein ? C'est audacieux.

— Je sens comme un doute ?

— Disons simplement que j'ai déjà été déçu. Ses yeux pétillent de défi. — Il faudra que je juge par moi-même un de ces jours.

— Est-ce une demande officielle de cookies, l'Homme des Montagnes ?

— Ça dépend. Est-ce une offre officielle, Reine des Cookies ?

Je glousse juste au moment où nous passons devant la boulangerie Flour & Fable, et j'aperçois ma meilleure amie, Lily, à l'intérieur, en train de servir une cliente. Ses yeux s'écarquillent en nous voyant, Knox et moi, et elle se met immédiatement à faire des bisous exagérés dans ma direction. L'horreur m'envahit alors que Knox commence à se tourner. Je lui saisis la main et le tire plus loin.

— Oh, c'est juste là ! Je montre mon bar de l'autre côté de la rue, probablement trop vite pour avoir l'air naturelle.

Il me laisse l'entraîner, mais je jurerais avoir vu un sourire entendu se dessiner sur ses lèvres. Nous nous arrêtons devant la porte de mon bar, qui est ornée d'une nouvelle guirlande de Noël que, je suppose, Ash a dû installer. Knox étudie le bâtiment, puis baisse les yeux vers moi avec un sourire captivant.

— Alors, c'est ta brasserie, hein ? Je suis impressionné. Ça fait combien de temps que tu l'as ?

— C'était à ma tante, dis-je doucement.

Quelque chose dans son expression change,

devient plus intense. — Un héritage familial. C'est rare de nos jours.

— Ouais, eh bien… J'avale ma salive avec difficulté. — Tu veux entrer boire un verre ? C'est pour moi. C'est la moindre des choses après hier soir.

Il soupire, l'air sincèrement désolé. — J'aimerais bien, mais je dois remplir des papiers pour le sauvetage et prendre des nouvelles de James. Il prend ma main, sa poigne est douce mais sûre, son pouce caressant mes articulations. — Mais je te promets que je me rattraperai. Marché conclu ?

Je m'adoucis sous son regard intense. Il y a quelque chose de presque prédateur dans la façon dont il me regarde, mais ça ne me fait pas peur. Ça m'excite. Et avec cela vient mon appréhension, les avertissements de ma mère, et toutes les raisons pour lesquelles je ne suis toujours pas liée à vingt-cinq ans.

— Ce soir, alors. Je passerai te chercher et on fera un truc sympa, dit-il avec un grand sourire en se rapprochant, ce qui transforme mes entrailles en gelée.

La chaleur de son sourire percute la glace dans mes veines tandis que les souvenirs m'envahissent. Maman, affalée sur le sol de la cuisine, le sang coulant de son nez, son mascara traçant des sillons sur ses joues. « Ils sont tous pareils, Ruby. Tous les Alphas. Peu importe à quel point ils semblent doux au début… »

— Je suis assez occupée, parviens-je à dire à Knox,

les mots ayant un goût de cendre. — Peut-être pas maintenant.

Knox m'étudie, et je vois le moment où il reconnaît ma retraite pour ce qu'elle est. L'inquiétude dans ses yeux ne fait qu'empirer les choses. La douceur a toujours été plus dangereuse que la colère.

La voix de mon père résonne dans ma tête, tranchante de mépris. « Inutiles Omégas, toutes les deux. Même pas capables d'accepter une simple correction sans pleurer. »

Ma gorge se noue. Voilà pourquoi je finirai seule. Pourquoi je perdrai probablement le bar. Je ne peux pas prendre un simple risque, ne peux pas faire confiance à un sourire sincère, ne peux pas m'empêcher de voir les bleus de maman chaque fois qu'un Alpha s'intéresse à moi. J'en ai tellement marre d'être brisée.

— Et si tu y réfléchissais ? dit doucement Knox en prenant ma main. Le contact est doux, mais mon pouls s'accélère quand même. Il sort un stylo de sa poche et se met à écrire sur ma paume. — Si tu changes d'avis, envoie-moi un message.

Il me fait un clin d'œil et, mon Dieu, je fonds de nouveau. Pourtant, je suis épuisée de mener cette guerre constante entre le désir et la peur, piégée dans ma propre cage. La clé est juste là, mais mes mains tremblent trop pour que je puisse m'en servir.

La voix de ma mère murmure dans ma

mémoire : — Ils te charmeront d'abord. Ils te feront te sentir spéciale, désirée. Puis ils te posséderont.

— Bien sûr, finis-je par répondre à Knox, en forçant une note de gaieté dans ma voix. Les chiffres sur ma paume semblent me brûler.

— Bon, je ferais mieux de te laisser. Son sourire n'a pas faibli. J'espère que tu m'appelleras.

Il s'éloigne tranquillement dans la rue, la lumière du soleil d'hiver accrochant ses cheveux, lui donnant l'air de sortir tout droit d'un rêve. Un putain de rêve magnifique. Le genre de rêve que je ne m'autorise pas à faire.

— Qu'est-ce qui cloche chez toi ? je murmure une fois qu'il est hors de vue. La réponse est là, en train de s'éloigner, et je suis toujours figée sur place, entendant encore les avertissements de ma mère, ressentant encore des douleurs fantômes pour des blessures qui ne sont même pas les miennes.

Je pousse la porte familière du bar, et le tintement de la cloche est assourdissant.

Là, juché sur un tabouret de bar comme si l'endroit lui appartenait, se trouve Marcus. Son sourire s'étire, lent et cruel, quand il m'aperçoit.

Une vague d'effroi me submerge. Toute la chaleur de ma promenade avec Knox s'évanouit en un instant.

Je me remémore l'histoire de Knox sur la Dame des Neiges, en me disant que parfois, les monstres ne sont pas du tout dans les montagnes.

10

RUBY

Deux semaines. Quatorze jours avant que les conditions du testament n'expirent, et chaque fois que je vois Marcus, cette date butoir qui approche me revient en pleine figure.

Son sourire de requin m'accueille depuis le bar, et quelque chose en moi craque. C'est peut-être toute cette histoire dans les montagnes. Après des années à ravaler les peurs de ma mère, à la voir brisée et ensanglantée sur le sol de notre cuisine, à entendre le mépris de mon père — « Oméga inutile, tout comme ta mère » — j'en peux plus. Putain, j'en peux plus.

— Je n'ai pas de temps à vous consacrer, je lance d'un ton sec en marchant d'un pas décidé vers le bar, où Ash me jette un regard inquiet. Le soleil de l'après-midi filtre à travers les vitraux, peignant Marcus de teintes maladives de rouge et de violet. Ça lui va bien.

— Ça va, patronne ? demande Ash en s'approchant déjà.

Marcus se penche sur le bois verni tandis que je passe derrière le comptoir, son parfum de luxe empestant l'endroit et sa grâce de prédateur m'irritant. Son costume parfaitement coupé coûte probablement plus que ce que je gagne en un mois.

— Vous faites une crise de nerfs ? Je peux vous débarrasser de tout ce stress, Oméga. Donnez-moi juste le bar maintenant, arrêtez de vous prendre votre jolie petite tête…

— Foutez le camp de mon bar, espèce de connard ! je hurle, ma colère franchissant mes lèvres.

Marcus en reste littéralement bouche bée.

— Vous m'avez entendue, je lâche, la chaleur montant dans ma poitrine. Je n'ai pas besoin d'être gentille avec vous, ni maintenant ni jamais, alors partez avant que je demande à Ash de vous jeter dehors. Et croyez-moi, il s'assurera que ça fasse mal.

Le sourire de Marcus s'élargit, me rappelant tellement celui de mon père que j'ai la nausée.

— Quel langage pour notre petite barmaid Oméga. Quoique, je ne devrais pas être surpris… vous avez toujours été grossière. Tout comme votre mère. Il pose une main sur son cœur, et le geste est aussi faux que son inquiétude. Je suis venu vous offrir un poste quand vous perdrez cet endroit. C'est ce que fait la famille.

Je tremble maintenant, serrant les dents si fort

que ma mâchoire me fait mal. — Vous pouvez vous la carrer où je pense, votre offre. Ash, montre-lui la sortie.

Il s'avance, mais Marcus lève les mains en reculant. La fureur dans ses yeux me donne la chair de poule.

— Je comprends. Vous voulez jouer à la grande femme d'affaires encore un peu. Sa voix tombe à un murmure soyeux. Tic tac, Ruby. Deux semaines. Ne venez pas mendier quand vous serez à la rue.

La porte se referme derrière lui dans un claquement qui sonne comme un point final. J'attrape une bouteille de bourbon — le bon — et me sers un double avec des mains tremblantes. — Putain de connard, je marmonne en l'avalant d'un trait.

Je lève les yeux vers la vieille photo d'Eve qui veille sur le bar. Elle y rit, brandissant sa première récompense de brasseuse. — Tu étais vraiment obligée de me mettre dans cette situation ?

Ash m'enlace dans une étreinte d'ours, son odeur boisée de Bêta me réconfortant. — Je suis tellement fier de toi d'avoir enfin envoyé bouler ce salaud.

Un rire un peu hystérique m'échappe. — Il était temps.

— Eh bien, où que tu aies été depuis hier, ça t'a changée. J'aime cette version de toi. Et j'ai une nouvelle qui va te rendre encore plus heureuse. On a reçu un appel pour la réservation de notre salle de réception pour une fête.

Quelque chose dans son ton me fait marquer une pause. — D'accord…

— Pour demain soir.

— Demain ? Ma voix monte d'une octave. Dans un peu plus de vingt-quatre heures ? C'est de la folie, Ash. On ne pourra jamais…

— Un groupe de trente personnes. Il a ce regard, celui qui dit qu'il garde le meilleur pour la fin. — Un événement d'entreprise pour Noël. Leur salle d'origine a été inondée ou un truc du genre.

Je passe une main dans mes cheveux, mon esprit déjà en train de jongler avec la logistique. — C'est super juste. Rien que la préparation…

— Ils paieront le triple de notre tarif habituel.

J'en suis restée bouche bée. — Le triple ? Tu es sûr ?

— Promis, juré. Son sourire est contagieux. — Ils ont dit qu'ils sont désespérés et que l'argent n'est pas un problème.

Les possibilités se bousculent dans ma tête. Ce genre de somme pourrait nous aider à payer l'hypothèque du bar.

— C'est vraiment à la dernière minute, dis-je lentement. — Mais Lily et Hannah peuvent s'occuper des pâtisseries. Elles ont toujours des extras pour les fêtes à cette période de l'année. On a déjà plein de décorations en place. Pour les boissons, on a fait le plein avec la livraison d'aujourd'hui.

— Et je m'occuperai de tout. Ash se redresse de

toute sa hauteur, le torse bombé comme un coq fier. — Tu t'occupes du bar principal, je gère l'événement. Fais-moi confiance, Patronne, c'est toute ma vie. Donne-moi une foule et de la musique de Noël, et je suis dans mon élément.

— Tu es sûr de pouvoir gérer ça tout seul ?

Il a l'air vraiment offensé. — S'il te plaît. Je suis né pour ça. Et puis, c'est quoi notre devise ?

Malgré tout, je souris. — Ne jamais refuser de l'argent facile quand il se présente. Une autre des leçons de tante Eve.

— Exactement. Il se dirige déjà vers le bureau. — Je les rappelle et je confirme. Ça va être grandiose, Ruby. Les choses commencent enfin à s'arranger !

Je le regarde partir, son enthousiasme est contagieux. Peut-être qu'il a raison. Peut-être que l'univers me laisse enfin un peu de répit.

Puis je baisse les yeux sur le numéro griffonné sur ma paume, l'écriture désordonnée de Knox, un peu bavée par la sueur nerveuse, mais toujours lisible. Pourquoi devrais-je laisser Marcus gagner ? Pourquoi devrais-je laisser le traumatisme de maman devenir le mien ?

Pourtant, la voix de ma mère résonne dans ma tête. « Ils te détruiront, ma chérie. C'est ce que font les Alphas. Ils trouvent tes points faibles et les exploitent. »

Mais et si ma faiblesse, c'était d'avoir trop peur

d'accepter de l'aide ? Deux semaines, ce n'est pas assez pour sauver le bar toute seule. Et me voilà avec deux Alphas incroyablement brillants qui s'intéressent à moi. Est-ce si mal d'explorer ces pistes ? J'ai l'estomac noué à l'idée de me servir de l'un ou l'autre de cette façon, mais l'instinct de survie est difficile à ignorer.

J'essuie les larmes de colère de mes yeux et je sors mon téléphone. J'envoie un message à Knox.

« On se voit après-demain à 20 h. »

Sa réponse est immédiate, mon téléphone bipe.

« Je passerai te prendre. »

Quelque chose explose d'excitation dans mon ventre à l'idée de le revoir.

— J'ai l'impression que ça fait trop longtemps que je ne t'ai pas vue, une voix profonde me fait presque m'étouffer.

Je range mon téléphone en vitesse et lève les yeux pour trouver Garrett debout au bar, arborant ce sourire qui fait frétiller mes entrailles. Sa chemise boutonnée moule ses larges épaules, le logo de la brasserie net au-dessus de son cœur. Tout en lui respire le dieu du sexe : de ses manches retroussées qui dévoilent des avant-bras musclés à sa façon de se mouvoir avec une tranquille assurance.

— Je suis passé hier, mais on m'a dit que tu n'étais pas là.

Mon regard tombe sur sa bouche avant que je puisse m'en empêcher, me remémorant notre baiser, sa tête entre mes cuisses dans la cave, et les fleurs qu'il avait envoyées après. Je suis en train de craquer pour un Alpha juste après avoir accepté un rendez-vous avec un autre. Mais quelque chose semble différent aujourd'hui. Comme si je repoussais enfin les barreaux de la cage que j'avais construite autour de moi. Comme si je le méritais.

Ash a un sourire entendu en servant une bière pression, me jetant un regard en coin… Ce salaud, il brûle d'envie de me taquiner.

— Tout va bien ? Garrett se penche par-dessus le bar et son pouce essuie doucement une larme qui m'avait échappé. Son contact envoie une décharge électrique le long de ma colonne vertébrale. — Dis-moi qui t'a fait pleurer, et je leur ferai regretter d'être nés. Ses paroles sont sombres, et je suis persuadée qu'il ne plaisante pas.

— C'est sombre, dis-je, mais je me surprends à sourire. Et plutôt sexy.

— Je suis là pour ça. Son sourire en coin est hypnotique, mais il y a de l'acier sous sa chaleur. — Par contre, on dirait qu'on ne se voit que dans ce bar. Qu'est-ce que tu dirais d'aller voir à quoi ressemble le monde extérieur ? Promis, je ne me transforme pas au soleil.

Je ris malgré moi, mon regard s'attardant sur sa chemise qui se tend sur son torse quand il se penche en avant. Il est magnifique, d'une beauté brute qui me donne une envie folle de le toucher ;

ses yeux d'un vert profond semblent voir à travers moi.

— Ça me semble une excellente idée, intervient Ash en me donnant un coup de coude. Le bar est vide. Je m'en occupe.

— On pourrait peut-être manger un morceau pour un déjeuner tardif ? suggère Garrett, sa voix se faisant plus basse, plus intime. Je connais un endroit.

J'ai soudain chaud, et mon estomac se met à papillonner.

J'hésite, la culpabilité envers Knox me tordant les entrailles, mais j'acquiesce d'un signe de tête. — Bien sûr. Est-ce que je suis vraiment en train de faire ça ? Sortir avec deux hommes pendant que mon monde s'écroule autour de moi ? Maman serait horrifiée. Mais c'est peut-être exactement pour ça que je devrais le faire.

— Donnez-moi dix minutes pour monter me changer, et je suis partante.

Son sourire me pousse à vouloir lui plaire encore plus. Je file à l'étage, prête à sauter dans la douche pour un brin de toilette express.

Propre et habillée, je retrouve Garrett qui m'attend près de la porte du bar, et une fois dehors, je jurerais apercevoir la Mercedes de Marcus qui tourne au ralenti un peu plus loin dans la rue.

Je me fige, mais Garrett se place avec fluidité dans mon champ de vision, son corps s'inclinant de manière protectrice, face à moi.

— Hé, j'ai une meilleure idée. Tu sais qu'il y a la fête foraine en ville, près du parc ?

Quand je jette un œil par-dessus son épaule, la voiture a disparu. Pourtant, Garrett a lu quelque chose dans mon expression, car il ajoute : — Beaucoup de monde, de la bonne nourriture, des lumières de Noël.

Un avertissement résonne dans mon esprit — la voix de ma mère, me disant comment ils vous attirent avec de la douceur avant de montrer les dents —, mais pour une fois, je le repousse. Je ne peux pas laisser le passé me contrôler éternellement. Je ne le ferai pas.

Boutonnant mon manteau, je réponds à son sourire par un sourire et un signe de tête.

Quelques minutes plus tard, nous sommes garés près du parc, où la fête foraine d'hiver s'étend devant nous. Un immense sapin de Noël marque l'entrée, ses lumières scintillantes se reflétant sur la cascade gelée derrière lui. Une musique de fête foraine retentit, et l'air est chargé d'odeurs délicieuses — pop-corn, beignets, viande grillée.

— Je ne suis pas allée à la fête foraine depuis des années, avoué-je alors que nous marchons, nos bras se frôlant.

— Non ? Alors on va vraiment faire les choses bien. Garrett me dirige vers un food truck à rayures rouges et blanches avec une pancarte indiquant « Les Saucisses Folles de Klaus – Saucisses Artisanales

Primées ». L'homme âgé derrière le comptoir salue Garrett par son nom.

— Vous n'en avez jamais goûté ? me demande-t-il, incrédule, et je secoue la tête. Sa main se pose sur le bas de mon dos, chaude et ferme, puis il lève la tête vers le food truck. — Klaus, il faut remédier à cette tragédie immédiatement.

En un rien de temps, je tiens un énorme hot-dog à la saucisse polonaise garni de choucroute, de moutarde et d'oignons frits. La première bouchée me fait gémir ; la peau craque, et le jus inonde ma bouche d'une perfection fumée.

Garrett me regarde avec une lueur brûlante dans les yeux qui me rappelle cette nuit dans la cave, sa bouche sur ma peau, ses mains…

— C'est bon ?

— C'est le paradis ! je parviens à dire.

Il rit en prenant une bouchée du sien, puis s'empare de la bouteille d'eau qu'il a commandée. Une goutte de moutarde perle au coin de sa bouche, et je dois me faire violence pour ne pas tendre la main afin de l'essuyer ou de la goûter sur ses lèvres.

Nous nous retrouvons sur le pont arqué qui enjambe la rivière gelée, les arbres chargés de neige créant autour de nous un paysage hivernal féerique. Des guirlandes lumineuses s'enroulent dans les branches et quelques personnes se promènent. Il n'y a pas foule ; la température chute rapidement.

— J'espère que ça ne te dérange pas que je te

demande ça, mais pourquoi est-ce que tu pleurais, tout à l'heure ? demande-t-il doucement.

Je savoure ma dernière bouchée, laissant les saveurs m'ancrer dans le présent avant que la réalité ne me rattrape.

— La famille, ça craint vraiment parfois, et la mienne est la pire de toutes. Ils pensent que les Omégas ne devraient avoir aucun droit. Et ma tante me manque. Elle était toute ma famille après qu'on m'a mise à la porte très jeune. Les mots me viennent sans effort. Je peux parler si facilement avec Garrett.

Il se presse contre moi, solide et chaud. — Tu sais, on a le droit de couper les ponts avec les personnes toxiques, même si elles font partie de notre famille. Tu ne leur dois rien.

— Je sais. Je hausse les épaules, en regardant mon souffle former un nuage dans l'air froid. Une partie de moi veut tout lui raconter — pour Marcus, le prêt, les deux semaines de liberté qu'il me reste — mais je ne supporte pas l'idée qu'il propose son aide, de donner l'impression que je cherche à être sauvée. Je veux lui faire confiance, le laisser entrer dans ma vie, mais je dois le faire lente-ment. — Parfois, on se retrouve simplement empêtré dans des situations qui ne sont pas si simples.

Sa main trouve la mienne, ses doigts s'entremê-lant aux miens. Le contact est doux mais possessif, envoyant une vague de chaleur dans ma poitrine.

— Tu n'es pas obligée de tout me dire, dit-il doucement. Mais je suis là quand tu seras prête.

Je lève les yeux vers lui, vers la façon dont les guirlandes lumineuses se reflètent dans ses yeux verts, vers la façon dont il me regarde comme si j'étais quelque chose de précieux. Un instant, je me permets d'imaginer un avenir où je ne suis pas seule dans ce combat, où j'ai quelqu'un sur qui m'appuyer et qui ne l'utilisera pas contre moi.

Mais les mots de Maman me reviennent à l'esprit. « C'est comme ça qu'ils t'attrapent, mon bébé. Avec de la gentillesse. Avec de la compréhension. Et puis, un jour, tu te réveilles et tu réalises que tu leur as tout donné, et qu'ils ne t'ont rien offert d'autre que des cicatrices. »

Je serre sa main une fois avant de la lâcher. — On devrait y retourner. Je dois prendre des nouvelles d'Ash.

— Ruby. Sa voix m'arrête alors que je me détourne. — Quoi qu'il se passe, de quoi que tu aies peur, tu es plus forte que tu ne le penses.

Les larmes me montent aux yeux, mais je les ravale. Deux semaines. Deux Alphas. Et une Oméga terrifiée qui essaie d'échapper aux fantômes de sa mère.

J'ai le temps, me dis-je, mais ce mensonge a un goût amer sur ma langue. Deux semaines, ce n'est rien du tout.

Les lumières de la fête foraine se brouillent

autour de nous alors que nous marchons ensemble, mon corps frémissant d'une conscience qu'il m'est de plus en plus difficile d'ignorer. Chaque fois que le bras de Garrett frôle le mien, j'ai la chair de poule. Je suis en feu malgré le froid hivernal, mes instincts d'Oméga s'emballant chaque fois qu'il jette un coup d'œil dans ma direction.

Le prochain rendez-vous de Knox me traverse l'esprit, mais il devient difficile de me concentrer sur autre chose que la bouche de Garrett quand il parle, la façon dont sa gorge bouge quand il déglutit, comment ses mains trouvent sans cesse des prétextes pour me toucher, que ce soit au coude, au bas du dos ou à l'épaule.

— La maison hantée est assez impressionnante, dit-il en désignant de la tête une imposante structure victorienne drapée de fausses toiles d'araignée. Il y a une file d'attente pour entrer dans le train fantôme. — Tu veux aller voir ?

Je ris, peut-être un peu trop brusquement. — J'ai assez d'horreur dans ma vie. Les mots m'échappent trop vite, et je le sens se raidir à côté de moi.

— Viens, dis-je rapidement, attrapant sa main et l'entraînant vers une section délimitée par une corde à l'extrême droite de la foire qui attire mon atten-tion. — Allons plutôt voir ça.

Un village s'étend devant nous, une douzaine de petites maisons d'elfes nichées au milieu de la neige et des lumières scintillantes. Chaque construction a la taille d'une cabane dans les arbres, mais posée sur un petit parterre de neige, chaque maison individuelle est en bois et peinte en rouge et vert, d'autres ressemblent à des chaumières de conte de fées. C'est féérique et en contradiction totale avec la noirceur qui tourbillonne dans ma tête.

Garrett étudie mon visage au lieu du décor, son expression intense. Son pouce trace des cercles dans la paume de ma main, et ce simple contact fait flageoler mes genoux.

— Si tu es en danger, dit-il doucement, tu me le dirais, n'est-ce pas ? Tu peux m'appeler n'importe quand, de jour comme de nuit. Je serai là.

Je cligne des yeux en le regardant, des questions se bousculent dans ma gorge, mais mon corps a d'autres projets. La chaleur qui a monté tout l'après-midi déferle sur moi comme une vague. Je me hisse sur la pointe des pieds et je plaque ma bouche contre la sienne. Je sais que je le distrais pour l'empêcher de m'assaillir de questions, mais je ne m'arrête pas.

Garrett réagit instantanément, un bras s'enroulant autour de ma taille tandis que son autre main s'emmêle dans mes cheveux. Mes mains s'agrippent à sa chemise, le tirant vers moi.

— Viens ici, grogne-t-il, en se faufilant sous la barrière de corde et en m'entraînant avec lui. Je devrais protester — nous ne devrions absolument pas être là — mais il m'entraîne vers l'une des plus grandes maisons d'elfes, et tout ce à quoi je peux penser, c'est de remettre la main sur lui.

Un rapide coup d'œil aux alentours me confirme qu'il n'y a quasiment personne dans le coin, et donc peu de chance que quelqu'un nous surprenne.

La porte se ferme à peine derrière nous qu'il me plaque contre elle, sa bouche brûlante sur la mienne. Il doit se baisser pour éviter le plafond, et l'absurdité de cet Alpha massif dans une minuscule pièce d'elfe devrait être drôle, mais il n'y a rien d'amusant dans la façon dont il m'embrasse. Ce ne sont que des lèvres, une langue et une faim désespérée.

Des rideaux en tissu couvrent les fenêtres, mais assez de lumière filtre à travers pour illuminer son visage lorsqu'il se recule pour me regarder. Le petit espace semble électrique.

— On ne devrait pas être là, j'articule, mais mes mains glissent déjà sous sa chemise, traçant les muscles durs de son ventre, la fine ligne de poils qui descend le long de ses incroyables abdominaux.

— Il y a beaucoup de choses qu'on ne devrait pas faire. Sa voix est rauque alors qu'il mc mordille le cou. — Dis-moi d'arrêter.

— Je ne peux pas. L'aveu s'arrache à ma gorge. — Mon Dieu, je suis en feu. Qu'est-ce qui m'arrive ?

— Ce sont tes chaleurs, ma belle. Ses mains glissent pour agripper mes hanches, me tirant contre lui. La dureté qui se presse contre mon ventre me fait gémir.

C'est la dernière chose que je veux entendre, et pourtant j'ai l'impression que je ne pourrais pas m'éloigner de lui même si j'essayais. Pourtant, une partie de moi veut essayer.

— Dis-moi que tu ne veux pas de ça. Son pouce trace ma lèvre inférieure, ses yeux sombres de désir. — Dis-moi de m'en aller.

À la place, je lui mordille légèrement le pouce, arrachant un grognement du plus profond de sa poitrine.

— Je veux que tu me fasses tout oublier, sauf ton nom.

Il m'embrasse à nouveau, plus fort cette fois, plus exigeant. Sa langue est longue et douce tandis qu'il lèche mes lèvres, puis il envahit ma bouche, son corps dur contre le mien, ses hanches se frottant durement contre moi. Mon dos heurte le mur, et j'enroule une jambe autour de sa taille, essayant de me rapprocher, ayant besoin de plus de friction. Sa main glisse sous ma cuisse, me soulevant plus haut.

Nous nous embrassons comme des bêtes sauvages, c'est si sexuel, si humide, un gémissement dans ma gorge. Je le griffe, en voulant plus.

— Tu vas me détruire, grogne-t-il contre ma bouche. — Tu as la moindre idée de l'effet que tu me fais, putain ? À quel point j'ai envie de te prendre ici même ?

Ses mots m'embrasent, me faisant me balancer contre lui avec un besoin désespéré. — S'il te plaît, je gémis, sans même savoir ce que je supplie alors que j'essaie de donner un sens à tout cela à travers mon cerveau embrumé et affamé de sexe.

À travers le brouillard du désir, j'entends des voix lointaines, des employés de la foire ou des agents de sécurité faisant leur ronde, mais en ce moment, je me fiche de nous faire surprendre. Je me fiche de tout, sauf des mains de Garrett sur ma peau et de la façon dont il réduit au silence toutes les voix d'avertissement dans ma tête.

Pour la première fois de ma vie, je comprends pourquoi Maman retournait toujours vers Papa, même après les pires disputes. Cette attraction, ce besoin… c'est comme la gravité. Comme se noyer. Comme s'envoler.

La main de Garrett s'appuie contre le mur derrière moi, son autre main glissant sur mon sein, le pétrissant, pinçant mon téton. Je gémis, et tout mon corps vibre de désir, de désespoir et de feu. Le grognement dans sa voix m'envoie des frissons le long de l'échine, réveillant quelque chose de primitif que j'ignorais abriter en moi. Je ne peux retenir le soupir plaintif qui s'échappe de mes lèvres quand il se recule, mes doigts s'agrippant désespérément à sa chemise pour le garder près de moi.

— Embrasse-moi encore, c'est tout, je supplie, détestant le besoin dans ma voix, mais je n'en ai plus rien à faire. Son rire est rauque, presque douloureux, et ce son me transperce.

— Si je t'embrasse maintenant, je ne m'arrêterai pas. La faim brute dans ses mots m'affaiblit. — Et, ma belle, quand je te ferai enfin mienne, ce ne sera pas contre une quelconque maison d'elfe où n'importe qui pourrait nous interrompre. Mais il se penche encore plus près tout en disant cela, jusqu'à ce que nous respirions le même air brûlant, et mon corps se cambre vers lui de son propre chef, en quête de plus. Mes tétons sont si durs qu'ils en sont douloureux, avides de son contact.

— Je m'en fi..., je commence à dire, mais il me coupe avec un son presque sauvage. La tension dans ce son, sa sauvagerie, ne fait qu'attiser la flamme qui brûle sous ma peau.

— En ce moment, mon contrôle ne tient qu'à un fil.

C'est comme s'il emportait tout l'oxygène avec lui quand il ne m'embrasse pas. Mon corps souffre d'un vide dont j'ignorais l'existence avant lui, et je déteste à quel point j'ai besoin qu'il le comble. Je déteste comprendre soudainement pourquoi les gens risquent tout pour ce sentiment. Pourquoi ils réduisent leur monde en cendres juste pour le ressentir à nouveau.

Pourtant, me voilà, à genoux en quelques instants devant lui, ma respiration trop rapide, et je n'ai plus aucun contrôle sur moi-même. Je sais ce que je veux, et il se tient devant moi.

— Merde, grince-t-il alors que je tire sur sa ceinture, puis sur les boutons de son jean. — Te voir à genoux va me tuer.

Je lui adresse un grand sourire, mordillant le coin de ma lèvre inférieure tandis que je baisse son jean et son caleçon, laissant sa queue énorme jaillir. Un ronronnement me caresse la gorge à cette vue. Je n'étais pas préparée à sa taille, à cette veine épaisse qui parcourait sa longueur, ni aux perles de cyprine sur le bout de son gland.

— Embrasse-moi là, demande-t-il d'un ton qui est presque un ordre.

— Tu seras mon premier, j'avoue en tendant la main pour enrouler mes doigts autour de son érection.

Il siffle, sa main passant dans mes cheveux.

— Putain, tu es en train de dire que je serai la première bite à entrer dans ta bouche ?

Je hoche la tête, et sa respiration s'accélère. Il y a quelque chose de merveilleux à voir un homme aussi fort perdre le contrôle à cause de moi.

Sans aucune gêne, je me penche et glisse mes lèvres sur son gland, goûtant sa saveur salée.

— C'est ça, descends plus bas. Sa main est sur l'arrière de ma tête maintenant, et je sens sa pression.

Gardant ma bouche serrée autour de lui, j'accueille une plus grande partie de sa queue dans ma bouche, et je ne suis pas sûre de pouvoir tout prendre.

Comme s'il pouvait sentir mon inquiétude, il pousse ma tête plus près de lui, se glissant encore plus profondément.

— Fais-moi entrer doucement. Prends ton temps.

Alors, la main venant enserrer ses testicules, je le fais entrer et sortir, ma bouche s'efforçant de le prendre tout entier. Je n'ai aucune idée si je le fais bien, mais il grogne, son corps se tend, et je sais qu'il apprécie. C'est tout ce qui compte.

— Lève les yeux vers moi, demande-t-il.

Je lève mon regard, la bouche pleine, et croise ses yeux.

— Putain, Ruby, je suis sur le point de jouir si fort, d'exploser dans ta bouche. Et tu vas être une gentille fille et tout avaler, n'est-ce pas ?

Il a enroulé mes cheveux autour de son poing, et il grogne, soutenant toujours mon regard tandis que ses hanches se balancent au rythme de ma succion. Chaque parcelle de mon corps vibre de désir, et je suis complètement trempée. Je serre les cuisses, intensifiant la sensation qui monte, monte, monte encore.

Passant ma langue le long de sa verge, je lui adresse un sourire avec les yeux, et il siffle de nouveau, ses couilles si tendues. Je gémis alors qu'un feu s'allume en moi.

— C'est putain d'excitant de voir ma grosse queue

entièrement dans ta bouche, murmure-t-il, avant de grogner, ses hanches poussant vers l'avant. Le bout de son érection heurte le fond de ma gorge, me faisant instantanément monter les larmes aux yeux, mais il y a aussi de l'excitation, et je m'efforce d'en prendre encore plus.

— PUTAAAAAIN !

Une chaleur se déverse soudain dans ma bouche, crémeuse et collante, presque sucrée, et je l'avale. Il y en a tellement, et ça continue de couler. Je fais travailler ma gorge, avalant tout, tout en essayant de respirer.

— Ma douce Ruby, tu travailles si dur, tu prends tout de moi. Je meurs d'envie de plonger ma queue dans ta chatte, de te nouer, de te baiser jusqu'à ce que tu t'évanouisses !

Ses mots sont avides, sauvages et sulfureux. Il s'avère que j'adore ça, car en quelques secondes, je suis prise de frissons, mon propre orgasme me déchirant de l'intérieur. Je vibre entre les cuisses à l'idée d'avoir une queue aussi énorme dans la bouche, en l'imaginant me baiser. Il n'y avait aucun moyen d'empêcher ce qui allait arriver.

— Jamais baisé une si belle bouche. La prochaine fois, tu vas jouir sur ma queue parce que j'ai besoin de te voir jouir sur mon visage ou sur ma queue.

Léchant enfin la dernière goutte, je me dégage et essuie ma bouche du dos de ma main. Il arbore un large sourire en se remettant en place et en m'aidant à me relever. Le rouge me monte aux joues alors qu'il me prend dans ses bras.

— Tu étais magnifique et si parfaite.

J'ouvre la bouche pour répondre, me penchant contre lui malgré mon visage empourpré, mais une voix à l'extérieur nous fige tous les deux en plein sourire. Mon cœur bondit dans ma gorge tandis que Garrett se déplace rapidement vers la fenêtre, jetant un œil par le bord du rideau. Dans la panique du moment, je ne peux m'empêcher de remarquer à quel point ses épaules se tendent de manière protectrice.

— La sécurité fait la ronde des chalets, chuchote-t-il en se retournant vers moi, une lueur dans les yeux. Sortons d'ici.

Avant que je puisse répondre, il me prend la main et nous conduit vers la porte de la maison des elfes. Le frisson de nous être presque fait surprendre fait bouillonner des rires nerveux dans ma poitrine, que j'essaie désespérément de réprimer. Garrett serre ma main un peu plus fort, et nous attendons là pendant qu'il jette un œil par la porte entrouverte. Dès que les voix s'estompent, il ouvre plus grand la porte et m'entraîne dans l'air vif de l'hiver.

Nous nous courbons et nous faufilons entre les petits chalets dans la direction opposée des voix, pour finalement atteindre la corde et nous glisser frénétiquement en dessous. Nous courons comme des adolescents, nous cachant derrière les stands du festival et nous faufilant entre les manèges. Le vent me fouette, et je ne me souviens pas de la dernière fois où j'ai souri aussi fort. Lorsque nous quittons enfin le champ de foire, nous éclatons tous les deux de rire.

— Vite, monte, sourit-il en ouvrant la portière de son SUV noir. La chaleur à l'intérieur est accueillante, et je m'enfonce dans le siège en cuir, reprenant encore mon souffle.

Alors qu'il s'engage sur la route, où il y a des voitures partout, une chaleur se déploie dans ma poitrine — si différente de la méfiance que je ressens habituellement envers les Alphas. Depuis cette première rencontre au festival, chaque interaction avec Garrett a ébréché mes défenses, me montrant quelque chose de lui que je ne m'attendais pas à trouver — peut-être qu'il n'est pas un monstre caché comme mon père l'avait été.

— À quoi tu penses ? demande-t-il doucement, me jetant un coup d'œil alors que nous nous arrêtons à un feu rouge.

Je me contente de sourire en observant le jeu des ombres sur son visage. Cette petite étincelle d'espoir dans ma poitrine semble dangereuse, merveilleuse, réelle. Et je commence à croire que certains risques valent peut-être la peine d'être pris.

11

RUBY

Je me réveille brûlante. Pas le genre de douce chaleur qui persiste après un rêve, mais celle qui tend la peau et alourdit les os.

La neige qui tombe derrière ma fenêtre semble se moquer de moi — tout ce froid, et moi, je suis là, empêtrée dans des draps trempés de sueur, le ventre serré alors qu'une nouvelle vague de chaleur et de crampes me submerge.

— Pas maintenant, je gémis dans mon oreiller, mais mon corps n'en fait qu'à sa tête. Ça monte depuis des jours, si je suis honnête avec moi-même. Garrett l'a vu avant moi — la façon dont je n'arrêtais pas de me blottir contre lui au bar hier soir, comment même l'odeur et le sourire narquois de Knox n'ont pas réussi à me faire reculer. Ce sont mes chaleurs, et elles n'ont jamais été aussi fortes.

Je me force à me lever et mes pieds nus trouvent le tapis moelleux à côté de mon lit. La pièce tourne un peu, et je m'agrippe au bord de ma table de nuit pour me stabiliser. Mon manteau d'hier soir est drapé sur ma liseuse, et avant de pouvoir me retenir, je tends la main pour le prendre. Le tissu est encore froid de l'air hivernal, mais en dessous…

Je le porte à mon visage, j'inspire profondément, et mes genoux manquent de se dérober. Son odeur est là — des aiguilles de pin et du houblon, oui, mais en dessous se trouve son parfum plus riche de grains de café torréfiés à la vanille. C'est léger, mais c'est assez pour rendre la douleur dans mon ventre à la fois meilleure et pire. Je retourne au lit en chancelant, serrant le manteau comme une bouée de sauvetage.

La nuit dernière me paraît être un rêve maintenant. La façon dont nous nous sommes embrassés dans la maison des elfes, comment je l'ai sucé et ai avalé avidement son sperme.

Une autre crampe me frappe, et je me blottis plus étroitement autour du manteau, regardant les flocons de neige danser derrière ma fenêtre. La partie rationnelle de mon cerveau — celle qui n'est pas actuellement noyée sous les hormones et le désir — sait que tout cela va trop vite. Il y a une semaine, je n'avais que de mauvaises expériences avec les Alphas. Maintenant, je suis là, à nicher avec l'odeur de Garrett.

Les mots de ma tante Eve, de cet été que j'ai passé avec elle, me reviennent en mémoire. Nous étions assises sur son porche, à regarder les nuages d'orage s'accumuler, quand elle m'a parlé de sa rencontre avec son défunt mari, James.

— Les plus malignes, avait-elle dit en se tapotant la tempe avec un sourire entendu. Elles choisissent leur Alpha avant même que leurs chaleurs ne se manifestent. Comme ça, tu sais que c'est ton cœur qui choisit, pas seulement ta biologie.

Elle avait rencontré oncle James au marché et s'était disputée avec lui à propos du prix des pêches. Trois mois plus tard, ses chaleurs sont arrivées, et elle m'a dit qu'elle n'avait jamais envisagé un autre Alpha.

— Quand on sait, on sait, me disait-elle, même des années après sa mort. Elle ne s'est jamais remariée, disant qu'elle préférait avoir ces années parfaites avec lui plutôt que toute une vie à se contenter de moins.

Je prends une autre grande bouffée du parfum de Garrett qui s'estompe, sentant comment il apaise quelque chose de sauvage et d'agité en moi. Ça me fait peur à quel point tout cela va vite. À quel point il semble naturel de le considérer comme mien. Maintenant, je suis étendue ici, brûlante, désirant la présence d'un Alpha comme jamais auparavant.

La neige tombe plus fort maintenant, recouvrant le rebord de ma fenêtre de blanc. Une autre vague de chaleur me consume, et je laisse échapper un rire qui est à moitié un gémissement.

— Eh bien, Ruby, je marmonne à ma chambre vide. Pour quelqu'un qui avait renoncé aux Alphas, tu te débrouilles à merveille pour te transformer en un cliché d'Oméga sur pattes.

Même en disant cela, j'enfouis mon visage plus profondément dans le manteau, poursuivant cette dernière trace de pin, de café et de quelque chose qui ressemble dangereusement à un foyer. Je sais que je devrais me battre plus fort contre tout ça. Sauf que le reste de mon être veut simplement s'abandonner à ce que cela est en train de devenir.

Je saisis mon téléphone et vois un message de lui qui m'attend déjà.

« Bonjour, ma belle. Tu me manques déjà. »

Malgré la fièvre qui me consume, malgré toutes les sonnettes d'alarme dans ma tête, je me surprends à sourire. Peut-être que tante Eve avait raison. Peut-être que parfois, on sait, tout simplement.

Je me blottis un peu plus sous ma couverture et je ferme les yeux, songeant à prendre une douche très, très froide pour voir si ça aide.

[*R*uby]
Le lendemain, le vent d'hiver me pousse à l'intérieur de Sugar & Spice, entraînant avec lui une rafale de flocons de neige qui fondent sur le parquet chaleureux. Le contraste entre le froid

mordant du dehors et la chaleur douillette de la pâtisserie me fait marquer une pause sur le seuil, laissant mes joues gelées se réchauffer. De la musique classique s'échappe de haut-parleurs cachés — sans aucun doute le choix de Hannah, pas celui de Lily — et l'odeur de vanille, de beurre et d'un je-ne-sais-quoi d'agrumes me fait gargouiller l'estomac.

Après la douche froide, mes chaleurs ont semblé se calmer, alors j'ai pris ça comme un signe pour commencer ma journée en espérant qu'elles ne reviennent pas.

En ce milieu de matinée, la lumière filtre à travers les fenêtres givrées par la neige et se reflète sur les vitrines étincelantes qui longent les murs. Chaque étagère est garnie de délicieuses pâtisseries, des macarons aux rangées pastel parfaites aux éclairs au chocolat dont la ganache est si brillante que je peux y voir mon reflet, en passant par de minuscules tartelettes au citron couronnées de baies fraîches. Puis il y a ce qui semble être la nouvelle création du jour près de la caisse : une décadente tarte au chocolat marbrée de caramel et saupoudrée de flocons de fleur de sel qui scintillent comme le givre du matin.

— Eh bien, j'allais envoyer une équipe de recherche pour te retrouver ! retentit la voix de Lily derrière le comptoir. Elle porte une robe jaune beurre qui fait ressortir ses yeux noisette. Ses boucles brunes foncées et indisciplinées tentent de s'échapper d'un chignon flou, et elle a une trace de ce qui pourrait être du chocolat sur la joue. Je me demandais combien de temps tu allais rester loin de nous.

— Je suis juste venue chercher de quoi grignoter et te dire qu'Ash passera plus tard récupérer notre commande pour la soirée de Noël que nous organisons ce soir. Je m'approche du comptoir, piquant au passage un biscuit de dégustation sur l'assiette près de la caisse. Ash et moi avons une journée calme au bar avec toute cette neige.

— Mmhmm. Lily pose ses coudes sur le comptoir, manquant de renverser un présentoir de cake pops. Elle les rattrape rapidement. Rien à voir avec le fait d'éviter certaines conversations sur un certain spécimen magnifique que j'aurais pu te voir fréquenter ?

Le biscuit, encore tiède, manque de passer de travers. — Je ne vois pas de quoi tu parles.

— Ah oui ? Le sourire de Lily devient malicieux. Alors, ce n'était pas toi qui filais devant ma boutique hier en m'apercevant ? Et ce n'était pas un beau grand gaillard avec des épaules de footballeur américain qui te raccompagnait chez toi ?

— C'était Knox, dis-je en essayant de paraître désinvolte tout en attrapant un autre échantillon. C'est juste un des guides de l'agence de tourisme. Rien de spécial.

— Rien de spécial ? Lily siffle doucement, enroulant distraitement une de ses mèches rebelles autour de son doigt. Ma chérie, s'il te plaît, envoie-moi tous les autres « riens de spécial » de ce genre. Rien que ses bras pourraient…

Je lui lance un regard qui la fait éclater de rire.

— Ouais, c'est bien ce que je pensais. Quoique… Elle se penche vers moi d'un air de conspiratrice.

Avant que je ne puisse répondre, Hannah sort de la cuisine, ses cheveux coiffés en un chignon français parfait.

— Il m'a semblé entendre des voix, murmure-t-elle, ses yeux bruns et chaleureux observant mon état légèrement agité. Comment tu tiens le coup, Ruby ?

— Oh, elle tient très bien le coup, intervient Lily avant que je puisse parler. Avec son homme mystérieux d'hier. Quoique… Elle étire le mot comme un caramel mou. Apparemment, on t'a vue main dans la main avec un autre homme hier à la foire.

Je plisse les yeux, et je ne sais pas pourquoi je suis surprise, vu que cette ville adore les commérages.

Elles me fixent toutes les deux, et je m'occupe en choisissant une autre Mignardise — cette fois un petit four qui fond sur ma langue dans un nuage de framboise et de chocolat noir.

— Ce n'était pas un rendez-vous galant, je marmonne, la bouche pleine de cette bouchée divine. Nous sommes juste allés à la foire d'hiver.

— Parfait ! Lily tape dans ses mains, manquant de faire basculer un plateau de croissants. Hannah le stabilise sans même regarder, habituée aux gestes enthousiastes de sa sœur. Tu es parée, alors. Lequel choisis-tu pour gérer le cas Marcus ?

Cette fois, je m'étouffe pour de bon.

Hannah se dépêche de m'apporter de l'eau, tandis que Lily enchaîne.

— Franchement, ils ont tous les deux l'air alléchants. Le guide touristique ou le mystérieux prince de la foire ? Mais je dois dire que si tu acceptes les candidatures…

— Ce n'est pas si simple que ça, parviens-je à dire après avoir bu une gorgée d'eau. Mon regard est attiré par une fournée de roulés à la cannelle que Hannah est en train de disposer, cherchant désespérément une distraction. Et au fait, qu'en est-il de ces prétendants parfaits avec lesquels toi et Hannah vouliez me caser ? Peut-être les annuler, vu que j'ai déjà fort à faire ?

— Oui, c'est vrai, ronronne Lily. Mais peut-être que tu les as déjà rencontrés ?

Je la fixe, un peu confuse. Que veut-elle dire ?

Hannah fronce les sourcils en plaçant un plateau de parfaits cupcakes en forme de rosette dans la vitrine en verre.

— Ruby, tu sais que tu ne peux pas passer trop de temps à te décider pour un Alpha. Ton timing…

La clochette au-dessus de la porte tinte, faisant entrer une bourrasque d'air froid et des clients. Lily passe à l'action, sa robe jaune virevoltant tandis qu'elle les accueille. Je la regarde, émerveillée, se souvenir non seulement de leurs noms, mais aussi prendre des nouvelles du spectacle de danse de la fille d'une cliente et des récentes vacances en Floride d'un autre.

Hannah s'avance pour l'aider, mais pas avant de me lancer un regard lourd de sens qui signifie que cette conversation n'est pas terminée. Je les regarde travailler tout en grignotant un autre biscuit.

Lorsque le coup de feu se calme et avant que d'autres clients n'entrent, Lily pousse rapidement une boîte vers moi. — Tiens. Des tartelettes au caramel beurre salé en plus, parce que je t'adore. Tu passes demain soir pour qu'on se raconte tout ?

— Je peux pas, marmonné-je, soudain fascinée par le motif géométrique sur le présentoir à tasses à café. Je dois voir quelqu'un.

— Oh oh ! Les yeux de Lily s'illuminent comme si Noël était en avance. Le dieu du tourisme ou l'homme mystère de la foire ? Attends, ne me dis rien. Laisse-moi deviner à ta rougeur…

— Je te déteste.

— Tu m'adores, me taquine Lily. Et tu vas tout nous raconter, un jour ou l'autre.

— Et on veut les détails, ajoute Hannah en remuant les sourcils. Plein de détails croustillants.

Je saisis ma boîte et me dirige vers la porte, mais pas avant que Lily ne m'interpelle.

— Et Ruby ? Qui que tu choisisses… assure-toi

juste que c'est ce que tu veux, toi, pas ce que tu penses que tu devrais vouloir !

La clochette tinte derrière moi alors que je retourne dans la neige, les paroles de Hannah sur le timing se mêlant aux derniers conseils de Lily dans ma tête. Elles ont toutes les deux raison, je dois faire le point. Ce soir, je vais sortir avec Knox et apprendre à mieux le connaître. Ensuite, je pourrai prendre une décision claire et arrêter de faire marcher qui que ce soit.

Mon estomac se noue à l'idée de devoir en décevoir un des deux. Je jette un coup d'œil dans la boîte et, fidèle à sa parole, Lily l'a remplie de ces tartelettes au caramel beurre salé. Il y a aussi un croissant au chocolat parfait, elle sait que je les adore. Parfois, vos meilleures amies savent exactement ce dont vous avez besoin, même quand elles vous rendent folle. Même si ce qu'elles disent est trop sensé pour être ignoré.

Je retourne vers le bar, la neige crissant sous mes bottes, en essayant d'ignorer la façon dont mon cœur s'accélère quand je pense à ce soir.

12

DOMINIC

La neige tombe en gros flocons autour de Ruby alors qu'elle traverse la rue en hâte, serrant cette boîte à pâtisserie rose contre elle comme un précieux trésor. Son manteau blanc la fait paraître radieuse par cette journée grise, et sa capuche bordée de fourrure encadre son visage à la perfection. Ses bottes noires soulèvent de petits nuages de neige à chacun de ses pas.

Parfaite. Elle est putain de parfaite.

Mes doigts se resserrent sur le volant tandis que je suis ses mouvements du regard. Même de là où je suis garé, plus loin dans la rue, je peux voir ses joues rougies par le froid, voir comment elle se mord la lèvre inférieure, concentrée, alors qu'elle avance sur le trottoir glissant. Chaque détail de Ruby est gravé dans mon esprit : sa façon de bouger, la nuance exacte de ses cheveux, comment son parfum flotte dans l'air des heures après son départ.

Et je ne l'ai même pas encore rencontrée.

La portière passager de mon SUV s'ouvre à la volée, laissant entrer une rafale d'air glacial et de neige. Garrett se laisse tomber sur le siège, secouant les flocons de neige de ses cheveux, des sacs de plats à emporter à la main.

— J'ai pris ce que tu prends d'habitude chez Mike. Même si je ne comprends pas pourquoi on a dû traverser toute la ville alors qu'il y a des sandwichs tout à fait corrects près de la brasserie...

— Tu sais très bien pourquoi. Mes yeux n'ont pas quitté Ruby alors qu'elle disparaît dans son bar.

— Ouais, je sais. La voix de Garrett est un mélange d'amusement et d'inquiétude. La première tentative de Knox ne s'est pas vraiment passée comme prévu hier quand la tempête a éclaté, pourtant il est déjà obsédé par elle.

— Et tu n'as pas pu résister à l'envie de rappliquer hier après-midi, n'est-ce pas ? Je détache mon regard de l'entrée du bar pour lui lancer un regard entendu.

Il sourit, sans le moindre remords. — Putain, mec, je n'arrive pas à m'en tenir éloigné. Elle est une addiction.

C'est là que son odeur me frappe — son parfum, mêlé à sa douceur naturelle d'Oméga, flotte encore sur la veste de Garrett. Ma mâchoire se crispe.

— Je sens son odeur sur toi.

— Je sais. Il redevient un peu plus sérieux. Écoute, Knox a son rencard ce soir…

— Et j'attendrai mon tour. Les mots sortent plus sombres que je ne l'avais prévu. Je suis devenu doué pour attendre.

Garrett m'observe un long moment avant de faire un signe de tête en direction de la brasserie. — Allez, rentrons avant que ça ne refroidisse.

Le trajet jusqu'à chez Garrett nous fait traverser le quartier historique, devant des maisons en grès brun couvertes de neige, jusqu'à ce que nous atteignions l'entrepôt reconverti qu'il a transformé en l'une des brasseries artisanales les plus populaires de la ville. Le rez-de-chaussée est tout en briques apparentes et en bois vieilli, avec des cuves en cuivre rutilantes visibles derrière des parois de verre. L'odeur de houblon et d'orge flotte, riche, dans l'air.

Cindy lève les yeux de son poste d'accueil, ses cheveux blonds et ternes tirés en une queue de cheval serrée, ses yeux en amande absolument magnifiques, alors que nous entrons dans le bâtiment. Elle est fantastique pour jouer la normalité, mais je surprends la façon dont elle balaie la pièce du regard avant de se détendre complètement. De vieilles habitudes.

— Vos réservations du samedi deviennent ingérables, dit-elle à Garrett, se mettant à notre hauteur. J'ai dû ajouter une autre section de places dans l'arrière-salle.

— Vous gérez la situation. La confiance de Garrett en elle est évidente. Tout le reste va bien ?

— Toujours. Elle nous jette un regard, professionnelle mais distante. Vous avez besoin d'autre chose ?

Garrett lui fait un bref signe de tête alors qu'elle part s'occuper d'une livraison. Je la regarde s'éloigner, l'inquiétude creusant des rides autour de sa bouche.

— Son frère a encore appelé, dit-il à voix basse alors que nous montons les escaliers vers son bureau. Aucune nouvelle de son compagnon, mais…

— Tu fais ce qu'il faut en l'aidant. Je m'affale dans l'un de ses fauteuils en cuir. Si cet enfoiré de compagnon se pointe…

— Alors, je ferai ce que je dois faire. — La voix de Garrett est d'acier. — Son frère aussi.

Je me penche en avant, sentant le poids d'un autre problème peser sur moi.

— En parlant de complications… qu'est-ce qu'on va faire pour Marcus ?

L'expression de Garrett s'assombrit tandis que la neige continue de tomber dehors, recouvrant le monde d'un manteau blanc.

— Marcus commence à avoir des soupçons, dit Garrett en prenant place à son immense bureau en bois de récupération. Il m'a coincé au Crossings hier soir, me demandant pourquoi je traînais autant au bar de Ruby.

Je laisse échapper un rire bref, mais sans aucune once d'humour.

— Qu'est-ce que tu lui as dit ?

— Que j'aime bien sa sélection de bourbons. — Il passe une main dans ses cheveux humides de neige. — Mais il est au courant pour le rendez-vous de Knox ce soir. Les nouvelles vont vite dans cette putain de ville.

La mention du rendez-vous de Knox provoque en moi une nouvelle vague de cette sombre possessivité.

— Il faut que Marcus foute le camp, je grogne. Le bar de Ruby n'est pas son territoire, quoi qu'il en pense.

— Tu sais bien que c'est plus que ça. — Garrett sort de son tiroir une bouteille de sa dernière bière expérimentale, ainsi que deux verres. — Il essaie de mettre le grappin sur cette propriété depuis avant même qu'elle en devienne propriétaire, pour pouvoir la démolir et construire un immense immeuble d'appartements.

La bière que Garrett verse est noire comme du café, avec une mousse crémeuse. Je prends le verre qu'il me tend mais ne bois pas tout de suite.

— Tu penses qu'il se doute de quelque chose ?

— Qu'on sait qu'elle est notre Oméga, et qu'on va la faire nôtre ? Peut-être. Qu'on prépare quelque chose ? Certainement.

Un malaise s'installe en moi à l'idée qu'il nous ait accordé un peu trop d'attention.

On frappe à la porte, nous interrompant. Cindy se tient sur le seuil, une tablette à la main, sa posture légèrement tendue.

— Désolée de vous interrompre, mais le groupe Anderson a appelé. Ils veulent reporter leur dégustation d'entreprise à la semaine prochaine.

— Comme ça les arrange, dit Garrett d'un ton facile, mais je remarque que son regard suit ses mouvements, l'évaluant. Ça va ? Vous avez l'air…

— Bien, murmure-t-elle en tripotant sa tablette. Sa robe bleu océan flotte sur sa silhouette élancée. À tout juste vingt-deux ans, elle a déjà enduré plus que la plupart des gens, à cause de ses connards de parents qui l'ont mariée de force à un Alpha autoritaire à dix-sept ans. J'ai cru voir quelqu'un que je connaissais dehors tout à l'heure. Mais ce n'était rien.

La température dans la pièce semble chuter de dix degrés. Garrett pose son verre avec une précision méticuleuse.

— Quel genre de visage familier ? je demande.

— Pas lui. — Cindy secoue vivement la tête. — Non, vraiment, c'était sûrement juste quelqu'un qui lui ressemblait. Je suis parano.

— Si vous voyez quoi que ce soit qui vous met mal à l'aise, vous nous le dites immédiatement. Peu importe si ça semble anodin, déclare Garrett.

Elle hoche la tête, et une partie de la tension quitte ses épaules.

— Merci. Je préviens les Anderson pour la semaine prochaine.

Après son départ, Garrett pousse un long soupir.

— Ça fait six mois qu'elle est là. C'est le plus long-temps qu'elle soit restée quelque part depuis sa fuite. Espérons qu'il ne la retrouvera pas à Whispering Grove. Pour l'instant, elle est en sécurité, et putain, on va faire en sorte que ça continue. Bref, en parlant de situations… qu'est-ce que ton contact a trouvé sur le bail de Ruby ?

Le changement de sujet me ramène à notre propre situation compliquée. Je sors mon téléphone et fais défiler les messages récents.

— L'hypothèque sur le bâtiment est supérieure à sa valeur. Marcus a fait pression sur la banque pour qu'elle exige le remboursement anticipé du prêt, essayant de forcer une vente. Ruby a jusqu'à la fin de l'année pour soit le racheter entièrement, soit trouver de nouveaux investisseurs.

— Merde. — Garrett vide son verre. — Pas éton-nant qu'elle ait l'air stressée ces derniers temps. Je vais lui prêter l'argent. Tout ce dont elle a besoin.

— Ça va de soi. Je prends enfin une gorgée de bière, laissant ses riches saveurs glisser sur ma langue. Si elle l'accepte. J'ai l'impression qu'elle n'est pas du genre à accepter facilement de l'aide.

— Alors, il faut qu'on lui fasse comprendre qu'on n'est pas les méchants, réplique Garrett en haussant un sourcil.

Je pose mon verre, me remémorant son image dans la neige, toute de blanc vêtue, comme une sorte d'esprit de l'hiver. Pure. Intacte.

— Je n'ai jamais rien ressenti de tel pour personne, mais le besoin urgent de la faire mienne grandit en moi. Un besoin de la posséder, de la protéger, de la revendiquer… ça ne fait qu'empirer.

— Ton tour viendra, me rappelle Garrett. On s'en tient au plan et on ne la brusque pas pour ne pas l'effrayer.

Silence.

— Je t'entends comploter un meurtre d'ici, murmure Garrett. Tu veux partager avec le groupe ? Tu penses encore à elle, n'est-ce pas ?

Je lui adresse un sourire carnassier.

— Juste à des stratégies de résolution de problèmes.

— Ouais, c'est ça. J'entends le sarcasme dans sa voix. Rien à voir avec le fait que tu attends ton tour, j'imagine ?

Je laisse échapper un rire grave. Je sais déjà que je suis loin d'avoir le contrôle que je prétends avoir.

13

RUBY

Les guirlandes de Noël scintillent d'un air moqueur alors que j'ajuste la dernière couronne sur le mur de la salle de réception de mon bar. Tout est parfait — trop parfait, peut-être — ce qui signifie que quelque chose va forcément mal tourner. Non, je ne peux pas penser comme ça.

— Ruby, arrête de t'en faire pour rien. La voix d'Ash me parvient de l'endroit où il réapprovisionne le bar privé. — Les décorations sont très bien. La pièce est magnifique.

Je prends du recul en me mordillant la lèvre inférieure. La guirlande couleur émeraude encadre parfaitement les fenêtres, et de minuscules lumières blanches projettent une lueur chaleureuse sur les tables en bois ciré que nous avons poussées contre les murs. Elles sont couvertes de chauffe-plats argentés, de plateaux de pâtisseries, d'assiettes, de couverts et de serviettes festives rouges et vertes. Un sapin de Noël se dresse dans le coin le plus éloigné, car il était hors de question de ne pas en avoir. Mais je dois admettre que même moi, je peux apprécier la façon dont les décorations vintage captent la lumière. Elles proviennent toutes de la collection de tante Eve, celles sur lesquelles elle passait des heures à me raconter des histoires pendant que je l'aidais à décorer le bar chaque année.

L'étoile argentée au sommet est légèrement de travers, comme chaque année où elle la mettait en place, en refusant de la redresser. « Certaines choses sont faites pour être imparfaites, Ruby », disait-elle, mais maintenant je me demande si elle savait déjà à l'époque que tout s'effondrerait après sa disparition.

— Allô la Terre, ici Ruby ? Ash agite une bouteille de vodka premium dans ma direction. — Où est-ce que tu étais partie, là ?

— Juste... Je fais un geste vague en direction de la pièce, mes doigts trouvant automatiquement le pendentif en flocon de neige de ma tante. — Je m'assure que tout est parfait. On ne peut pas foirer ça, Ash.

Il pose la bouteille et s'approche, me pressant l'épaule avec un sourire. — Depuis quand est-ce qu'on foire un événement ?

— Il y a eu le mariage des Thompson.

— Ce n'était pas notre faute. Comment on était

censés savoir que la mariée allait s'enfuir avec le pâtissier ?

Malgré tout, je ricane. — Ou le pot de départ à la retraite des Miller ?

— Okay, pour le coup, ce n'était vraiment pas notre faute. Qui amène un raton laveur de compagnie dans un bar ?

Les premières notes de *All I Want for Christmas Is You* s'échappent des enceintes — parce qu'apparemment, je ne peux pas échapper à Mariah Carey, même dans mon propre établissement — et je vérifie mon téléphone. 19 h 45. Les invités de la fête de Noël de l'entreprise ne devraient plus tarder.

— Bon. Je lisse ma robe vintage vert foncé, reconnaissante de m'être souvenue de l'associer à des bottes confortables. La nuit va être longue. — Je devrais aller dans la salle principale.

Le bar principal bourdonne déjà de la foule habituelle. Le vieux Joe est dans son coin, sirotant ce que je sais être son deuxième whisky de la soirée. Les sœurs Henderson occupent leur table habituelle, les cheveux argentés de Margaret captant la lumière alors qu'elle se penche pour murmurer à Anne, très probablement les derniers potins. Tommy et sa bande de la loge locale sont regroupés autour du billard.

La familiarité de la scène aide à calmer mes nerfs, mais il y a toujours cette tension sous-jacente dont je n'arrive pas à me défaire. Moins de deux semaines avant que je n'épouse un compagnon ou que je perde tout. Cette pensée me noue l'estomac.

Le carillon de la porte retentit, et les premiers invités de la fête commencent à arriver. Je les dirige vers le couloir, admirant le défilé de robes de cocktail — une superbe tenue rouge avec un décolleté en cœur, un fourreau bleu nuit qui brille à la lumière. Les femmes se déplacent avec désinvolture, leurs talons claquant sur le parquet. Un groupe d'hommes et plusieurs femmes arrivent ensuite, et je leur indique le chemin.

Puis le carillon retentit de nouveau, et mon monde s'arrête.

Il remplit l'encadrement de la porte comme s'il avait été taillé sur mesure, tout en épaules larges et en grâce létale. Chaque parcelle de mon être se met soudain en alerte. L'inconnu doit mesurer au moins un mètre quatre-vingt-treize. La chemise mauve à boutons qu'il porte colle à son torse, révélant qu'il fait de la musculation. Elle est rentrée dans un pantalon noir qui semble peint sur ses cuisses puissantes.

Mais c'est son visage qui me coupe le souffle. Une mâchoire forte, ombrée d'une barbe de quelques jours qui me donne une envie folle de la toucher. Des pommettes saillantes. Des cheveux noir d'encre qui tombent sous sa mâchoire, quelques mèches glissées derrière son oreille tandis que d'autres balayent des yeux qui... oh, mon Dieu. Ses yeux sont sombres, d'une noirceur insondable, et ils parcourent la pièce avec une intensité qui fait naître une boule de chaleur dans mon ventre.

Un petit tatouage géométrique apparaît sous sa manche lorsqu'il passe la main dans ses cheveux. Ce simple geste est si désinvolte qu'il me laisse captivée. Il se déplace comme quelqu'un qui sait exactement à quel point il est dangereux, sans avoir besoin de le prouver à qui que ce soit. Comme si la gravité elle-même se courbait autour de lui.

— Tu veux de l'aide pour ramasser ta mâchoire par terre ? Ash apparaît à côté de moi, sa voix basse et amusée. Ou tu es trop occupée à tomber amoureuse de M. Sexy, là-bas ?

— Quoi ? je cligne des yeux, essayant de me rappeler comment on forme des mots. Mes entrailles sont toutes nouées, brûlantes. Je ne suis pas… Je ne faisais que…

— Bien sûr, bien sûr, dit-il avec un sourire en coin. Je dois aller chercher des trucs pour la salle de réception. Essaie de ne pas baver sur le comptoir pendant que je ne suis pas là.

Je le regarde disparaître dans le couloir, reconnaissante de ce moment pour me ressaisir. C'est ridicule. J'ai déjà assez de complications avec des Alphas dans ma vie avec Knox et Garrett. Je n'en ai pas besoin d'un autre, surtout pas un qui me donne envie de lui présenter ma nuque simplement en existant dans mon champ de vision. Et cet homme est un pur Alpha. Un seul regard suffit pour le comprendre. Je me retourne pour ranger quelques verres, ayant besoin de m'occuper pour me distraire.

— Ruby, n'est-ce pas ? La voix. Grave, douce et rauque, venant de derrière moi. Je me retourne lentement, et il est là, légèrement appuyé contre mon bar comme s'il était le maître de chaque pièce où il entrait. De si près, je peux voir que ses yeux ne sont pas seulement sombres, ils sont pratiquement noirs, avec de minuscules éclats dorés qui semblent jeter des étincelles quand ils croisent les miens.

— C'est bien moi. Je parviens à avoir l'air presque professionnelle, malgré mon cœur qui tente de s'échapper de ma poitrine. L'air entre nous est électrique, dangereux. Au bar Winterscape. Je me sens soudain stupide d'avoir ajouté ça, car c'est de toute évidence où il se trouve.

Ses lèvres s'étirent en quelque chose de trop diabolique pour être qualifié de sourire.

— Dominic Chase.

Je comprends alors que c'est lui qui a fait la réservation pour ce soir.

Il tend la main, et quand je la saisis, une décharge si intense me parcourt le bras que je manque de haleter. Sa peau est chaude contre la mienne, sa poigne ferme mais pas écrasante.

— Mais quelque chose me dit que c'est toi le véritable accueil, ici.

La chaleur m'envahit les joues. — Beau parleur ?

— Seulement quand ça compte. Son pouce frôle

mes articulations avant qu'il ne relâche ma main, un contact délibéré. Je suis le propriétaire de Sentinel Security. Merci d'avoir accueilli notre fête de Noël dans un délai si court.

— Sentinel… Le nom me dit quelque chose, et un frisson glacial me parcourt l'échine. Tout le monde connaît Sentinel Security : ceux qu'on appelle quand la sécurité traditionnelle ne suffit plus. Quand des choses doivent… disparaître. Enchantée. Et vous dirigez une entreprise très connue.

— Ah oui ? Encore ce quasi-sourire diabolique. Il se penche légèrement, et son odeur me frappe : du cèdre, de la fumée, et quelque chose de plus sombre, quelque chose qui me donne envie de traverser le bar à quatre pattes pour enfouir mon visage dans son torse.

— J'ai entendu parler de l'excellente réputation de votre entreprise.

— C'est toujours bon à entendre. Bien que nous essayions de rester discrets. Et en parlant de réputation… Son sourire s'élargit. Je n'ai entendu que de bonnes choses sur cet endroit. Merci encore de nous avoir acceptés dans un délai si court. Tu n'as aucune idée du nombre de fois où les gens peuvent vous laisser tomber.

— Oh, je crois que si. Un rire m'échappe avant que je ne puisse le retenir. Croyez-moi, je suis une experte en matière de déception.

— Vraiment ? demande-t-il, sarcastique, mais sa

tête s'incline légèrement et je remarque comment ses cheveux tombent parfaitement pour encadrer son visage. C'est injuste à quel point il est magnifique sans le moindre effort.

— C'est pour ça que j'essaie de ne m'entourer que des personnes en qui j'ai confiance.

Ses yeux s'assombrissent d'intérêt. — Ça ne t'inquiète pas ? De risquer de passer à côté de... nouvelles rencontres intéressantes ?

Je hausse les épaules, en pensant à Knox et Garrett et à la façon dont ils ont débarqué dans ma vie si bien rangée. — Impossible de ne pas faire de rencontres dans cette ville, mais être vraiment proches ? Mes doigts retrouvent mon pendentif. — Il suffit d'avoir quelques bonnes personnes.

— Et comment est-ce que tu décides ? Il se penche un peu plus, et je perçois une autre vague de son parfum enivrant. — Qui mérite que tu le laisses entrer dans ta vie ?

La façon dont il me regarde me donne des frissons. Son regard glisse sur mes lèvres une fraction de seconde avant de croiser à nouveau le mien, le retenant avec une intensité qui fait disparaître le reste du bar. La musique de Noël, le brouhaha, le tintement des verres, tout cela devient un lointain bruit de fond. Il n'y a plus que lui, la chaleur de son regard, le léger pli de ses lèvres, la façon dont ses doigts se sont immobilisés sur le comptoir à quelques centimètres à peine des miens.

Je réalise soudain avec quelle facilité je lui parle, à quel point c'est naturel, malgré tous mes instincts qui hurlent que c'est un étranger.

Comme je ne réponds pas, il dit : — Bon. Je ferais mieux de rejoindre la fête. C'est par où, déjà ?

— Laisse-moi te montrer. Je lui fais signe de me suivre et, tandis que nous marchons, je suis hyper-consciente de sa présence derrière moi. Le couloir me semble soudain trop étroit, trop intime, et mon corps me hurle de ralentir, de le laisser me rattraper, de le laisser…

— Un endroit magnifique, dit-il, sa voix plus proche que je ne m'y attendais.

— Merci. J'essaie de faire de mon mieux.

Nous arrivons devant la porte de la salle de réception, d'où s'échappent la musique et les voix, et je fais un geste vers l'intérieur. — Eh bien, vous y voilà. Ash s'occupera de tout ce dont vous aurez besoin. Profitez bien de la soirée.

— Merci, ma belle. Le petit nom roule sur sa langue comme une caresse, et je manque de m'éva-nouir. Ses yeux se ancrent dans les miens, et pendant un instant, le reste du monde s'efface.

Il entre dans la pièce d'un pas décidé, et mon cœur s'emballe. Trois Alphas — tous incroyablement séduisants et dangereux — ont soudain fait irruption dans ma vie après des années de malchance dans ce domaine. Cela me rappelle l'insistance de Lily et Hannah, qui disaient vouloir m'arranger un coup avec trois Alphas… Ce ne pouvaient sûrement pas être ceux dont elles parlaient, n'est-ce pas ?

Les avertissements de ma mère résonnent dans ma tête. « Ils t'attireront avec leur odeur, leur force, et te feront te sentir en sécurité juste avant de montrer les crocs. »

Alors que je retourne au bar principal, je m'efforce de repousser ces souvenirs, ne voulant plus être contrôlée par mon passé.

Les heures s'écoulent dans un flou de verres servis et de conversations légères avec les habitués. Chaque fois que je vais voir Ash dans la salle de réception, il est dans son élément, gardant les verres pleins sans effort tout en charmant la clientèle d'entreprise. Les plateaux d'amuse-gueules sont réduits à des miettes, alors je les remplace, mais Ash gère la soirée avec aisance.

Et à chaque fois — bien que j'essaie de me convaincre que je veux juste aider — mes yeux cherchent Dominic. Il est toujours au cœur de l'action. Parfois, il est appuyé contre le mur, hochant la tête pendant que des gens se pressent autour de lui. D'autres fois, il est assis à l'une des tables, disant quelque chose qui fait rire tout le groupe. Pas une seule fois il ne regarde dans ma direction, et je me dis que la boule que je sens dans ma poitrine est du soulagement, pas de la déception.

Tu es ridicule. J'essuie le bar principal pour la centième fois. Mes chaleurs approchent, c'est tout ce que c'est. N'importe quel Alpha ferait faire des saltos à mes hormones en ce moment.

Le bar principal s'est un peu calmé, il ne reste que les clients habituels du soir qui sirotent leurs verres. Bob raconte encore ses histoires de pêche, et les sœurs Henderson débattent de la meilleure recette de tarte. C'est presque paisible.

Puis la porte s'ouvre violemment, laissant entrer une bourrasque d'air froid et de neige.

Un homme entre en titubant, se débarrasse de son manteau et reste près de la porte, révélant une chemise froissée. Il doit avoir dans la mi-trentaine, avec le genre de visage qui doit paraître amical quand il n'est pas déformé par un rictus méprisant. En ce moment, cependant, il a le regard vitreux, et ses mouvements sont désarticulés de cette manière dangereuse qui signifie qu'il a largement dépassé sa limite d'alcool.

Il titube vers le bar, se cognant aux tables sur son passage. Je suis déjà en train d'attraper le téléphone fixe sous le comptoir quand il heurte le coin de la table de Bob assez fort pour que sa bière presque pleine déborde du verre.

— Putain, c'est quoi ce bordel ? Bob se lève, les joues empourprées. — Regarde où tu vas !

L'ivrogne pivote sur lui-même en vacillant. — Va te faire foutre, le vieux. Dégage de mon putain de chemin.

Mon cœur martèle mes côtes. — Bob, laisse-moi

t'en servir une autre, c'est pour la maison. Je me mets déjà en mouvement, attrapant un chiffon pour éponger ce qui a été renversé. Le verre, heureusement, est resté droit. — Pas de mal.

Mais l'ivrogne est déjà au bar, et il frappe le comptoir du plat de la main si fort que les verres s'entrechoquent. — Sers-moi, salope d'Oméga !

Tommy, près du billard, fait un pas en avant. — Eh, mec, calme-toi.

— Dégage ! La main de l'ivrogne jaillit, heurtant le bol en bois de cacahuètes offertes. Il est projeté en l'air, éparpillant les cacahuètes et les bretzels sur le sol comme des éclats d'obus. — J'ai dit de me servir un putain de verre !

— Monsieur. Je garde ma voix calme et professionnelle, même si mon pouls s'accélère. — Je vois que vous avez déjà bien bu ce soir. Légalement, je ne peux pas vous servir dans cet état. Je peux vous appeler un taxi...

— Ne me dis pas ce que j'ai bu ! Il se jette par-dessus le bar, plus vite que je ne m'y attendais, et ses doigts se referment sur mon poignet comme un étau. Son odeur est putride : un mélange de bière éventée et de colère acide.

J'allais attraper mon téléphone dans ma poche arrière avec ma main libre, pensant que je pouvais envoyer un message à Ash, quand soudain, l'emprise de l'ivrogne disparaît. Une odeur familière de cèdre et de fumée m'enveloppe, et Dominic est là, du haut de son mètre quatre-vingt-treize de pure puissance contenue, alors qu'il repousse l'ivrogne. L'homme trébuche sur une chaise et s'effondre dans un enchevêtrement de membres et de bois, dans un fracas qui fait sursauter tout le monde.

— Ruby. Dominic ne me regarde pas, mais sa voix est douce comme le miel même si sa posture crie au danger. Ses manches sont retroussées, laissant voir ces tatouages géométriques que j'ai remarqués plus tôt, et les muscles de ses avant-bras se contractent alors qu'il s'avance vers l'homme à terre. — Laisse-moi m'occuper de cette ordure. Tu ne devrais pas avoir à gérer un déchet pareil.

Ma bouche s'assèche en le regardant se déplacer. Il est gracieux même maintenant, tel un prédateur traquant sa proie. Je recule, en partie parce que je dois lui laisser de la place, mais aussi parce que l'ordre de l'Alpha dans sa voix m'oblige à écouter.

L'ivrogne se remet sur pieds en se débattant, le visage rouge et crachant des jurons. — Pour qui tu te prends, putain…

La main de Dominic jaillit, empoignant le col de la chemise de l'homme. Il le tire vers lui, et même si sa voix est basse, elle porte.

— Je suis le mec qui te rend service, en ce moment. On peut faire ça à la manière douce, où tu sors par cette porte et tu ne reviens jamais, ou… Son autre main se crispe, et je vois les yeux de l'ivrogne s'agrandir. — On peut le faire à la manière forte. C'est toi qui choisis. Mais si tu essaies de me frapper ? Son sourire n'est que dents. — Crois-moi, tu ne vas pas aimer ce qui va se passer ensuite.

La réponse de l'ivrogne est de lancer un coup de poing désordonné qui atteint la lèvre de Dominic. Mon cœur s'arrête, la culpabilité bouillonne déjà dans mon estomac : il s'est fait mal en m'aidant !

Dominic se contente de soupirer, touchant sa lèvre fendue de sa main libre. Quand elle revient ensanglantée, son regard devient glacial. — Mauvais choix, connard.

Le coup de poing part si vite que je le rate presque. Un instant, l'ivrogne essaie de se libérer ; l'instant d'après, il est affalé sur le sol, le nez en sang, en train de hurler. Dominic le relève par le dos de sa chemise comme s'il ne pesait rien, le traînant vers la porte.

Le bar est plongé dans un silence de mort alors qu'ils disparaissent à l'extérieur. Un instant plus tard, Dominic revient seul, attrape le manteau de l'ivrogne sur le crochet et le jette dehors après lui. La porte se referme avec un bruit sourd et définitif.

Quand il se retourne vers moi, il sourit comme si de rien n'était. — J'ai mis ce connard dans un taxi pour qu'il rentre direct chez lui, comme son permis l'y oblige. Mais je suis trop occupée à remarquer que le sang perle encore de sa lèvre fendue. Quelques personnes dans le bar applaudissent. Je suis bouche bée ! Il essaie d'essuyer le sang avec le dos de sa main, mais ne fait qu'étaler la tache.

— Je suis vraiment désolée, je lâche avant de pouvoir me retenir. Ta lèvre...

— Elle va bien. Il est soudain juste devant moi, si près que je dois pencher la tête en arrière pour croiser son regard. Il y a dans ses yeux une lueur dangereuse qui me coupe le souffle.

— Laisse-moi au moins nettoyer ça. Les mots m'échappent avant que je ne puisse les retenir. Tu as été blessé à cause de moi. C'est la moindre des choses.

— Ruby...

— S'il te plaît. Je ne sais pas pourquoi j'y tiens tant, mais c'est le cas. Peut-être parce qu'il m'a défendue sans hésitation, ou peut-être parce que je ne supporte pas de voir son sang, sachant qu'il a coulé pour moi.

Ash apparaît à côté de nous, ses yeux s'écarquillant en voyant la lèvre fendue de Dominic. — Merde, il s'est passé quoi, ici ?

— Un type saoul a cru qu'il pouvait brutaliser Ruby. La voix de Dominic a une inflexion qui me fait frissonner. — Il ne refera pas cette erreur.

— Merde. Ash secoue la tête. Ça va, patron ?

— Je vais bien, mais peux-tu surveiller le bar quelques minutes ? Je dois soigner Dominic.

— Pas de problème. La fête se termine, de toute façon. Ils finissent juste leurs verres.

Je conduis Dominic dans le couloir jusqu'aux toilettes du personnel. La pièce est petite, mais propre, baignée d'une chaude lumière jaune. La vieille trousse de premiers secours est à sa place habituelle, sous le lavabo.

— Sérieusement, je vais bien, proteste-t-il alors que je sors l'antiseptique et des cotons. C'est à peine une égratignure.

— Fais-moi plaisir. Je désigne le tabouret en bois dans le coin. S'il te plaît ?

Il s'assoit, et soudain, le petit espace semble encore plus étroit. Ses genoux s'écartent naturellement pour s'adapter à sa taille, et je dois me placer entre eux pour atteindre son visage. Mes mains tremblent légèrement tandis que j'imbibe un coton.

— Ça risque de piquer, je le préviens, mais il ne bronche pas quand je commence à nettoyer le sang. La coupure est petite, juste sur le bord de sa lèvre inférieure, mais elle saigne encore lentement.

Je suis extrêmement consciente de chaque point de quasi-contact entre nous : la chaleur qui émane de son corps, son souffle qui effleure mon poignet pendant que je m'affaire, le mélange enivrant de son parfum et de l'antiseptique. Il m'observe de ses yeux sombres, essayant de ne pas sourire alors que je tamponne délicatement la coupure.

— Tu es vraiment une belle personne, tu sais ça, Ruby ?

Ses mots me prennent par surprise. — Pas vraiment. Tu es venu pour une fête et tu as fini par te battre.

Il a un petit rire, dont la vibration me parcourt. — C'est mon métier, tu te souviens ? La sécurité, c'est mon domaine.

Je suis si proche maintenant que je peux voir les éclats dorés dans ses yeux et compter ses cils si je le voulais. Mon corps frémit de conscience, chaque terminaison nerveuse en alerte face à sa présence. Il ne m'a pas touchée une seule fois, mais je me sens marquée au fer rouge par son seul regard.

— Tu devrais apprendre à te défendre, dit-il doucement. Je vais dans un club où je m'entraîne. Je pourrais te montrer quelques mouvements.

— Je sais me débrouiller. Mais l'image de lui m'enseignant, ses mains positionnant mon corps, fait monter une vague de chaleur entre mes cuisses en quelques secondes. D'ailleurs, Ash s'occupe généralement des problèmes.

— Ash ne sera pas toujours là. Sa voix se fait plus grave, m'envoyant des frissons le long de la colonne vertébrale. — Et je pourrais t'apprendre quelques prises qui mettraient des types comme cet abruti du bar à terre avant même qu'ils comprennent ce qui leur arrive.

Je tamponne de nouveau sa lèvre alors qu'une nouvelle goutte de sang perle. — À t'entendre, ça a l'air si facile.

— Ça l'est, quand on sait ce qu'on fait. Ses yeux ne

quittent pas mon visage pendant que je m'affaire.
— Le corps humain a tellement de points vulné-
rables. La corpulence n'a pas autant d'importance
que les gens le pensent.

— Dit l'homme bâti comme une armoire à glace.

Il a un petit rire, un son sombre et terriblement
sexy. — Raison de plus pour me faire confiance là-
dessus. J'ai entraîné des gens qui font la moitié de ta
taille et qui peuvent mettre à terre des hommes plus
costauds que moi.

Le saignement s'est presque arrêté, maintenant.
Inutile d'essayer de mettre un pansement sur une
lèvre. — Pourquoi ai-je l'impression que tu ne vas pas
lâcher l'affaire ?

— Parce que je ne vais pas la lâcher. Encore ce
sourire dangereux qui me retourne l'estomac.
— Viens à mon studio. Une seule leçon. Si tu détestes,
je n'en reparlerai plus jamais.

— Et si je ne déteste pas ?

Son regard s'assombrit. — Alors, on verra où ça
nous mène.

Quelque chose dans le ton de sa voix me rend
audacieuse. — Tu dois avoir des dizaines de femmes
qui se jettent à tes pieds pour des leçons particulières.
Ta copine…

— Pas de copine. Ses yeux s'ancrent dans les
miens. — Pas de femme. Personne qui ait attiré mon
attention. Le « jusqu'à maintenant » tacite flotte
entre nous, et je me dis que j'imagine la façon dont

son parfum s'intensifie, dont son regard se fait plus affamé.

— Eh bien, voilà. Je recule, ayant soudain besoin d'espace pour respirer. — Tu survivras pour te battre un autre jour.

Sa main attrape la mienne et, soudain, je me retrouve dans ses bras, pressée contre le mur solide de son torse. Sa chaleur m'enveloppe, et je ne peux retenir le petit son qui s'échappe de ma gorge.

— J'essaie tellement de garder mes distances. Sa voix est rauque, désespérée. — Mais ton odeur… elle m'appelle. C'est si rare de trouver quelqu'un qui me captive à ce point. Sa main libre plane près de mon visage, sans tout à fait me toucher. — Je ne veux pas aller si vite, mais j'ai besoin de savoir si je suis le seul à ressentir ça.

Je peux à peine respirer. Chaque centimètre de ma peau picote sous l'effet de la conscience, mes entrailles hurlant de me presser plus près, de laisser ce puissant Alpha faire de moi ce qu'il veut. Son torse se soulève et s'abaisse contre le mien, son rythme cardiaque aussi frénétique que le mien. Nous partageons le même air, et je me noie dans le cèdre, la fumée et le feu ardent.

Trois Alphas dans ma vie, et celui-ci — cet homme dangereux et magnifique — me donne envie de jeter par-dessus bord chaque avertissement, chaque défense que j'ai érigée. L'énergie entre nous crépite comme la foudre, et je sais avec une certitude viscérale que s'il m'embrasse maintenant, je serai perdue.

Peut-être que je le suis déjà.

— Ruby. Il souffle mon nom comme une prière, ses lèvres si proches des miennes que je sens la chaleur de son haleine. — Parle-moi. Dis-moi ce que tu veux ?

Je devrais. Mon Dieu, je devrais. Mais les mots restent coincés dans ma gorge alors que son parfum m'enveloppe, faisant basculer mon univers. Sa main glisse le long de mon bras, laissant une traînée de chair de poule dans son sillage jusqu'à ce que ses doigts effleurent mon cou. Ce simple contact envoie des picotements le long de ma colonne vertébrale.

— Je... Ma voix sort rauque. — Je n'arrive pas à réfléchir quand tu es si près.

— Tant mieux. Encore ce sourire dangereux, mais il y a quelque chose de vulnérable dans ses yeux. — Parce que je n'arrête pas de réfléchir depuis le moment où je suis entré et que je t'ai vue. Essayer d'être professionnel, essayer de garder mes distances...

Son pouce trace le contour de ma mâchoire, et mes genoux manquent de se dérober.

— Pourquoi ? La question glisse de mes lèvres.

— Parce que... Son autre main se pose sur ma hanche, ferme et chaude. — Je ne veux pas précipiter les choses, je ne veux pas te faire fuir, mais... Il inspire brusquement. — Ton doux parfum me rend fou.

Je tremble maintenant, partagée entre l'envie de m'enfuir et celle de lui grimper dessus comme à un arbre. Ses doigts se glissent dans mes cheveux, et je suis perdue dans cette sensation, dans son odeur, dans l'attraction magnétique qui nous unit. Il se penche, et je peux sentir la fournaise de ses lèvres à un souffle des miennes.

Mon cœur bat si fort que je suis sûre qu'il peut l'entendre. Ça y est. C'est le…

— Ruby ! résonne la voix d'Ash dans le couloir. — On a un problème, ici !

Je recule d'un bond, comme électrisée, manquant de trébucher dans ma précipitation.

— Je… je ferais mieux d'y aller. Ma voix est haletante.

Dominic n'a pas bougé, une main toujours levée là où elle était dans mes cheveux. Ses yeux sont sombres, sauvages, fixés sur moi comme si j'étais la seule chose dans son univers. Il n'a pas l'air frustré ni inquiet ; au contraire, il ressemble à un prédateur qui sait que sa proie ne pourra pas lui échapper bien longtemps.

— Je, euh… Je lisse ma robe avec des mains tremblantes, en essayant de retrouver mon sarcasme habituel. — Le devoir m'appelle. J'ai des choses à faire, des feux à éteindre. Tu sais ce que c'est. Je radote, mais je n'arrive pas à m'arrêter. — Gérer un bar. Il y a toujours un truc qui prend feu. Pas littéralement. En général.

— Vas-y. Ses lèvres s'étirent en ce sourire brutalement sexy. — Mais, Ruby ?

Je m'arrête sur le seuil, la main sur la poignée, et je jette un regard en arrière. — Oui ?

— Viens au studio cette semaine. Laisse-moi t'apprendre à te défendre.

Il n'est pas seulement question d'autodéfense. Nous le savons tous les deux. Je me surprends à hocher la tête.

La promesse dans sa voix me suit jusqu'au bar, ainsi que la sensation persistante de son presque-baiser.

Je me demande si c'est ce que Maman a ressenti au début – ce mélange enivrant de désir et de danger – mais il y a quelque chose de différent chez Dominic. Quelque chose qui semble… juste.

Et c'est précisément ce qui me fait le plus peur.

14

RUBY

Le dernier verre est enfin poli et toutes les surfaces brillent. À 2 h 17 du matin, je me traîne jusqu'à mon appartement par l'escalier de service, les pieds endoloris par des heures passées en talons. La fête de Noël de ce soir a été un succès, un autre événement parfaitement orchestré, mais mon Dieu, je suis épuisée.

Mon appartement est sombre et froid. Je monte le chauffage à fond et me déshabille, laissant mes vêtements en une traînée jusqu'à la salle de bain. L'eau chaude frappe mes épaules, et je gémis de soulagement en la laissant s'infiltrer dans mes muscles fatigués.

C'est à ce moment-là que son visage envahit de nouveau mon esprit.

Dominic.

Assis sur cette chaise, les jambes largement écartées, me regardant avec ces yeux sombres qui semblent voir droit à travers moi. La façon dont il m'a attirée plus près, me touchant à peine, jusqu'à ce que je me tienne entre ses cuisses, mon cœur battant la chamade.

— Arrête, me dis-je à voix basse, mais mes mains se déplacent déjà sur ma peau, imaginant que ce sont les siennes. Elles descendent sur mes seins, s'arrêtent, puis roulent sur mes tétons dressés. Un gémissement s'échappe de ma gorge. Ses mains immenses pourraient probablement couvrir toute ma taille.

Je baisse les bras parce que je ne devrais pas me torturer ainsi.

Alors, je tends la main et verse du gel douche dans ma paume. L'air embué se remplit de vanille et de miel, pourtant, tout ce que je peux sentir, c'est lui — ce parfum enivrant de cèdre et de sexe masculin.

Sa voix résonne dans ma tête, un grondement sourd qui vibre directement entre mes cuisses.

— J'essaie tellement de garder mes distances.

Il n'a même pas eu besoin d'utiliser sa Voix d'Alpha pour m'envoûter. J'aurais fait tout ce qu'il voulait à ce moment-là.

Ma main savonneuse glisse de nouveau sur mes seins, et je ne peux m'empêcher d'imaginer que c'est lui. Sous la douche, chaque goutte est comme une caresse tandis que la mousse glisse sur mon corps. Mes doigts descendent plus bas, et je me mords la lèvre. C'est mal. J'ai déjà Knox et Garrett qui me tournent autour. Je n'ai pas besoin d'un troisième Alpha pour compliquer les choses. Surtout pas un comme Dominic, qui me laisse sans souffle.

Mais mon Dieu, la façon dont il m'a regardée ce soir. Comme s'il voulait me dévorer toute crue. Comme s'il savait exactement à quoi je ressemblerais, étendue sous lui, suppliant son contact.

Un léger gémissement s'échappe de ma gorge alors que je me permets de l'imaginer. Ces mains puissantes explorant chaque centimètre de mon corps, m'écartant, me doigtant. Cette bouche et cette langue coquines marquant ma peau, me goûtant. Le poids de son corps me maintenant contre le matelas, son sexe…

— Putain, je halète, mes jambes tremblantes alors qu'un orgasme me frappe si vite qu'il me prend par surprise. Je m'appuie contre le mur carrelé et froid, savourant la façon dont mon corps vibre et dont je m'envole au paradis pendant ces quelques instants. L'eau commence à refroidir, mais je suis en feu, perdue dans le fantasme de lui. Des yeux sombres me regardant me disloquer. Des bras forts me maintenant entière.L'eau devient plus froide, et la réalité me rattrape brutalement. Je saisis une serviette, essayant de me défaire de la chaleur persistante de mon plaisir. Qu'est-ce que je fabrique ? Je suis censée déterminer quel Alpha serait prêt à sauver mon bar, pas inviter mes chaleurs à se manifester plus intensément.

Ma chambre est enfin chaude quand je me blottis sous les couvertures, les cheveux encore humides contre mon oreiller. Le réveil numérique se moque de moi à 2 h 43. J'ai besoin de dormir. Demain — aujourd'hui — est une autre journée bien remplie.

Mais mon esprit ne veut pas se calmer. Knox est doux, fort, protecteur, tout ce qu'un Oméga pourrait désirer. Garrett me fait rire, fait ressortir mon côté séducteur et me fait me sentir en sécurité. L'un ou l'autre pourrait être disposé à m'aider, peut-être envisager un mariage de convenance pour sauver mon bar. Peut-être qu'ils envisageront même de ne pas prendre la moitié de mon bar comme le stipule l'accord du testament... Ce dont je ne suis même pas sûre que ce soit légalement possible.

Et puis il y a Dominic. Celui à qui je ne devrais absolument pas penser. Il me sauverait probablement, mais sans pour autant vouloir jouer les chevaliers servants. Et ça devrait m'inquiéter, pourtant je suis si désespérément attirée par lui que je ne me reconnais plus.

Tic-tac, Ruby. Le temps presse.

Puis les mots de Marcus résonnent dans ma tête, et putain, je le hais.

Je resserre la couverture autour de moi, essayant de chasser le frisson que ces mots provoquent. L'idée de le demander à l'un d'entre eux me crispe. « Salut, ça te dirait un mariage sans amour pour sauver mon bar ? » Mon Dieu. À quel point puis-je être pathétique ?

Mais ai-je vraiment le choix ?

Mes pensées dérivent à nouveau vers Dominic, et je me souviens de son allure dans mon bar. Comme s'il était à sa place. Comme s'il pouvait se sentir chez lui au milieu du bois usé et des bouteilles de whisky.

Arrête, me réprimandé-je. Dors un peu.

Alors que le sommeil finit par m'emporter, je sens le contact de ses mains sur ma peau et j'entends sa voix grave dans mes oreilles.

Et dans mes rêves, je me laisse prendre par lui.

[Ruby]

—Dominic… Son nom s'échappe de ma bouche dans un gémissement désespéré tandis qu'un orgasme me submerge, mes doigts s'activant déjà entre les lèvres humides de ma chatte avant même que je ne reprenne pleinement conscience. Le rêve colle à ma peau comme du miel : des yeux sombres qui me regardent me caresser, me perdre, des mains fortes qui me clouent sur place, cette voix grave qui me murmure des promesses à l'oreille. Mon corps frémit d'une dernière vague avant que le matin ne commence à s'infiltrer.

— Oh mon Dieu.

Je me redresse d'un bond, le cœur battant la chamade contre mes côtes, les couvertures emmêlées autour de mes jambes. La lumière du soleil filtre à travers les interstices de mes rideaux, dessinant des rayures sur mon lit défait.

— Reprends-toi, Ruby, je marmonne en passant une main tremblante dans mes cheveux emmêlés.

Le réveil sur ma table de chevet affiche 9 h 17. Merde.

Ma peau picote encore alors que je balance mes jambes hors du lit. Comment est-il possible de désirer quelqu'un à ce point alors que je l'ai à peine touché ?

Je suis à mi-chemin de la salle de bain quand mon téléphone sonne. Le nom de Knox sur l'écran me fait m'arrêter.

« Je n'arrête pas de penser à ce soir, jolie fille. J'ai rêvé de la beauté que tu seras à la lueur des bougies. »

Une chaleur monte à mes joues alors que je le relis. Avant même que je puisse analyser ce frisson d'excitation, un autre message apparaît, de Garrett.

« Ton sourire me manque ce matin, ton odeur, ton goût. Quand est-ce que je t'aurai de nouveau pour moi tout seul ? La foire n'était pas assez... j'en veux plus... »

Un sourire ridicule s'étale sur mon visage alors que je le relis une fois de plus. Mes doigts planent au-dessus du clavier avant de répondre à Garrett.

« Bonjour. Et si tu veux tout savoir, il se pourrait que je sois obsédée par ton goût, moi aussi... »

J'appuie sur envoyer rapidement, alors que le doute s'installe déjà face à mon flirt, mais je ne peux clairement pas me contrôler.

À Knox, je réponds...

« Alors, tu as intérêt à ce que ça en vaille la peine... 💋 Promis, je porterai quelque chose qui te fera oublier comment respirer. »

Debout, vêtue uniquement de ma chemise de nuit trop grande, j'essaie de me raisonner. Techniquement, je ne sors avec aucun d'entre eux, n'est-ce pas ? On ne fait que... explorer des possibilités. Des possibilités très séduisantes et de plus en plus compliquées. Alors, ce n'est pas mal. C'est juste que...

Je ne sais même plus qui je suis.

Mon téléphone émet un autre bip, et je baisse les yeux sur un numéro inconnu.

« Salut, jolie fille. C'est Dominic. J'ai eu ton numéro grâce à la réservation de l'entreprise. Je viens de réaliser que je ne t'ai pas donné l'adresse du studio hier soir. Je n'ai pas pu penser à autre chose qu'à toi. La façon dont tu souriais, ton odeur... J'espère que tu me laisseras te montrer quelques techniques d'autodéfense. »

Mes jambes se dérobent et je dois m'appuyer contre le mur, mon pouls s'emballant dans ma gorge. Le souvenir de m'être tenue si près de lui enflamme mon corps, l'intensité de son regard, la façon dont je me suis sentie toute petite alors que c'était lui qui était assis.

Trois Alphas, qui veulent tous mon attention.

C'est nouveau pour moi.

Que Dieu me vienne en aide, je veux me donner à eux tous. D'ailleurs, comment font les gens pour gérer plusieurs partenaires ? Rien que d'y penser, je crains de ne pas être à la hauteur.

Sans même m'en rendre compte, j'envoie à Dominic un émoji diablotin suivi d'un baiser clin d'œil.

« *Fais attention à ce que tu souhaites...* »

Subtil, Ruby. Vraiment subtil.

Je descends, et chaque marche semble lourde d'indécision. Le bar est calme à cette heure matinale, tout est immobile et paisible. La lumière du matin frappe les bouteilles derrière le bar, projetant des prismes dansants sur le sol. Eve disait que c'était son moment préféré de la journée ici — le calme avant la tempête, quand tout semblait possible.

Un lent sourire se dessine sur mes lèvres à la pensée de mon rendez-vous de ce soir.

15

RUBY

Le ronronnement du Range Rover de Knox s'estompe alors que nous nous engageons sur le parking. Je ne peux m'empêcher de penser que cet endroit ressemble à un décor de ces téléfilms à l'eau de rose que je refuse de regarder. Trois étages d'une splendeur rustique en bois s'étendent devant nous, faits de rondins parfaits et de fenêtres étincelantes, dégoulinant littéralement de vieille fortune. Qu'est-ce que je fais ici ?

— Un Alpha ne fera que te blesser, Ruby. Ils sont tous pareils au final.

Les mots de ma mère résonnent dans ma tête, le même avertissement qu'elle me murmurait chaque fois qu'elle dissimulait un énième bleu sous du maquillage. Je chasse cette pensée, me concentrant plutôt sur la façon dont la neige capte la lumière des lanternes en fer forgé qui bordent l'allée circulaire.

Quand Knox coupe le moteur, je le regarde, fascinée, s'extraire du siège conducteur. Le costume noir le métamorphose, le faisant passer de montagnard robuste à quelque chose de bien plus dangereux : un prédateur en habits civilisés. Le tissu se tend sur ses épaules à chacun de ses mouvements, et je me surprends à me demander comment quelqu'un peut paraître encore plus indomptable en tenue de soirée qu'en équipement d'escalade.

Il n'a pas pris la peine de mettre une cravate, et le col ouvert de sa chemise blanche révèle juste assez de peau pour être troublant. Une part primitive en moi a envie de parcourir la colonne puissante de son cou avec ma langue.

Bon sang, Ruby, reprends-toi.

L'air froid de la montagne me frappe au visage quand Knox m'ouvre la portière, et je suis reconnaissante du choc qu'il procure à ma peau échauffée. Il me tend la main avec une courbette exagérée qui devrait paraître ridicule, mais qui, étrangement, ne l'est pas.

— Je ne t'ai jamais imaginé comme ça, dis-je en essayant de garder une voix stable en sortant. Tout tiré à quatre épingles et fréquentant des endroits chics. Qu'est-il arrivé au type qui pouvait allumer un feu avec deux bouts de bois et sa pure obstination ?

Son rire est grave et riche, envoyant des frissons le long de ma colonne vertébrale qui n'ont rien à voir avec la température.

— Oh, je ne t'ai même pas encore montré mes talents pour faire du feu, mais il est toujours là. Je suis juste présentable quand je suis suffisamment motivé.

La façon dont son regard me dévore des pieds à la tête indique clairement quelle est cette motivation, et mon for intérieur se pavane malgré tous mes efforts pour rester calme et détachée.

— Ne te laisse pas avoir, prévient la voix de ma mère. Une fois qu'ils savent qu'ils ont un effet sur toi, c'est fini.

— Ma chère, continue-t-il d'un ton sarcastique, qui cache ce grognement qui me fait fondre. J'ai grandi dans des endroits comme celui-ci avec mes parents. À l'époque, je n'avais qu'une hâte, c'était de m'en échapper, mais maintenant, ils ont leur utilité. Sa main se pose au creux de mes reins, chaude et assurée. J'espère que ça te va ? Je voulais un endroit spécial.

— C'est parfait.

Autour de nous, le chalet de montagne est un rêve de paradis hivernal. D'immenses pins sont couverts de milliers de lumières blanches, leurs branches lourdes de neige fraîche. Des sculptures en bois flanquent les marches de l'entrée : des loups en pleine chasse, des ours se dressant, des aigles en plein vol. Une longue file de voitures de luxe est garée à proximité, toutes impeccables malgré les routes enneigées.

— Je n'ai aucune idée de là où on va, j'avoue. Mais

j'adore déjà... Les mots restent coincés dans ma gorge lorsque la main de Knox glisse plus bas sur mon dos, me tirant contre lui avec une possessivité désinvolte. Une chaleur irradie de lui, et son odeur — chocolat, neige fraîche et orages — m'enveloppe comme une caresse.

— La seule chose magnifique que je vois, c'est toi, dit-il.

J'ai envie de lever les yeux au ciel face à cette phrase bateau, mais l'honnêteté brute dans sa voix m'en empêche. Ses doigts tracent des motifs distraits sur mon dos à travers le tissu fin de ma robe, chaque contact envoyant des étincelles à travers mon système nerveux.

— Tu ne mentais pas dans ton e-mail quand tu disais de porter quelque chose qui me couperait le souffle.

Je résiste à l'envie de jouer avec le collier de ma tante à son compliment. La robe rouge m'a semblé être une prise de position quand je l'ai enfilée, ou peut-être un défi. À manches longues mais avec un décolleté plus plongeant que tout ce que je porterais normalement, le tissu épouse mon corps avant de tomber sur mes chevilles avec une fente audacieuse sur le côté. Lily avait insisté pour que je l'achète il y a des mois, déclarant qu'elle était faite pour un rendez-vous torride, mais elle était restée intacte dans mon placard jusqu'à ce soir. Quelque chose chez Knox me donnait envie d'être courageuse. Ou imprudente. Probablement les deux.

— Une robe comme ça, dit Knox d'une voix qui devient un grondement que je sens jusqu'à la moelle, ça donne des idées dangereuses à un homme. Ses doigts attrapent une mèche rebelle de mes cheveux et l'enroulent lentement. Tu n'as aucune idée de l'effet que tu me fais, n'est-ce pas ?

— Peut-être bien que si. J'essaie de prendre un air insolent, en espérant qu'il n'entend pas mon cœur battre la chamade.

Son sourire est acéré comme une lame. — Fais attention, ma belle. Je pourrais prendre ça pour un défi.

« Fuis », me souffle la voix de ma mère, mais pour la première fois de ma vie, je n'en ai pas envie.

Knox me guide vers l'entrée, dépassant un groupe d'invités qui semblent avoir commandé toute leur garde-robe de ski sur un catalogue. Une femme titube sur des talons aiguilles, une véritable condamnation à mort à l'extérieur, sa combinaison de ski blanche immaculée et manifestement jamais portée dans la neige.

— Comment appelle-t-on un bonhomme de neige avec des tablettes de chocolat ? me chuchote Knox à l'oreille, son souffle chaud sur ma peau.

Je réprime un sourire. — Quoi ?

— L'abdominable homme des neiges.

Le rire m'échappe trop brusquement, m'attirant quelques regards.

— C'est affreux ! Je n'arrive pas à croire que je ris à une blague pareille.

— Tu adores ça, dit-il avec une certitude absolue. Et je suis là pour te faire rire.

Au lieu de se diriger vers le restaurant principal où la plupart des invités sont rassemblés, Knox m'emmène plus loin, sa main ne quittant jamais mon dos. Nous traversons des couloirs où des membres du personnel lui font un signe de tête et nous indiquent la direction. J'ai envie de lui demander à quelle fréquence il vient ici, quelles autres femmes il a amenées dans cet endroit de toute évidence exclusif, mais je me mords la langue.

Nous débouchons sur un immense balcon, et la vue qui s'offre à nous me coupe le souffle : une télécabine fermée nous attend, rien que pour nous, ses parois transparentes promettant un panorama incroyable. Elle est plus grande que ce que j'imaginais, relevant plus du transport de luxe que d'une simple remontée mécanique, avec des banquettes confortables qui se font face et un éclairage tamisé.

— Après toi, dit Knox en me stabilisant alors que je monte à l'intérieur, où il fait instantanément chaud. Je suis reconnaissante d'avoir choisi des talons bas, surtout quand la cabine oscille légèrement. Il me suit et s'installe à côté de moi, si près que sa cuisse presse la mienne, et la cabine entame sa douce ascension sur le flanc de la montagne.

Le monde s'ouvre sous nos pieds, un paysage de neige et de lumières. Des pistes de ski descendent le long de la montagne, leurs tracés marqués par des lumières scintillantes. Le chalet principal rapetisse, et au loin s'étend l'explosion de lumières de Whispering Grove. Au-dessus de nous, le ciel est d'une clarté impossible, des étoiles commençant à percer le bleu profond.

— Avant, je détestais les lumières de Noël, j'avoue en posant la main contre la vitre. Je trouvais ça de mauvais goût. Mais d'ici... Je laisse ma phrase en suspens, regardant ma buée embuer la paroi transparente.

Je suis intensément consciente de la façon dont il s'est rapproché sur la banquette, un bras étendu le long du dossier derrière moi.

— D'ici, c'est un peu magique. Je fronce le nez. Mon Dieu, c'était cul-cul. S'il te plaît, ne dis à personne que j'ai dit ça. J'ai une réputation à tenir.

Son rire gronde à travers moi. — Ton secret est bien gardé avec moi. Sa main libre trouve mon genou, son pouce traçant de petits cercles qui envoient une spirale de chaleur en moi. Je n'ai pas arrêté de penser à toi depuis la randonnée en montagne.

J'essaie de garder une respiration régulière. — Parce que j'aurais pu mourir ? je plaisante, même si ce n'est pas vraiment drôle.

— Oui, et la façon dont tu t'es relevée, comment tu n'as jamais laissé ça t'affecter. Sa main remonte d'une fraction de centimètre, et je me mords la lèvre. Comment je t'ai tenue toute la nuit, pour te garder au chaud. Terriblement sexy.

— Je crois que l'altitude altère ton jugement.

— Je crois que tu ne te vois pas telle que tu es. La voix de Knox est devenue plus grave, teintée d'une nuance qui m'incite à y prêter plus d'attention. Tu sais ce que j'ai pensé la première fois que je t'ai vue ?

Je me tourne sur mon siège pour le regarder et manque de me noyer dans l'intensité de son regard. — Quoi ?

— La voilà. Celle que j'attendais. — Sa main libre vient se poser sur ma joue, son pouce effleurant ma lèvre inférieure.

— Knox… — Ma voix sort dans un souffle embarrassant. — Laisse-moi te regarder une minute. — Son regard n'a rien de tendre. — Tu es si beau que c'en est douloureux.

La cabine poursuit sa lente ascension, et je suis partagée entre l'envie d'admirer la vue et celle de regarder Knox qui me dévisage. Son regard suit chacun de mes mouvements, chacune de mes respirations, comme s'il cherchait à m'apprendre par cœur. Quand je bouge sur mon siège, sa main se resserre sur mon genou.

— Dis-moi à quoi tu penses, dit-il... non, ordonne-t-il.

— Je me dis que c'est de la folie, j'avoue. Je me dis que ma mère serait horrifiée, mais je déteste l'avoir mentionnée à l'instant. Je me dis... — Je prends une inspiration tremblante. — Je me dis que son jugement ne m'importe plus.

Une lueur dangereuse brille dans ses yeux. — Bien, ma jolie.

Ces trois mots ne devraient pas m'affecter à ce point ni faire naître un frisson au creux de mon estomac qui glisse jusqu'à l'entrejambe. Je veux mettre ça sur le compte de mes chaleurs imminentes — elles doivent être proches, vu ma réaction — mais je crains que ce ne soit plus que ça.

Le télésiège nous emporte plus haut, et je suis tiraillée entre la vue à couper le souffle et l'homme tout aussi époustouflant à mes côtés. En bas, le monde s'est transformé en un pays des merveilles scintillant de lumières et d'ombres, mais les yeux de Knox ne quittent pas mon visage.

— Tu n'as pas de remords d'être sortie avec moi ce soir ? demande-t-il, d'une voix taquine mais avec ce courant de chaleur sous-jacent qui me laisse la peau picotante.

Je ricane, utilisant le sarcasme pour cacher à quel point je suis troublée. — S'il te plaît. Tu m'as sauvée. Si tu avais voulu me faire du mal, tu en as eu l'occasion.

Son sourire en réponse est celui d'un pur prédateur. Puis ses doigts remontent le long de mon bras, légers comme une plume, mais laissant une traînée de feu dans leur sillage.

— Pourquoi ton pouls s'emballe-t-il, ma jolie ?

— L'altitude, j'arrive à dire, mais nous savons tous les deux que c'est un mensonge. La façon dont ses narines se dilatent me dit qu'il peut sentir exactement l'effet qu'il me fait, et ça ne devrait pas être aussi excitant.

« Ils se serviront de ton propre corps contre toi », murmure la voix de ma mère. « C'est comme ça qu'ils te piègent. »

Quand la main de Knox se glisse dans mes cheveux, tirant doucement ma tête en arrière pour exposer mon cou, me sentir piégée est la dernière chose que je ressens. Au contraire, je me sens… puissante. Désirée. Ses yeux sont sombres, inondés de besoin, mais il attend, me laissant faire le choix.

— La vue d'ici est vraiment spectaculaire, dis-je.

— Mm. — Son pouce trace le contour de ma mâchoire. — Je ne saurais pas te dire. Je ne t'ai pas quittée des yeux assez longtemps pour la remarquer.

Je ris, mais le rire reste coincé dans ma gorge alors que sa prise se resserre légèrement. — C'était nul. Tu répètes ces phrases devant le miroir ?

Il glousse, et j'adore le son de son rire. Il est plus proche maintenant, si proche que je peux voir les nuances de bleu dans ses yeux.

Le grognement qui gronde dans sa poitrine est celui d'un pur Alpha, puis il se penche plus près, et je le rejoins à mi-chemin. Sa bouche est sur la mienne. Le baiser commence lentement, mais il n'y a rien de prudent dans la façon dont sa main se crispe dans mes cheveux pour me maintenir en place ou dont son autre bras s'enroule autour de ma taille, m'attirant plus près.

Il a le goût de l'air d'hiver et de quelque chose de plus épicé. Sa langue tourbillonne avec la mienne, et je gémis sous l'effet qu'il me fait. Knox répond par un autre grognement, approfondissant le baiser jusqu'à ce que je sois pratiquement en train de grimper sur ses genoux, mes mains agrippées à sa veste.

— Putain de parfait, murmure-t-il contre mes lèvres avant de déposer des baisers le long de mon cou. Lorsqu'il trouve le point où bat mon pouls, il mordille légèrement, et tout mon corps tressaille. — Je veux te goûter depuis le moment où je t'ai vue.

— Knox... — Je suis en feu, tout est trop et pas assez à la fois.

— Je sais, ma jolie. — Sa voix est rauque, brisée. — Je sais exactement ce dont tu as besoin.

Le télésiège commence à ralentir, et Knox recule juste assez pour appuyer son front contre le mien. Nous sommes tous les deux essoufflés, et je dois avoir l'air d'avoir été bien embrassée — lèvres gonflées, cheveux en désordre, joues rouges.

— Tu es magnifique comme ça, dit-il en glissant une mèche de cheveux derrière mon oreille. Toute chaude et troublée à cause de moi.

— Tu es bien sûr de toi, j'arrive à dire, en essayant de rassembler mes esprits.

Son rire a la douceur sombre du miel. — Je peux sentir à quel point tu es mouillée. Inutile d'essayer de faire semblant.

Le rouge me monte aux joues, mais avant que je puisse répondre, les portes de la cabine s'ouvrent sur la plateforme supérieure. Knox m'aide à me relever, me stabilisant alors que mes genoux se révèlent peu fiables. Un autre chalet nous attend, plus petit que le premier mais non moins impressionnant, ses fenêtres brillant d'une lumière chaude.

À l'intérieur, un membre du personnel apparaît pour prendre mon manteau, et Knox me guide en haut d'un escalier incurvé jusqu'à un restaurant qui me coupe le souffle. Tout l'espace est entouré de murs de verre, offrant une vue panoramique sur les montagnes. Des lumières scintillent en dessous de nous comme des étoiles tombées du ciel et, au-dessus... je halète alors que les premiers rubans verts et roses dansent dans le ciel clair.

— Une aurore, je murmure, enchantée.

La main de Knox est possessive sur ma taille. — J'espérais qu'on les verrait ce soir. Mais honnête-ment ? Il se penche, son souffle chaud contre mon oreille. Te regarder est un bien meilleur spectacle.

Mes orteils se recroquevillent dans mes escarpins à l'entente de ses paroles.

Notre table est près de la fenêtre, intime sans être guindée. Une cheminée linéaire traverse le centre de la pièce, les flammes dansant en ligne droite. L'endroit tout entier réussit à être haut de gamme tout en gardant cette ambiance de chalet confortable, tout en bois chaleureux et lumières douces, avec seulement une poignée d'autres clients dispersés.

— Je nous ai pris un menu fixe, dit Knox alors que nous nous installons. Si ça te va ?

Je hoche la tête, encore un peu étourdie par le baiser, la vue et tout le reste. — Ce que tu penses être le mieux. Je n'ai pas vraiment l'habitude des restaurants de montagne chics.

Son pied trouve le mien sous la table, et ce simple contact ne devrait pas me couper le souffle, et pourtant si.

— Tu me fais confiance ?

La question semble chargée de sens.

— Je commence à te faire confiance.

— Bien. Son sourire est lent et satisfait. J'ai des projets pour toi, Ruby.

La façon dont il prononce mon nom le fait sonner comme une promesse... ou peut-être une menace.

— Maintenant, commençons, dit-il. Sais-tu pourquoi les alpinistes sont de si mauvais conteurs ? demande soudainement Knox, les yeux pétillants de malice. Il s'est encore plus détendu depuis que nous

nous sommes assis, sa veste ouverte, rayonnant d'une autorité décontractée comme si c'était son état naturel. Ce qui, soyons honnêtes, est probablement le cas.

Je me prête au jeu. — Pourquoi ?

— Parce qu'ils ont toujours peur de la chute.

— Oh mon Dieu. Je ris malgré moi, en secouant la tête. Elle est encore pire que la précédente. Où est-ce que tu vas chercher tout ça ?

— Mon père était le roi des blagues de papa, dit-il, et quelque chose s'adoucit dans son expression. Mais je remarque que tu ris quand même.

— Je suis peut-être juste polie.

— Jolie fille, tu es une très mauvaise menteuse. Son pied remonte le long de mon mollet sous la table, et mon souffle se coupe.

Assez vite, le serveur arrive à notre table et Knox commande nos boissons, et les plats commencent à arriver peu après. Apparemment, c'est un repas de huit plats, ce qui est une nouveauté.

Le premier plat arrive — quelque chose de délicat avec des Saint-Jacques et de la mousse. Knox me regarde le goûter, ses yeux s'assombrissant lorsque je ne peux retenir un petit gémissement de plaisir.

— C'est bon ? demande-t-il, la voix plus rauque qu'avant.

— Incroyable. J'en prends une autre bouchée, essayant d'ignorer comment son regard intense fait picoter ma peau. Cela dit, on est bien loin du gratin de macaronis que tu nous avais fait en montagne.

— Que veux-tu que je te dise ? dit-il avec un petit rire. Se penchant en arrière sur son siège, il attrape son verre de whisky. Je suis un homme aux multiples facettes. Mais en parlant de la montagne… tu ne m'as jamais dit pourquoi tu t'étais inscrite à cette randonnée.

Je me concentre sur mon verre de vin, observant les jeux de lumière dans le liquide rouge.

— Tu me croirais si je te disais que c'était pour faire de l'exercice ?

— Aucune chance.

— Bon. Je soupire en posant ma fourchette. J'ai passé quelques jours de merde, puis je suis tombée sur ce prospectus pour une journée gratuite à la montagne. J'avais sérieusement besoin de fuir la ville, de m'éloigner de tout, alors c'était trop beau pour y résister. Par contre, ma meilleure amie nous a vus nous balader en ville et m'a récemment cuisinée pour avoir craqué sur un joli montagnard.

— Et c'est le cas ? demande-t-il en se penchant vers la table.

— Peut-être. Je croise son regard, surprise par ma propre audace.

Les plats suivants arrivent — quelque chose à base de chevreuil et de champignons sauvages qui sent incroyablement bon, des légumes et des cubes de polenta à la truffe. Son regard ne me quitte pas pendant que nous mangeons, et je trouve sa compagnie agréable, adorant l'attention qu'il me porte.

— Parle-moi de ton bar, demande-t-il en coupant sa viande.

J'accueille la distraction avec plaisir, lui racontant comment j'en ai hérité de ma tante, comment j'ai appris à brasser de la bière dans la minuscule arrière-salle, et lui parlant des clients réguliers qui sont devenus une famille. Il écoute attentivement, posant des questions qui montrent qu'il est vraiment intéressé, pas seulement poli.

— Tu t'illumines quand tu en parles, observe-t-il d'une voix douce. C'est magnifique.

— Maintenant, qui est fleur bleue ?

— Simplement honnête. J'aime te voir passionnée.

— Et toi ? je demande, essayant d'ignorer la façon dont ce simple contact fait frémir ma peau. Tu vas toujours être guide de montagne quand tu es à Whispering Grove ?

Quelque chose de sombre traverse son visage.

— J'y pense. Ça me permet d'être en plein air, et c'est un excellent moyen de rencontrer de nouvelles personnes. D'ailleurs, après le décès de mes parents… Il s'interrompt, la mâchoire crispée. Ça m'a donné une autre perspective sur ce qui compte vraiment.

Sans réfléchir, je tends la main par-dessus la table, recouvrant la sienne avec la mienne. Il retourne sa paume vers le haut, entrelaçant nos doigts. Je me souviens qu'il m'avait parlé d'eux dans les montagnes, mais l'entendre une seconde fois n'en est pas moins triste.

Le serveur arrive avec notre plat suivant — un magret de canard parfaitement saisi avec une réduction de cerise — et j'accueille la distraction avec soulagement. En mangeant, je suis de plus en plus consciente de chaque petite chose. La façon dont les jambes de Knox frôlent les miennes ou dont ses doigts effleurent ma main quand il attrape son verre de whisky, comment son regard suit mes mouvements. Et la chaleur qui monte sous ma peau et qui n'a rien à voir avec la cheminée ou le vin.

— Parle-moi des habitués du bar, dit Knox en coupant son canard. Je parie que tu as quelques phénomènes.

Je me lance dans des histoires sur le vieux Joe, qui prétend avoir lutté avec un ours, et Martha, qui tricote des manchons pour bière pour tout le monde à Noël. Chaque fois qu'il se penche en avant, son parfum m'enveloppe, et je frissonne de l'excitation d'être au restaurant avec lui.

Au moment où le dessert arrive — une création élaborée au chocolat avec une feuille d'or — j'ai du mal à me concentrer sur autre chose que lui. Sur la façon dont ses mains éclipsent la délicate fourchette à dessert. Le léger chaume de barbe qui assombrit sa mâchoire et que je veux désespérément sentir contre ma peau.

— Tu es devenue silencieuse, observe-t-il, sa voix basse et intime. Son pied retrouve le mien sous la table, et le simple contact envoie des étincelles le long de ma jambe.

— Je… réfléchissais, c'est tout. Je prends une autre gorgée de mon vin, essayant de me calmer, mais ça n'aide pas. Ma robe me semble trop serrée, la pièce trop chaude, et chaque terminaison nerveuse est hypersensible.

— À quoi ? Son pouce caresse mes phalanges, et je réalise qu'il me tenait la main par-dessus la table. Quand est-ce que c'est arrivé ?

— À quel point tout ça ne semble pas réel. Les mots meéchappent. À la façon dont tu me regardes, comme… comme…

— Comme si tu m'appartenais ? La possessivité dans sa voix me fait frissonner. — Comme si je t'avais attendue sans même le savoir ? Il porte ma main à sa bouche et dépose un baiser sur mon pouls. — Comme si j'étais en train de tomber amoureux de toi alors que j'apprends encore à te connaître ?

Ses mots m'enveloppent, et un sourire se dessine sur mes lèvres en entendant son aveu. En réalisant que je ne suis pas loin de ressentir la même chose.

Combiné à son contact, son odeur, et la façon dont il me regarde comme s'il voulait me dévorer tout entière — c'en est trop. Ma peau me brûle, chaque inspiration entraîne son parfum plus profondément dans mes poumons jusqu'à m'en donner le vertige.

— J'ai besoin d'air, dis-je dans un souffle en me reculant de la table. — S'il te plaît, je… j'ai besoin de sortir.

L'inquiétude dans les yeux de Knox est immédiate. Il est sur pied en quelques secondes, jetant sur la table ce qui doit être une somme d'argent indécente, sa main stable dans mon dos alors qu'il me guide vers la porte. Dehors, l'air froid m'enveloppe comme une bénédiction. J'enlève mes chaussures sans réfléchir, laissant mes pieds s'enfoncer dans la neige.

— Je peux faire quelque chose pour t'aider ? demande-t-il, mais le ton de sa voix indique qu'il sait exactement ce qui ne va pas.

— Tu n'as pas idée, dis-je le souffle court, les joues en feu. Mes chaleurs doivent être proches. Il n'y a pas d'autre explication à l'intensité de ma réaction face à lui.

— Oh, je pense savoir exactement ce dont tu as besoin, jolie fille. Il prend ma main, ramasse mes chaussures, et me conduit vers notre télécabine qui arrive. À l'instant où nous sommes à l'intérieur et en mouvement, il me tire contre lui. — Laisse-moi t'aider.

Sa bouche trouve la mienne, et cette fois-ci, il n'y a rien de doux. Tout n'est que possession et besoin, ses mains parcourant mon corps comme s'il lui appartenait. Peut-être est-ce le cas. Peut-être que ça l'a toujours été.

« Une fois qu'un Alpha te revendique, tu es perdue », murmure la voix de ma mère.

Pour la première fois de ma vie, je pense… putain, tant mieux.

Sa bouche s'empare de la mienne avec à peine de contrôle, son corps pressé contre le mien. Une main berce mon visage pendant que l'autre couvre le bas de mon dos, m'attirant plus près. La télécabine se balance doucement pendant sa descente, mais je ne peux me concentrer que sur le contact de Knox, la façon dont son pouce trace la ligne de ma mâchoire, comment ses doigts se fléchissent contre ma colonne vertébrale.

— Tu veux qu'on ralentisse ? murmure-t-il contre mes lèvres, mais ses gestes trahissent ses paroles alors qu'il me serre encore plus fort.

— Non, je murmure, me surprenant moi-même. — S'il te plaît, ne t'arrête pas.

Un grognement gronde dans sa poitrine, et ses baisers deviennent plus profonds, plus exigeants. Sa main glisse dans mes cheveux, tirant doucement pour incliner ma tête exactement comme il le veut tandis que sa bouche trouve la peau tendre sous mon oreille.

Ces lèvres. Cette langue. Je gémis, en train de perdre la tête.

— Tu ne sais pas ce que tu demandes, dit-il, la voix rauque.

— Je crois que si. Les mots sortent dans un souffle, désespérés. — Je veux ça. Je te veux.

Sa réponse est un baiser qui me fait friser les orteils, passionné mais toujours tendre d'une certaine façon. Il m'embrasse comme si j'étais précieuse, comme si j'étais sienne, comme s'il avait attendu toute sa vie de me trouver.

« Tu vas regretter ça », murmure la voix de ma mère dans ma tête.

Alors que les bras de Knox se resserrent autour de moi et que sa bouche se déplace vers cet endroit sensible le long de ma clavicule, je sais avec une certitude absolue qu'elle a tort. Pour la première fois de ma vie, quelque chose semble complètement, parfaitement juste.

16

KNOX

Il n'existe aucun homme sur cette planète capable de résister à une tentation comme Ruby.

Je l'ai plaquée contre la paroi de verre, la lumière tamisée de la loge nous dissimulant, moi et ma magnifique Oméga, aux regards de quiconque se trouvant en bas sur le terrain. Elle tremble dans mes bras et, putain, elle ronronne, un son qui me descend directement dans les couilles. Je bande si fort que c'en est une agonie. Son odeur est partout, douce et sauvage, empreinte de l'imminence de ses chaleurs, se mêlant aux dernières effluves de son parfum à la clémentine. Il me faut chaque once de contrôle que je possède pour ne pas perdre complètement la tête.

— Ton cœur bat la chamade, murmure-t-elle contre ma gorge alors que je la maintiens en place, une main contre le mur, au-dessus de son épaule.

Je fais glisser ma langue jusqu'au creux de ses seins, là où sa robe plonge, révélant ce décolleté magnifique, et je suis récompensé par son frisson.

— Tu as la moindre idée de ce que tu me fais, Ruby ? La moindre putain d'idée ?

— Montre-moi, me défie-t-elle.

Putain, cette femme aura ma peau.

— Fais attention à ce que tu souhaites, ma jolie. Ma voix sort, rauque. Je ne suis peut-être pas aussi gentil que tu le penses.

Elle tire sur mes cheveux, me forçant à la regarder, et ses yeux ambrés sont sombres de désir. — Peut-être que je ne veux pas que tu sois gentil.

Quelque chose se brise en moi. Je capture sa bouche dans un baiser qui n'est que possession et faim, avalant son hoquet de surprise. Ma main s'emmêle dans ses cheveux, inclinant sa tête exactement comme je le veux, et le petit gémissement qu'elle pousse manque de briser complètement mon contrôle.

Mon autre main glisse sur sa hanche puis plus bas, vers la haute fente de sa robe. En me faufilant sous le tissu, mes doigts tracent une ligne jusqu'à sa fine culotte, là où elle est trempée entre ses cuisses. Exactement là où je meurs d'envie d'être.

— Et si je te la tripotais, cette petite chatte en manque, ma jolie ? Je meurs d'envie de te toucher.

— Je veux… halète-t-elle, son corps tremblant. J'ai besoin…

— Ne t'inquiète pas, laisse-moi faire. Je glisse un doigt sous l'élastique de sa culotte, et d'un coup sec, je la lui arrache.

Elle pousse un cri de surprise, les yeux écarquillés, mais elle ne se débat pas. Je glisse sa culotte dans la poche arrière de mon pantalon, et je remets rapidement ma main sous sa jupe.

Elle se mordille la lèvre inférieure, me fixant d'un air malicieux, les yeux embués de désir. Ses chaleurs montent si vite, je suis surpris qu'elle n'ait pas déjà un Alpha pour l'aider à se préparer. Sauf que c'est mon rôle maintenant, et je suis le putain d'homme le plus chanceux du monde.

Je parcours du bout des doigts sa chatte épilée, si douce, si humide.

— Écarte les jambes pour moi, ma jolie.

Sa respiration s'accélère, sa poitrine se soulevant rapidement, et elle obéit immédiatement à mon ordre, écartant davantage les jambes. J'adore la voir se perdre dans ses chaleurs, son visage s'empourprant.

La fixant dans les yeux, voulant étudier sa réaction, je glisse deux doigts entre ses lèvres, là où elle est brûlante, moite et prête pour moi.

Expirant bruyamment, elle renverse la tête en arrière, sa poitrine se tendant vers moi, et je ne peux pas résister. De ma main libre, je saisis les bords de son décolleté en V et je l'écarte, ainsi que son soutien-gorge, révélant le plus beau des seins. Je fais de même de l'autre côté, j'ai besoin de les voir tous les deux. Elle est très pulpeuse, sa poitrine déborde de ma main, et putain ce que j'aime ça. Ma bite palpite dans mon pantalon, et il faut toute ma volonté pour ne pas la sortir et la baiser ici et maintenant. Mais pour notre première fois, ce ne sera pas ici, surtout si je dois la nouer… et putain de merde, j'ai besoin de la nouer.

Ses seins aux tétons durs — avec de larges aréoles sexy si roses qu'elles en sont presque pâles — sautillent légèrement à chaque mouvement de la télécabine.

— Knox, ronronne-t-elle comme si elle était incapable de former des mots.

— Oui, ma douce, je réponds en me penchant pour lécher un téton avant de le prendre dans ma bouche. Elle a le goût d'un bonbon. Mes doigts s'enfoncent plus profondément le long de sa chatte, trouvent son entrée, et je n'attends pas. J'enfonce deux doigts en elle, et ses parois se resserrent aussitôt autour d'eux.

— Mon Dieu ! Elle frissonne alors que je suce avidement son téton, l'engouffrant dans ma bouche, comme si je ne voulais jamais le relâcher.

Son odeur s'intensifie, et l'envie de goûter sa chatte me met au bord de l'explosion. Elle passe ses mains dans mes cheveux en gémissant, ses hanches ondulant contre ma main. Je la doigte, de plus en plus vite maintenant, mon pouce sur son petit clitoris vermeil. Elle est entièrement à moi.

J'ignore mon propre inconfort et je me rappelle qu'il s'agit d'elle et non de moi.

Relâchant l'un de ses seins, je lève les yeux vers mon Oméga, qui est haletante. Ma main est trempée, et je sais qu'elle est proche de jouir.

— La façon dont tu fais ça, gémit-elle, ses yeux papillonnant comme s'ils allaient se fermer. N'arrête jamais, s'il te plaît.

— Tu es faite pour moi. Ta chatte est si étroite, elle agrippe mes doigts. C'est la seule chose à laquelle je peux penser. C'est devenu ma nouvelle obsession.

Passant à son autre sein, je mordille doucement son téton, ce qui la fait crier mon nom. Elle respire vite maintenant. Si proche.

Décidant de l'aider un peu, je glisse un troisième doigt dans sa chatte déjà étroite. Elle tressaille mais ne m'arrête pas. Je la doigte profondément. Une pellicule de sueur perle sur son front, et sa respiration s'accélère. Son clitoris est gonflé, et elle est si sensible à mon toucher.

Elle est prête à se faire baiser, et j'aimerais que nous soyons ailleurs.

— Knox... Ohhh, putain ! Soudain, elle se met à trembler sous moi et crie. Sa chatte se contracte sur mes doigts tandis qu'un flot de ses fluides se déverse sur eux.

Tellement sexy.

— JOUIS sur ma main… c'est ça, ma jolie.

— C'est incroyable, murmure-t-elle entre deux respirations, tremblant comme une feuille.

Qu'est-ce que je ne donnerais pas pour avoir mon visage enfoui entre ses jambes en ce moment, pour la maintenir pendant qu'elle se cambre afin que je puisse la lécher jusqu'à la dernière goutte.

Ma bite est à l'agonie. J'ajuste rapidement mes couilles pour un léger soulagement.

Putain ! Je suis sur le point d'exploser, mais nous approchons du prochain arrêt. Je ne laisserai personne d'autre que moi la voir comme ça.

— Je meurs d'envie de t'allonger, d'écarter tes jambes et de te baiser à t'en faire perdre la tête, mais pas ici.

Elle hoche la tête, jetant un coup d'œil au bâtiment qui approche. Je retire mes doigts, à son grand dam, ce qui me fend le cœur.

— Ne t'inquiète pas, ce ne sera pas long.

— J'avais complètement oublié où j'étais, dit-elle, le rouge lui montant aux joues alors qu'elle dissimule rapidement ses magnifiques seins. Je profite de ce moment pour lécher le miel de mes doigts, mes couilles se resserrant à son goût délicieusement net et sucré. Elle me regarde, émettant ces petits sons addictifs que je veux passer l'éternité à tirer de sa gorge.

Je sors alors un mouchoir de ma poche, m'essuie

les doigts avant de retirer ma veste et de la tenir pliée sur un bras devant moi. Il faut bien que je cache l'anaconda dans mon pantalon.

Elle me fixe, souriant malicieusement en lissant sa robe de ses mains tremblantes.

— Tu es absolument sublime, lui dis-je, la voix rauque.

Elle rougit de plus belle.

— Je commence à apprendre.

— Comment tu te sens ? je demande, la maintenant en équilibre tandis que la télécabine se balance légèrement à l'approche.

— Je dois avouer que je n'avais jamais rien fait de pareil au-dessus de la neige. Son rire est haletant et, putain, ce son me fait un effet de dingue.

Je m'agrippe à la poignée près de la porte alors que les secousses s'intensifient, un bras fermement enroulé autour de sa taille, la gardant pressée contre mon flanc, là où est sa place. Les portes s'ouvrent sur un quai d'arrivée désert – putain, merci pour les petites faveurs – et je la guide à l'extérieur.

— Prête à partir ? je demande, lui volant un autre baiser rapide parce que je ne peux pas m'en empêcher.

— Oui, murmure-t-elle. Je n'ai plus aussi chaud, mais la chaleur est toujours là, latente…

Nous traversons le bâtiment rapidement. Son odeur est plus forte, et je remarque déjà quelques Alphas qui se tournent vers nous depuis le hall principal, où quelqu'un joue du piano, tandis que d'autres sont assis dans des fauteuils, sirotant un verre. Ma prise sur elle se resserre instinctivement. Ils peuvent regarder tant qu'ils veulent, mais si l'un d'eux fait un geste, je le mettrai en pièces. Pas que je veuille que Ruby voie cette facette de moi. Pas encore.

L'air froid nous frappe alors que nous sortons, et je la presse en direction de ma voiture quand j'aperçois quelqu'un approcher. Un homme. Un Alpha. Mon corps bouge d'instinct, s'interposant entre eux, lui barrant le chemin vers Ruby.

— Continue de marcher si tu tiens à la vie, je grogne.

— Marcus ? La voix de Ruby est tranchante d'incrédulité. Putain, mais c'est quoi ton problème ? Tu me suis ?

Marcus. Le connard dont Garrett et Dominic m'ont averti. Celui qui essaie de lui voler son bar.

— Tiens, tiens, ricane-t-il, son regard passant de l'un à l'autre. Tu ne perds pas de temps pour coucher avec tous les Alphas, n'est-ce pas ? Je peux sentir ton désespoir. C'est révoltant. Sa lèvre se retrousse. Tout comme ta mère.

— Pars maintenant, et nous n'aurons aucun problème. Ma voix est calme, mais elle a un tranchant mortel. Marcus est légèrement plus petit que moi, mais le type se pavane comme s'il appartenait à la putain de royauté, tout en vêtements de marque et avec un ricanement méprisant.

— Ruby, dit Marcus, m'ignorant complètement. Je ne m'attendais pas à te trouver ici. Un peu au-dessus de tes… moyens, n'est-ce pas ? Ses yeux parcourent sa robe avec dédain.

— Laisse-nous tranquilles, d'accord ? La voix de Ruby est ferme, mais je peux sentir l'anxiété qui émane d'elle.

— Tu fais la courageuse maintenant, hein ? Marcus rit, un son sec et laid. Tu t'es trouvé un chien de garde derrière lequel te cacher ? Il s'approche, et mes muscles se contractent. Dis-moi, est-ce qu'il sait à quel point tu es une cause perdue ? Comment tu es en train de couler ce bar ?

— Recule, je grogne. Dernier avertissement.

— Profites-en tant que tu le peux, Ruby. Tu n'auras bientôt plus rien. Sa lèvre se retrousse de dégoût. Mais j'imagine que les putes comme toi trouvent toujours un moyen de survivre.

Mon poing heurte son visage avant qu'il ne puisse finir sa phrase. Il s'écroule lourdement, et je suis sur lui en un instant, agrippant sa chemise.

— Espèce de connard. Si je te revois près d'elle, je t'arrache la colonne vertébrale et je te la fous au cul. Compris ?

Il rit, du sang coulant de son nez, et je n'ai jamais eu autant envie de tuer quelqu'un.

— Knox, s'il te plaît. Ruby tire sur mon bras. Allons-y. Ne perds pas ton temps avec lui.

Marcus crache quelque chose d'ignoble alors que

nous partons, et il me faut toute ma volonté pour ne pas faire demi-tour et finir ce que j'ai commencé.

— Ne fais pas ça, dit doucement Ruby. Il ne fait que semer le chaos pour n'importe quel Alpha avec qui je suis. Il essaiera de faire de ta vie un enfer.

Je la serre contre moi, jetant un regard en arrière pour voir Marcus rentrer en titubant, serrant son visage en sang. Mon seul regret est de ne pas l'avoir frappé plus fort.

Ruby s'écarte soudainement, regardant attentivement autour d'elle.

— Pas de caméras ici, on dirait.

— Il n'y en a jamais eu, pour autant que je sache. Je balaie les lieux du regard, curieux. — Pourquoi ?

Elle tend la main.

— Les clés de la voiture ?

Je les lui donne sans hésitation, la regardant se diriger droit sur une Mercedes rutilante garée non loin de là. Elle passe ma clé sur toute la longueur de la voiture, puis de nouveau en sens inverse, y creusant de profondes rayures. Des deux côtés.

— J'approuve, dis-je lorsqu'elle revient, et nous nous précipitons vers ma voiture.

— Tant mieux, parce que tu es maintenant mon complice.

— Ravi de l'être. Je l'installe sur le siège passager et je monte à mon tour, en poussant le chauffage à fond. — Je ne laisserai plus jamais cette ordure te faire du mal.

Ses épaules s'affaissent et elle regarde par la fenêtre. Ma poitrine se serre à cette vue.

— Parle-moi, je l'encourage douce-ment. — Qu'est-ce qui se passe ?

— Marcus est un monstre. Je déteste avoir le moindre lien de parenté avec lui.

— S'il s'approche encore de toi, je ferai pire que lui casser le nez. Les mots sortent de ma bouche comme un grognement. — Personne ne te parle comme ça. Personne ne touche à ce qui est à moi.

Elle se tourne vers moi, les yeux écarquillés en entendant ce dernier mot, mais je ne le retire pas. Impossible de le retirer.

Alors que nous entamons le long trajet de retour en ville, elle se détend progressivement, se penchant vers moi.

— J'adore la façon dont tu l'as frappé. Dont tu m'as protégée. Un petit sourire se dessine sur ses lèvres. — Tu sais, les filles adorent ce côté héroïque.

Je ris.

— Je n'essayais pas d'être héroïque. C'est pure-ment instinctif quand il s'agit de toi.

Elle me dévisage de nouveau, cette lueur brûlante de retour dans ses yeux alors qu'elle se mordille la lèvre inférieure. Son parfum s'intensifie dans l'espace confiné, doux et enivrant.

— Ça va ? je demande, même si je sais pertinem-ment que non.

— Le feu en moi revient, murmure-t-elle. — C'est si intense.

Je souris, attrapant sa main.

— Laisse-moi t'aider avec ça. Soulève ta jupe et écarte les jambes pour que je puisse voir ta jolie petite chatte.

Elle reste bouche bée, et je glousse.

— Tu veux mon aide ?

— Qu'est-ce que tu as en tête ? Que je me montre à tout le monde ?

— Vu qu'il n'y a presque personne sur l'autoroute, tu ne risques rien.

Elle pince les lèvres sur le côté, et elle est adorable. Mais à ma grande surprise, elle le fait, ajustant sa robe pour que la fente soit sur le devant. Elle lève une jambe pliée, révélant la blancheur laiteuse de l'intérieur de ses cuisses, mais mon attention est captée par les lèvres roses qui luisent de son excitation.

— Maintenant, rapproche-toi de moi, autant que tu peux, en posant ta jambe pliée sur la console centrale.

Ma bite est dure comme de la pierre. Elle pourrait bien me tuer ce soir, tellement je suis excité.

— Maintenant, allonge-toi et détends-toi.

Alors qu'elle lève un genou et s'écarte, son regard toujours fixé sur moi, je tends la main, ma main traçant le contour de l'intérieur de sa jambe, effleurant tout jusqu'à sa chatte.

— Tu es une si gentille fille, je lui ordonne, et je vois ses seins se soulever à chacune de ses respirations rapides. Comme j'aimerais qu'elle soit complètement nue, mais faute de grives, on se contente de merles. Et je me rappelle que ce n'est pas pour moi, mais pour elle.

Sans quitter la route des yeux, je continue de jeter des coups d'œil vers elle, qui s'est écartée pour moi. J'aimerais avoir une meilleure vue, mais mes doigts parcourent déjà toute la longueur de sa fente, et j'écarte ses lèvres.

Elle gémit tandis que je la caresse sur toute sa longueur. Elle est trempée, si soyeuse, si poisseuse. Putain, je pourrais m'arrêter sur le bas-côté juste pour la remplir de ma bite, jusqu'aux couilles. Je suis si tendu, si désespéré.

Quelques tapotements sur son clitoris la font se tortiller avant que je ne la pénètre. Certes, ce n'est pas la position la plus confortable, mais rien de tout ça n'a d'importance au moment où mes deux doigts glissent dans sa chair, le bruit de succion me faisant sourire en coin. Puis je les retire et j'enfonce profondément mon gros pouce. Elle gémit.

— Comment est-ce que ça peut être aussi bon ? Ses yeux sont vitreux et ses hanches esquissent de petits mouvements saccadés.

Mes pensées sont débridées alors que j'imagine comment je vais la baiser comme une putain de bête.

— Parfois, le simple contact d'un Alpha, le sentir en toi, peut calmer tes chaleurs, lui expliqué-je.

— Je n'en avais aucune idée, halète-t-elle, se tortillant, en voulant clairement plus. Alors, tu vas juste rester là-dedans ?

— Oui, jusqu'à ce que je te ramène à la maison, puis on verra à partir de là. Mais je ne veux pas que tu souffres d'ici là. Et j'adore être en toi. C'est absolument tout.

Elle me dévisage comme si elle allait me grimper sur les genoux, mais au lieu de ça, elle se calme et prend quelques longues inspirations, les yeux fermés.

Le trajet est une putain de douce torture. Chaque respiration emplit la voiture de son parfum, et mes instincts d'Alpha s'emballent, exigeant que je m'arrête pour finir ce que nous avons commencé. Mais pour elle, je sacrifierais n'importe quoi, y compris ma santé mentale, apparemment. Mes jointures sont blanches sur le volant, tandis que mon autre main est entre ses cuisses, ce qui ne m'aide absolument pas à rester calme.

Quand je jette un coup d'œil, sa respiration est plus profonde, sa tête penchée contre la vitre.

— Tu t'endors sur moi, ma belle ?

Pas de réponse. Merde, elle s'est vraiment endormie, le visage complètement détendu, les lèvres légèrement entrouvertes. C'est tellement mignon que j'ai à peine du mal à le supporter. Nous atteignons les limites de la ville, et je sais que je devrais la réveiller pour sa clé de maison, mais… je ne peux pas me résoudre à la déranger. Au lieu de cela, je prends la direction du nord, un plan qui se forme dans mon esprit. Ou peut-être juste une excuse pour la garder près de moi un peu plus longtemps.

Le portail s'ouvre en silence — l'un des avantages d'avoir plus d'argent que je ne saurais quoi en faire — révélant ce que mon agent immobilier a appelé un prestigieux domaine, mais qui n'est en réalité qu'une prison de luxe la plupart du temps. Trois étages pour montrer à quel point les Anderson ont réussi, tout en pierre, en verre et en vide. Trop grand pour une seule personne, trop calme, trop putain de solitaire. Mes yeux se posent sur Ruby, blottie sur mon siège passager, et quelque chose dans ma poitrine fait un drôle de bond. Il est temps que ça change, se dit le type qui a son pouce dans sa délicieuse chatte.

Une fois garé devant ma porte d'entrée, je me force à me retirer d'elle sans la réveiller et je sors dans l'air froid de la nuit. De profondes inspirations. J'essaie de me ressaisir. Je replace ma bite en grognant. Cette nuit n'a été qu'une montée de tension sans aucune libération. Mais ce n'est pas le but. Pas encore. Même si mon corps est en total désaccord.

Je vais ouvrir la porte d'entrée de ma maison et je la laisse ouverte, puis je vais la chercher.

Elle ne bronche même pas. Je la prends dans mes

bras, refermant la portière de la voiture d'un coup de pied aussi silencieux que possible, et je la porte à l'intérieur. Elle s'emboîte parfaitement contre moi, sa tête nichée dans mon cou comme si c'était sa place, comme si elle y avait toujours appartenu. Bon sang, je suis complètement dépassé.

Je traverse la maison dans l'obscurité, ma mémoire musculaire me guidant jusqu'à ma chambre. Elle est complètement inconsciente pendant que je la dépose sur mon lit — ça me rappelle la fois où je l'ai trouvée dans cette tempête, à cause de ces connards qui l'avaient laissée dehors. Elle a le sommeil lourd.

Le souvenir me fait serrer la mâchoire, alors je me concentre sur le fait de lui enlever ses chaussures et de tirer la couverture sur elle à la place.

— Dors bien, jolie fille, je murmure, en écartant une mèche de cheveux de son visage. Je m'occupe de toi.

Je me force à partir avant de faire quelque chose de stupide comme me glisser au lit à côté d'elle. La salle de bain m'appelle — l'heure de la douche la plus froide que l'humanité ait connue a sonné. Peut-être qu'alors je pourrai arrêter de penser à quel point elle est parfaite dans mon lit. Peut-être que je pourrai prétendre que je ne l'imagine pas déjà là en permanence.

L'eau est glaciale, mais ça ne change que dalle au désir brûlant sous ma peau ou à ma bite dure comme du roc. Ma petite Oméga féroce, qui raye les voitures, me fait rire et me rend complètement, putain de, dingue. Mon Dieu, je suis déjà si mordu que ce n'est même plus drôle.

Ce soir, elle est en sécurité dans mon lit, et ça me suffit. Même si je dois me geler les couilles sous cette douche pour qu'elle le reste.

Putain, ce que cette femme me fait subir sans même essayer. Mais je ne voudrais être nulle part ailleurs.

17

RUBY

Je me réveille avec l'impression de flotter sur un nuage, ce qui est bizarre, car mon matelas à la maison a sans aucun doute un ressort qui me rentre dans le bas du dos. Alors que mes yeux s'habituent à la douce lumière du matin qui filtre à travers des baies vitrées, la réalité me frappe de plein fouet. Ce n'est pas mon appartement format boîte à chaussures au-dessus du bar — ça sort tout droit d'*Architectural Digest* ou peut-être du chalet d'été de Bruce Wayne.

Je sais instantanément que je suis chez Knox. Ça a son odeur ; c'est tout lui. La dernière chose dont je me souviens, c'est d'être dans sa voiture avec son doigt en moi — putain, je frissonne rien qu'à ce souvenir — puis l'épuisement m'a submergée, et je suppose que je me suis endormie. Il a dû m'amener chez lui.

La chambre est immense, toute en lignes épurées et en luxe minimaliste. Un lit California king, au milieu duquel je suis actuellement étalée comme une sorte d'étoile de mer, est flanqué de tables de chevet ornées en bois sombre. Les murs sont d'un gris anthracite doux, décorés de photographies en noir et blanc de sommets montagneux et de sentiers enneigés. Il y a une chaise longue absolument ridicule près de la fenêtre qui donne l'impression que personne ne s'y est jamais assis.

Les étagères encastrées attirent mon attention — elles sont remplies de magazines d'aventure, de livres de voyage et de ce qui semble être une collection complète de guides de survie en pleine nature. De toute évidence, quelqu'un prend son personnage d'homme des montagnes très au sérieux. Mais ce n'est pas que pour la frime — certains des livres sont bien usés, leurs dos sont craquelés et leurs pages sont cornées.

Mais c'est l'odeur qui me chavire vraiment — chocolat, neige fraîche et quelque chose de sauvage qui me rappelle les orages. Knox. Elle est partout sur ces draps obscènement doux, et ça me fait tourner la tête. J'enfouis mon visage plus profondément dans son oreiller, en inspirant longuement. Mon Dieu, qui est-il au juste ? Batman déguisé ? Un millionnaire secret qui prend son pied en guidant des randonnées ?

La nuit dernière défile dans ma tête — le baiser et

l'orgasme époustouflant dans la télécabine, lui qui met son poing dans la figure de Marcus, ce que je ne pourrai jamais oublier. La façon dont Knox m'a regardée comme si j'étais quelque chose de précieux, quelque chose qui valait la peine d'être protégé. À quel point j'avais voulu… je veux toujours qu'il me baise et me noue. Le souvenir de ses mains, de ses doigts et de sa langue sur moi fait picoter ma peau, et je dois enfouir mon visage dans son oreiller pour étouffer mon gémissement.

Je me laisse retomber en arrière, serrant son oreiller contre moi. Son odeur m'enveloppe. Une partie de moi veut se blottir ici pour toujours, entourée de son parfum, de préférence avec lui dans le lit aussi… Et cette pensée-là ? C'est exactement pourquoi je dois commander ces suppresseurs. Je perds la tête. Bientôt, je me mettrai à choisir des rideaux et à trouver des noms pour nos futurs enfants.

Avec un effort herculéen, je me force à me démêler de ses draps. Le lit est ridiculement haut, et je glisse sans grande grâce, ma robe rouge de la veille tombant en un tas froissé autour de mes chevilles. C'est ça. Pas de sous-vêtements. Fantastique. Rien ne crie plus la marche de la honte que de sortir sans culotte dans sa robe de soirée de la veille.

J'essaie ce que je pense être la porte de sortie et me retrouve à la place dans une salle de bain plus grande que tout mon appartement. Le miroir me renvoie exactement ce que je craignais — des yeux de raton laveur à cause du maquillage qui a coulé et des cheveux en pétard. On dirait que j'ai été copieusement embrassée et… eh bien, c'est le cas.

La douche de Knox a plusieurs pommeaux, et je me dirige déjà dans cette direction, ouvrant l'eau chaude.

Une fois dedans, je ne peux pas résister à l'envie d'utiliser son shampoing, et oui, peut-être que je passe un peu trop de temps à savourer comment il me fait sentir son odeur. L'eau est une sensation incroyable, et il se peut que je fasse semblant d'être dans une sorte de retraite spa de luxe plutôt que de me cacher chez mon… qu'est-ce que Knox, exactement ? Mon petit ami potentiel ? Mon Alpha ? Un de mes Alphas ? Mon Dieu, je suis tellement dans le pétrin. Non seulement je suis en train de tomber amoureuse de Knox, mais il y a aussi Garrett, et… Mon estomac fait une petite cabriole rien qu'en pensant à eux deux. Ah, c'est vrai, et il y a ma réaction près de Dominic.

Je suis tellement perdue dans mes pensées que je manque de glisser sur les carreaux de pierre sophistiqués et dois me rattraper au mur.

Après ma douche, il est hors de question que je remette cette robe — elle sent le sexe. Je trouve un peignoir blanc et duveteux qui doit être à Knox, suspendu au dos de la porte. Il est immense sur moi, m'enveloppant presque deux fois, mais une fois que je le serre bien, je me sens un peu plus décente. Les manches dépassent de mes doigts, et je dois les retrousser plusieurs fois.

Rassemblant ma robe et mes chaussures, je m'aventure dans le couloir. La maison est tout aussi impressionnante que la chambre. Un luxueux chemin de tapis rouge mène à un majestueux escalier en acajou, couronné par un lustre en cristal. Tout a un style très « garçonnière chic » : beaucoup de lignes épurées et de couleurs douces, peu de meubles, mais ce qui s'y trouve respire l'argent. Il y a d'autres photographies sur ces murs, mais celles-ci montrent des gens. Un Knox plus jeune avec ceux qui doivent être ses parents, tous en tenue de randonnée. Une autre le montre en train de donner ce qui ressemble à un cours de ski pour enfants, son sourire éclatant et sincère.

Je m'arrête devant l'une d'entre elles, qui le montre au sommet d'un imposant pic montagneux, les bras levés en signe de triomphe, le lever du soleil peignant la neige en rose derrière lui. Il a l'air si vivant, si libre. Quelque chose me serre la poitrine en la regardant.

En bas, je me retrouve nez à nez avec un immense sapin de Noël blanc, décoré avec le genre de précision qui suggère l'intervention d'un professionnel. Ma gorge se noue à cette vue. Je n'ai pas fait toutes les décorations depuis des années, pas depuis… Le souvenir me submerge sans crier gare : mon père jetant ma mère contre notre sapin, les décorations qui volent en éclats, le sang qui se mêle au verre brisé. Elle, essayant de sourire avec ses lèvres fendues, me disant que ce n'était qu'un accident, comme toujours. La façon dont elle avait quand même insisté pour nettoyer elle-même toutes les décorations cassées, comme si, d'une manière ou d'une autre, ça allait tout arranger…

— Bonjour, ma belle.

Je me retourne brusquement et vois Knox, adossé à la rampe de l'escalier, une main dans la poche de son jean taille basse. Son t-shirt blanc moule chacun de ses muscles, et ces biceps… Il est pieds nus, l'air parfaitement à l'aise dans son palais. Le chauffage doit être à fond, parce que j'ai soudain très chaud.

— Alors, c'est donc là que vivent les guides de montagne de nos jours ? Je crois que je me suis trompée de carrière.

Il se décolle de la rampe et s'avance vers moi, un sourire terriblement sexy aux lèvres. — Je préfère « spécialiste des loisirs en plein air ».

— C'est un titre bien pompeux pour quelqu'un qui est en gros payé pour faire de la randonnée.

Il s'arrête à quelques centimètres de moi, assez près pour que je doive pencher la tête en arrière pour croiser son regard. — Je fais plus que de la randonnée. Je te signale que je suis un expert en préparation de mélange de noix et en blagues de premier ordre.

— Oh, non.

— Oh, si. Comment l'alpiniste a-t-il appelé son fils ?

Je gémis. — Pitié, ne…

— Pierre.

— C'est nul.

— J'en ai d'autres. Quelle est la chanteuse préférée des alpinistes ?

— Knox…

— Lara Fabian.

Je ne peux m'empêcher de rire, ce qui illumine tout son visage. — Tu les racontes vraiment à tes clients ?

— Seulement aux plus spéciaux.

— Et pourquoi ça ?

Son regard se lève, et je suis son regard jusqu'à une branche de gui suspendue au plafond. Je fais immédiatement un pas en arrière, la poitrine serrée. — Non. Pas question. Jamais sous le gui.

J'essaie de repousser les souvenirs qui refont surface : le rire cruel de mon père, le visage de ma mère qui se décompose alors qu'il la réprimandait d'être si pathétique, si désespérée pour un baiser de Noël. « Juste du marketing pour les faibles d'esprit », avait-il grondé.

Knox m'observe attentivement, sa bonne humeur précédente s'estompant. — Tu as un problème avec le gui ?

— Disons simplement que mon père n'était pas fan quand j'étais petite. Je hausse les épaules, essayant d'avoir l'air désinvolte, mais je tombe probablement complètement à plat. — J'imagine qu'il y a des choses qui nous marquent.

Je ne vois pas comment on peut détester un symbole qui encourage les baisers.

— Tu as faim ?

Il change de sujet et je le respecte encore plus de ne pas chercher à en savoir plus.

Une odeur douce et cannellée flotte dans l'air, faisant gargouiller mon estomac un peu trop fort.

— Est-ce que c'est bien ce que je crois ?

Au lieu de répondre, il prend mon visage en coupe et m'embrasse sur la bouche. Ce n'est pas un baiser doux, il est affamé et profond, et il crispe mes orteils contre le parquet. Il a le goût de la cannelle et du café, et je fonds littéralement de l'intérieur. Quand il se recule, je suis à bout de souffle et un peu étourdie.

— Viens, dit-il en me prenant la main. J'ai quelque chose à te montrer.

Je le suis, incapable de retenir mon sourire.

La cuisine est le rêve de tout chef : tout en acier inoxydable et granit, avec un immense îlot au centre. Lily et Hannah deviendraient folles pour cette cuisine. Des appareils de qualité industrielle brillent de mille feux, et il y a une machine à café qui semble pouvoir alimenter une petite ville. Mais ce qui attire mon attention, ce sont les cookies qui refroidissent sur une grille près de la fenêtre.

— Est-ce que ce sont des…

— Snickerdoodles.

Il me soulève sans effort pour m'asseoir sur le comptoir, se plaçant entre mes jambes comme si c'était sa place. Mon cœur rate un battement lorsque ses mains se posent sur mes cuisses.

— Ma spécialité.

— Menteur. Ce sont mes préférés.

— Moi aussi.

Une ombre passe sur son visage.

— Ma mère avait l'habitude d'en faire. Elle m'a appris avant de…

Il s'éclaircit la gorge, et je résiste à l'envie de lisser le pli entre ses sourcils.

— Elle disait que chaque homme devrait savoir cuisiner au moins une chose correctement. Tu veux bien être ma goûteuse ?

Il me tend un cookie, et je croque dedans, essayant d'être objective même si le sucre et la cannelle fondent sur ma langue. Il y a quelque chose de différent, quelque chose qui me donne envie d'en reprendre…

— Tu as mis du gingembre là-dedans ?

— Secret de famille.

Son sourire en coin est presque espiègle.

— Addictif, non ?

Je finis le cookie en deux bouchées, sans même essayer de garder des manières.

— Je devrais te prévenir… je suis accro aux

cookies. Ça pourrait devenir dangereux. Une fois, j'ai mangé une fournée entière de cookies aux pépites de chocolat pendant un seul service au bar.

Il rit, et le son de son rire me réchauffe plus que n'importe quel cookie.

— Je vais prendre le risque. J'ai cuisiné tôt ce matin, quand je n'arrivais pas à dormir.

— Un homme selon mon cœur. C'est à trois heures du matin que je fais mes meilleures pâtisseries.

Je vole un autre cookie.

— Un café ?

— Déjà en cours.

Il se déplace vers la machine sophistiquée, et je m'efforce de ne pas regarder les muscles de son dos bouger sous sa chemise.

— Mais je dois d'abord récupérer mon téléphone dans la voiture. Je crois que je l'ai laissé là-bas.

— Déjà fait.

Il se penche au-dessus du comptoir et me tend mon téléphone.

— Il n'avait plus de batterie, alors je l'ai branché. Je me suis dit que tu en aurais peut-être besoin.

Mon estomac se noue quand je vois toutes les notifications. Des messages de Ash qui vérifie que je vais bien, alors je lui réponds vite que tout va bien. Un de Lily qui me pose des questions sur la fête de Noël, et soudain le visage de Dominic me revient en mémoire, faisant naître une boule de culpabilité dans mon ventre. Mais c'est le message de Marcus qui me retourne l'estomac.

Tu crois que tu as été maligne hier soir. La trêve est terminée, cousine.

— Tout va bien ?

Je lève les yeux et vois Knox qui m'observe, l'inquiétude gravée sur son visage. Ses mains sont enroulées autour de deux tasses à café, toutes deux, je le remarque, décorées de terribles jeux de mots sur la montagne. L'une dit « C'est *sommet*-ment bon », et l'autre « Cette vue est *rochement* belle ». Cet homme est un vrai gamin.

Je me force à sourire et pose le téléphone, écran vers le bas.

— Oui, juste des trucs de boulot. À ce propos, je devrais probablement y retourner bientôt. Ash est seule au bar…

— J'ai des vêtements qui pourraient t'aller pour la route, propose-t-il, mais son regard me dit qu'il sait que je mens. Il pose les tasses et revient se placer entre mes jambes, ses mains se posant sur mes hanches. — Ruby…

— Ce serait super si tu pouvais me déposer, je le coupe, pas prête à affronter tout ça : ni les menaces de Marcus, ni mes sentiments grandissants pour Knox et Garrett, ni la décision que je sais devoir prendre entre ces Alphas. À la place, je pique un autre cookie et j'essaie de ne pas penser à quel point cette cuisine serait parfaite pour décompresser en pâtissant à trois heures du matin, ou à quel point il serait facile d'imaginer une vie ici, avec lui.

Ses pouces tracent de petits cercles sur mes hanches à travers la robe de chambre, et je dois lutter pour ne pas me blottir contre lui comme un chat en quête d'attention.

— Tu sais, dit-il avec précaution, je suis plutôt à l'écoute. Et je fais d'excellents cookies anti-stress.

— J'ai remarqué. J'esquisse un sourire. — Et tu te situes où, par rapport aux brownies anti-stress ?

— Double chocolat, avec un supplément de pépites de chocolat. Il glisse une mèche de cheveux humide derrière mon oreille, et ce geste doux manque de me briser.

J'ai envie de tout lui raconter – Marcus, le bar, ma tante Ève – mais une fois que j'aurai commencé, je ne suis pas sûre de pouvoir m'arrêter. Et en cet instant, dans cette cuisine parfaite avec ces cookies parfaits et cet homme parfait, je veux juste faire semblant un peu plus longtemps que ma vie n'est pas un désastre complet.

Alors, je me penche en avant et je l'embrasse. Ses mains se resserrent sur mes hanches, et pendant un instant, je me permets de croire que tout pourrait vraiment bien se passer.

Je suis vraiment dans le pétrin.

18

DOMINIC

Le bruit mat et satisfaisant de mes poings frappant le sac de frappe résonne dans la salle de sport. Crochet du gauche, direct du droit, je recommence. Mes muscles me brûlent, mais je continue, pour évacuer cette énergie nerveuse qui me tourmente depuis cette nuit au bar de Ruby. Depuis que j'ai senti son petit corps pressé contre le mien alors que je la mettais à l'abri. Depuis que je l'ai regardée nettoyer le sang sur ma lèvre fendue en souhaitant que ce soit sa bouche à la place…

Un mouvement attire mon attention alors que la porte d'entrée du studio s'ouvre, et tout en moi s'immobilise.

Ruby.

Elle se tient dans l'embrasure de la porte, la lumière de l'après-midi captant ses cheveux blonds vénitiens comme un halo. Pendant un instant, j'en oublie de respirer. Elle porte un long manteau noir, mais en dessous, je peux voir les lignes qui épousent les courbes d'une tenue de sport. Déjà, plusieurs gars l'ont remarquée, leurs têtes se tournent, leurs yeux la suivent.

Un grognement sourd monte dans ma gorge.

À moi.

Elle ne m'a pas encore vu. Elle parle à Cherry à la réception, tripotant la sangle de son sac à dos. Quand elle retire son manteau, je dois m'agripper au sac de frappe pour m'empêcher de traverser la pièce et de la couvrir à nouveau. Le débardeur et le legging noirs qu'elle porte ne sont que des lignes lisses, soulignant des courbes qui me mettent l'eau à la bouche. Cette taille fine, ces seins ronds, ces jambes que je veux enrouler autour de moi...

Je me mets en mouvement avant même de prendre la décision consciente de le faire, attiré par elle comme par la gravité. Elle se tourne à mon approche, et ce sourire... putain, ce sourire me foudroie. Il est entièrement pour moi, accompagné d'une jolie rougeur alors que son regard glisse sur mon débardeur et mes bras. Son souffle se coupe, tout comme au bar, et un grognement de satisfaction me traverse. Bon à savoir que je ne suis pas le seul à qui elle fait cet effet.

— Ruby. Je lui prends le coude, ayant besoin de la

toucher, de m'ancrer. — Je suis si heureux que tu sois venue.

— Salut. Elle glisse une mèche de cheveux derrière son oreille, essayant de paraître décontractée, mais je peux sentir sa nervosité. Miel et cardamome, un parfum assez doux pour s'y noyer. — Sympa, cet endroit que tu as là. Très… intimidant.

Je glousse, profitant de ma prise sur son coude pour l'éloigner des regards indiscrets. — Attends de voir les salles d'entraînement privées.

— Ah oui ? Son sourcil fin se lève. — M. Chase. Vous comptez profiter de moi ?

Le ton taquin dans sa voix me donne envie de lui montrer exactement ce que je ferais d'elle en privé. Au lieu de ça, je la conduis dans le couloir vers l'une des plus petites salles, refermant la porte derrière nous. Le sol matelassé occupe la moitié de l'espace, parfait pour toutes les chutes d'entraînement.

— Alors, qu'est-ce qui t'a finalement décidée à venir t'entraîner ?

— Oh, tu sais. Elle laisse tomber son sac dans un coin, s'étirant d'une manière qui m'assèche la bouche. — Avoir affaire à des cousins connards pousse une fille à envisager ses options.

— Si tu as le moindre problème, dis-le-moi, et je m'occuperai de lui ou de n'importe qui d'autre pour toi, mon ange. La promesse m'échappe, et la façon dont ses pupilles se dilatent me dit qu'elle sait que je ne plaisante pas.

Elle lève les yeux vers moi sous ses longs cils, et mon regard se rive sur les lèvres boudeuses auxquelles je n'ai cessé de penser.

— Je ne savais pas du tout si tu serais au studio, mais j'ai tenté ma chance.

— Si je ne suis pas en mission, j'ai tendance à venir ici soit très tôt le matin, soit en fin d'après-midi. Je me rapproche, attiré dans son orbite. — Comment tu vas ?

— Super bien. Mais il y a quelque chose qui cloche dans son ton, une tension dans ses épaules qui fait flamber mes instincts protecteurs.

— Tu veux parler de quelque chose ?

— Non. Le « n » claque de façon enjouée. — Et toi ? Comment va ta lèvre ?

— Comme neuve. Crois-moi, je me suis fait tabasser un paquet de fois. Je suis un sacré coriace à mettre au tapis.

Ses yeux dansent dans ma direction. — Oh, c'est un défi que tu me lances ou c'est de l'esbroufe pour me faire peur ?

Un rire m'échappe. Putain, je suis en train de tomber amoureux bien trop vite de cette femme.

— Commençons par quelques étirements, mon ange. Ensuite, on verra si tu arrives à me mettre au tapis.

Je la guide à travers quelques échauffements de base, et c'est un supplice délicieux. Chaque fois qu'elle se penche en avant, ou même qu'elle lève les bras en l'air, son parfum se rapproche et me rend encore plus conscient d'elle.

— Détends tes épaules, je murmure. D'abord, on va s'entraîner à se défaire d'une prise au poignet, j'explique en me plaçant devant elle. Quand quelqu'un t'attrape le poignet, la plupart des gens essayent de tirer pour se dégager. C'est exactement ce à quoi ils s'attendent. Je fais une démonstration en lui prenant doucement le poignet. Au lieu de ça, tu dois faire pivoter ton bras comme ça... Je la guide dans le mouvement. Et faire un pas de côté tout en tirant vers le bas et l'extérieur. Le mouvement brise leur prise en utilisant un effet de levier plutôt que la force.

— Comme ça ? Elle essaie d'imiter mon mouvement, mais sa posture n'est pas bonne. Elle fait pivoter son bras, mais ne fait pas le pas de côté correctement.

— Viens là. Je me rapproche, mon torse contre son dos, mes bras s'enroulant autour d'elle pour ajuster sa position. Tu dois utiliser l'élan de ton agresseur contre lui. Fais un pas avec ton pied gauche... Je tapote sa jambe avec la mienne, la guidant dans la bonne position. Bien. Maintenant, pivote et tire tout en faisant le pas. Le mouvement doit être rapide et fluide.

Mes lèvres effleurent son oreille pendant que je lui montre, et sa brusque inspiration va directement dans ma queue. Elle tremble légèrement. Son odeur s'intensifie, devenant plus sucrée, plus enivrante.

Sous le miel et la cardamome, il y a le parfum subtil et envoûtant de ses chaleurs imminentes. Se rend-elle seulement compte de ce qui arrive ?

— Essayons encore, je dis, me forçant à me concentrer. Je vais attraper ton poignet, et tu exécutes le mouvement que nous venons de pratiquer.

Je passe devant elle et tends la main pour saisir son poignet, fermement mais pas assez fort pour lui faire mal. Sa peau est douce sous mes doigts, et je dois résister à l'envie de caresser son point de pulsation avec mon pouce.

— Prête ?

Elle hoche la tête, la détermination remplaçant la nervosité dans ses yeux ambrés. Quand je tire sur son poignet, elle bouge exactement comme je lui ai montré — un pas de côté tout en faisant pivoter son bras et en tirant vers le bas. Le mouvement brise ma prise nettement.

— Parfait. La fierté se mêle au désir alors que je vois son visage s'illuminer. Ton timing était excellent. Comment tu t'es sentie ?

— Comme si j'avais vraiment réussi quelque chose. Elle rit, écartant de son visage les mèches de cheveux qui s'étaient échappées. On peut réessayer ?

— Bien sûr. Cette fois, je vais serrer un peu plus fort. Dans une situation réelle, ils ne seront pas tendres.

Nous pratiquons le mouvement plusieurs fois de

plus, sa confiance grandissant à chaque réussite. Son sourire s'élargit, devient plus sincère, et la façon dont elle me regarde après chaque succès me serre la poitrine.

— Tu as un don pour ça, je lui dis, et le rougissement qui lui monte aux joues vaut toute la retenue qu'il me faut pour continuer à enseigner au lieu de la plaquer contre le mur le plus proche et de la lécher de partout.

— Encore une fois ? demande-t-elle, sautillant presque sur place.

J'attrape son poignet, et elle exécute le mouvement à la perfection — mais cette fois, elle y ajoute sa propre petite touche, utilisant l'élan pour entrer dans ma garde. Sa main libre vient se placer contre ma poitrine, et soudain, nous sommes face à face, son visage levé vers le mien.

— C'était comment ? demande-t-elle, légèrement essoufflée.

Femme dangereuse. — Créatif. Ma voix sort plus rauque que prévu. Mais maintenant, tu es à portée pour ça... Je glisse mon bras libre autour de sa taille, la tirant contre moi. Son petit hoquet me traverse de part en part. Un agresseur pourrait facilement t'attraper comme ça.

Elle est si petite contre moi, se logeant parfaitement sous mon menton. Chaque point de contact me brûle — ses mains sur ma poitrine, ses hanches contre les miennes, la courbe douce de sa taille sous ma paume. Je veux faire glisser ma main plus bas, attraper ses fesses et la soulever, la plaquer contre le mur et...

Bordel.

— Alors, quel est mon mouvement, là ? demande-t-elle en me regardant à travers ses cils. Elle doit savoir l'effet que ça fait à un homme.

— Ton premier réflexe serait peut-être de repousser. Je resserre légèrement ma prise. Mais je suis plus fort. Au lieu de ça... Merde, son odeur est enivrante de si près. Au lieu de ça, tu dois abaisser ton centre de gravité. Plie les genoux.

Elle suit mes instructions, mais le mouvement ne fait que frotter son corps contre le mien exactement comme il faut, surtout quand elle se frotte contre mon entrejambe. Non, exactement comme il ne faut pas. Concentre-toi sur la leçon.

— Bon, tu te souviens comment on a utilisé l'élan tout à l'heure ? C'est le même principe, mais là tu pivotes pour t'éloigner de moi. Ma voix est devenue rauque. — Ton coude... Je guide son bras en position. — Il va là, dans leur plexus solaire. Un coup sec et rapide, puis tu te dégages en pivotant.

— Comme ça ? Elle exécute le mouvement au ralenti, son corps ondulant contre le mien. C'est forcément délibéré, la façon dont elle le fait.

— Plus vite, je parviens à dire. L'effet de surprise est crucial.

Elle essaie de nouveau, cette fois plus rapidement.

Le coude se lève — elle retient encore son coup, mais c'est mieux — et elle s'éloigne en pivotant. Mais elle me sourit par-dessus son épaule en le faisant, et ce sourire est une pure provocation.

— C'était comment ?

— Mieux. Mais un véritable agresseur ne te laissera pas partir si facilement. Je l'attrape de nouveau, cette fois en lui saisissant les deux bras par-derrière. — Il pourrait t'attraper comme ça.

Elle s'emboîte trop parfaitement contre moi, son dos contre mon torse, ses fesses pressées contre ma queue. Je dois serrer les dents pour résister à l'envie de me frotter contre elle.

— Et maintenant ? Sa voix est devenue haletante.

— Frappe du pied… pas maintenant, je te montre juste, j'ajoute rapidement alors qu'elle bouge. De toutes tes forces sur leur cou-de-pied. Puis, jette ta tête en arrière dans leur visage.

— Dans leur nez ? Elle exécute le mouvement au ralenti, sa tête effleurant à peine mon menton. — Comme ce qui t'est arrivé ?

J'ai un petit rire sombre. — Exactement. Même si je préférerais que tu ne fasses pas la démonstration à pleine vitesse.

— Peur que je te casse le nez, le dur à cuire ?

— Peur de faire quelque chose de complètement déplacé si tu continues à te tortiller contre moi comme ça. Les mots que je n'avais pas l'intention de dire m'échappent.

Elle s'immobilise dans mes bras, mais son odeur s'intensifie — douce et pleine de désir. Mes mains se crispent sur ses bras.

— Comme quoi ? murmure-t-elle.

Je devrais reculer. Je devrais mettre de la distance entre nous et continuer la leçon. Je ne devrais pas passer mon nez le long de la courbe de son cou, humant son parfum. Je ne devrais surtout pas presser mes lèvres sur son pouls qui bat la chamade.

— Comme te plaquer contre ce mur. Les mots grondent en sortant de ma gorge. — Comme te soulever et enrouler tes magnifiques jambes autour de ma taille. Comme t'embrasser jusqu'à ce que tu oublies tout ce qui te tracasse.

Elle frissonne. — Ce n'est… pas très professionnel de votre part, Monsieur Chase.

— Venir dans ma salle de sport en vous frottant délibérément contre moi comme le péché incarné ne l'est pas non plus, Mademoiselle Winters.

Elle se retourne dans mes bras, et soudain, nous sommes de nouveau face à face, ses mains glissant sur mon torse. — Je pense… dit-elle tandis que ses doigts tracent ma clavicule, … que nous devrions probablement reprendre la leçon.

— Très probablement, j'acquiesce, mais mes mains couvrent déjà sa taille.

— Parce que je suis venue ici pour apprendre l'autodéfense. Son regard descend sur mes lèvres.

— Absolument. Je la fais reculer jusqu'au mur.

— Et vous êtes censé m'enseigner. Son dos heurte le matelas avec un bruit sourd.

— C'est ce que je fais. Mes mains glissent jusqu'à ses hanches. — Je vous apprends exactement ce qui arrive quand on tente un Alpha.

Au dernier moment, Ruby se baisse sous mon bras et s'écarte d'un pas de danse, me laissant appuyé contre le mur, le désir et la frustration se livrant bataille dans mes entrailles. Son rire est une pure tentation.

— Alors, qui manque de professionnalisme ? Elle recule vers le centre du tapis, les yeux pétillants de désir. — Je pensais que vous alliez m'apprendre l'autodéfense, pas comment rendre un Alpha fou.

— Il me semble que tu maîtrises déjà parfaitement cette partie-là. Je me tourne lentement, suivant ses mouvements. Elle sautille presque sur la pointe des pieds, toute en grâce fluide et en sourires charmeurs. Tout en moi a envie de la poursuivre, de l'attraper, et…

— Tu viens ? me nargue-t-elle, et putain, ce que ça me rend dingue.

Je bouge plus vite qu'elle ne s'y attend et je pivote pour me retrouver derrière elle en quelques secondes. Mon bras s'enroule autour de sa taille, la tirant en arrière contre mon torse.

— Règle numéro un, je grogne dans son oreille. Ne jamais tourner le dos à un adversaire.

— Pas du tout. Elle essaie la prise que je lui ai

apprise — elle baisse son centre de gravité, tente de pivoter pour se dégager — mais elle perd l'équilibre, commence à tomber, et l'instinct prend le dessus. Je l'attrape, pivotant pour encaisser le choc lorsque nous heurtons le tapis. Elle atterrit sur moi, face à moi, avec un petit cri de surprise, ses cheveux retombant autour de nous comme un rideau.

Son rire vibre à travers moi. — Eh bien, ça ne s'est pas passé comme prévu.

— Je ne sais pas. Mes mains trouvent ses hanches, la maintenant en place. D'où je suis, ça me semble plutôt parfait.

Elle se redresse légèrement, prenant appui sur ma poitrine avec ses mains, mais n'essaie pas de s'éloigner. — Tu as fait ça exprès.

— Protéger mon élève pour qu'elle ne se blesse pas ? C'est mon travail, tout simplement.

— Mm-hmm. Elle bouge, et la friction me fait serrer les dents. Tes mains semblent s'aventurer hors du territoire strictement professionnel.

C'est vrai. Mes pouces se sont glissés sous l'ourlet de son débardeur, caressant la peau douce de sa taille.

— Tu te plains ?

— Pas encore. Ses yeux s'assombrissent, ses pupilles sont dilatées. Mais je devrais probablement mentionner que j'ai un truc avec les hommes en position d'autorité.

Je lève un sourcil. — Un bon ou un mauvais truc ?

— Ça dépend. Elle se penche, ses lèvres effleurant ma mâchoire. Que penses-tu des élèves difficiles ?

Bon sang. — Ruby… C'est censé être un avertissement, mais ça sonne comme une supplique.

— Oui, Monsieur Chase ? Ses dents frôlent le lobe de mon oreille, et mon contrôle lâche.

Je nous fais basculer, l'immobilisant sous moi. Son halètement de surprise se transforme en gémissement lorsque je capture sa bouche, l'embrassant avec force et profondeur. Ses mains glissent dans mes cheveux, ses ongles grattant mon cuir chevelu, et je grogne dans le baiser. Elle a le goût du désir, et je n'en ai jamais assez.

— C'est une très mauvaise idée, halète-t-elle quand je descends vers son cou.

— Probablement. Je suce son pouls, adorant la façon dont son corps se cambre contre le mien.

— Je suis sérieuse. Mais ses jambes s'enroulent autour de ma taille, me tirant plus près. On ne devrait pas… oh, mon Dieu. Mes dents trouvent ce point où son cou rencontre son épaule, et elle frissonne.

Je relève la tête pour la regarder, observant ses joues rouges et ses lèvres gonflées. — Tu veux que j'arrête ?

Au lieu de répondre, elle m'attire de nouveau vers elle, m'embrassant comme si elle se noyait et que j'étais son oxygène. Ma main glisse le long de ses côtes, mon pouce effleurant le dessous de son sein à travers son haut. Elle émet un petit gémissement qui me fait presque perdre la tête.

— Dominic… La façon dont elle prononce mon nom, si haletante et pleine de désir, me donne envie de la démolir complètement.

— Je sais, mon ange. Je presse mes hanches contre les siennes, frottant mon énorme bite contre sa chatte, lui faisant sentir exactement l'effet qu'elle me fait. Je sais.

Son odeur est maintenant écrasante — miel et cardamome et chaleur imminente, le tout mêlé d'excitation.

Des coups à la porte nous figent tous les deux.

— Dom ? C'est la voix de Cherry. Ton rendez-vous de trois heures est là.

Putain. J'avais complètement oublié la consultation avec le nouveau client. Ruby me regarde avec ses grands yeux ambrés, les lèvres entrouvertes, la poitrine haletante.

— Je vais annuler, je murmure à mon ange, sans bouger.

Le rire de Ruby est tremblant. — Non, je crois que ça tombe à pic.

— C'est cruel, je murmure. Je pose mon front contre le sien, m'imprégnant de son odeur une dernière fois avant de me redresser. — J'ai besoin de te revoir, et vite. Je l'aide à se relever, la tirant contre moi pour un dernier baiser, rapide et intense. — On va finir cette leçon comme il se doit.

— La leçon d'autodéfense ou l'autre genre ? Son sourire est malicieux.

— Les deux. Je glisse une mèche de cheveux derrière son oreille, laissant mes doigts courir le long de son cou. — Demain, ça te va ?

— Et si je refuse ?

— Alors je viendrai te chercher. Je la plaque contre le mur une dernière fois, l'enfermant entre mes bras. — Et crois-moi, mon ange, je me penche, mes lèvres effleurant son oreille, tu n'aimeras pas ce qui arrivera si je dois te pourchasser.

Le petit son qu'elle émet me dit qu'au contraire, ça pourrait beaucoup lui plaire. — Ce n'est peut-être pas une si bonne idée. Je… je ne crois pas être une bonne personne. Sa voix se brise sur ces mots, et je recule juste assez pour voir son visage.

— Que veux-tu dire, mon ange ?

Elle détourne le visage, mais je lui saisis le menton, la forçant à me regarder.

— Je fais des choses… des choses qui vont faire que les gens me détesteront. Ce n'est pas moi, ça, mais dernièrement… Elle déglutit avec difficulté. — Dernièrement, j'ai l'impression que c'est exactement ce que je suis.

Un frisson glacial me parcourt l'échine alors que je comprends. Elle parle de Knox et Garrett, c'est obligé. Ils m'ont tous les deux parlé de leurs rencontres avec elle, de comment aucun d'eux n'a pu résister à son attraction. Tout comme moi. Et maintenant, elle se noie dans la culpabilité, pensant qu'elle se joue de nous tous.

Putain.

Je devrais tout lui dire. Lui parler de notre plan — mon plan — de la laisser voir chacun de nous tel que nous sommes vraiment. Pas de faux semblants, pas de comédie. Juste trois Alphas qui désirent tous la même Oméga, qui ont tous accepté de la laisser choisir naturellement.

Mais en voyant la douleur dans ses yeux, le dégoût d'elle-même... Je sais que j'ai merdé. On a tous merdé.

— Ruby. Je caresse sa lèvre inférieure de mon pouce, la regardant trembler. — Tu es la meilleure personne que je connaisse. Quoi que tu penses faire de mal... ce n'est pas aussi grave que tu le crois.

Elle rit. — Si tu savais la vérité.

— J'en sais assez.

Mais elle recule, comme si le sortilège qui l'envoûtait quelques instants plus tôt s'était dissipé de son esprit. Son regard croise le mien, et j'y vois l'inquiétude. Puis elle attrape son sac.

— Il faut que j'y aille, lance-t-elle en s'enfuyant de la pièce, alors que tout en moi hurle de la rattraper, de lui faire comprendre. Mais mes jambes ne bougent pas et soudain, Cherry est à la porte avec mon nouveau client.

Merde !

C'est ma faute. J'ai fixé les règles de ce jeu,

pensant qu'il serait mieux de laisser les choses se développer naturellement. Mais tout ce que j'ai fait, c'est la blesser. On l'a tous blessée.

Il est temps de changer les règles.

Je sors mon téléphone, envoyant le même texto à Knox et Garrett.

Il faut qu'on parle. Fissa.

19

RUBY

J'essuie le même endroit sur le comptoir du bar en essayant d'ignorer les regards insistants d'Ash. Ça fait deux jours que je me suis entraînée avec Dominic, et je n'ai revu aucun des gars depuis... exprès. J'ai gardé mes distances, ayant décidé que je devais tout avouer. Alors, depuis, je me cache dans mon bar.

— Si tu frottes cet endroit encore plus fort, tu vas trouver le passage secret pour Narnia, plaisante-t-il en jonglant avec trois verres sur le chemin du retour vers le bar.

— La ferme, je marmonne, mais mes lèvres s'étirent en un sourire.

— Fais-moi taire. Il m'arrache le chiffon des mains. — Je te jure, entre ta mélancolie et ton obsession pour le ménage, il ne te manque plus qu'une veste en cuir pour être une héroïne de roman d'amour.

— Je ne suis pas mélancolique.

— Ah, vraiment ? Il prend une pose dramatique, la main sur le front. — « Oh, malheur à moi. Je suis trop jolie, et trop de mecs canons me veulent. Qu'est-ce que je vais bien pouvoir faire ? »

Je lui lance une cerise au marasquin à la tête. Il l'attrape avec la bouche… bien sûr, il y arrive.

Mon téléphone vibre et je le saisis comme une bouée de sauvetage en ignorant le sourire narquois d'Ash.

C'est Lily.

Devine qui vient de faire tomber un saladier entier de crème au beurre sur ses chaussures préférées ? C'est bibi ! Mais le bon côté, c'est que mes pieds sentent délicieuse-ment bon.

Malgré tout, je ris et réponds.

Comment tu arrives à fonctionner, toi ?

Lily répond. *Du pur talent et des choix de vie discu-tables Et aussi, du café. Tellement. De. Café.*

Je ne tarde pas à répondre. *Tu me manques. Le bar semble vide sans toi qui passes avec tes histoires et tes pâtisseries.*

Elle répond. *Oh, ma puce, tu deviens sentimentale ? Ça doit être sérieux si tu admets avoir des sentiments. Ça va ?*

Je me mords la lèvre, les doigts planant au-dessus du clavier. *Juste… des problèmes de mecs.*

Lily répond rapidement. *RACINTE* •• *C'est à propos de ces canons de l'autre jour ? Parce que si ça ne t'intéresse pas, je me porte volontaire. Surtout pour l'Homme des Montagnes. Ces BRAS.*

Mon estomac se noue de culpabilité. Si seulement elle savait… *C'est compliqué.*

Lily réplique aussitôt. *Ça ne l'est pas toujours ? Mais OMG, en parlant de choses compliquées, tu ne vas JAMAIS croire ce qui m'est arrivé l'autre soir*

Je tape rapidement. *Tu as encore mis le feu à un saladier ?*

Elle répond tout de suite. *C'était UNE SEULE FOIS. Non… Il se pourrait que j'aie accidentellement envoyé un message à un inconnu.*

Je tape ma réponse tout aussi vite. *Accidentellement, comment ça ?*

Lily répond. *Ok, alors j'essayais d'envoyer un SMS à Hannah à propos de cette énorme pièce montée, et je me suis trompée de numéro. Mon premier message à ce parfait inconnu a été : « J'ai besoin d'aide pour cacher ce corps ; il est plus gros que ce que je pensais, et je ne peux pas le soulever seule ».*

LILY, NON.

Elle répond. *LILY, SI.* Je parlais du CORPS DU GÂTEAU, mais ce pauvre type a cru que j'étais une vraie meurtrière pendant genre 10 minutes ! Puis je lui ai envoyé une photo de moi couverte de pâte à sucre, avec l'air d'une tueuse en série saupoudrée de farine, et je ne sais pas comment, on a fini par discuter pendant TROIS HEURES.

Je ris en lui répondant. *Il n'y a que toi pour draguer un mec par accident en te faisant passer pour une meurtrière.*

Elle répond. *Pour ma défense, il a dit que mon SMS du « gâteau meurtrier » était le faux numéro le plus intéressant qu'il ait jamais reçu. En plus, je crois qu'il est pâtissier, alors... c'est le destin ?*

Ma réponse. *Ou alors ton énergie bizarre de tueuse en série a enfin trouvé son égal.*

Son message apparaît. *Hé, il y a des filles qui séduisent les mecs avec leur physique. Moi, je les séduis avec des SMS d'homicide accidentel. Ne juge pas mes méthodes !*

Je suis choquée. *Tu es en train de me dire que tu cyber-flirtes avec un inconnu ?*

Mon téléphone sonne, annonçant son nouveau message. *Dit la femme qui est en train de jongler avec plusieurs admirateurs en ce moment. Mais OUI, aussi, et il est si drôle et intelligent, et on s'est échangé des photos...*

Mes yeux s'écarquillent. *LILY. Dis-moi qu'il ne t'a pas envoyé de photo de sa*

La réponse de Lily ne tarde pas. *ESPÈCE DE MAL PLACÉE. Je voulais dire des photos de pâtisserie ! Il m'a envoyé son levain (elle s'appelle Bertha, et elle est magnifique). Même si je ne dirais pas non à d'autres types de photos...*

J'éclate de rire. *Je n'arrive pas à croire que tu sois en chaleur pour le mec au pain.*

Elle réplique aussitôt. *Pardon, mais il s'appelle James, et ses baguettes sont magnifiques.*

Je renifle si fort qu'Ash me lance un regard inquiet. *On parle toujours de pain, là ?*

Lily dit : *Oui, sa baguette a l'air très impressionnante.*

Je ne peux plus m'arrêter de rire. *Je suis morte.*

La réponse de Lily. *Pas le droit de mourir avant de m'avoir dit ce qui te tracasse vraiment. Et ne me dis pas que ce n'est rien, parce que tu es restée silencieuse pendant des jours, et ça n'arrive que lorsque tu te prends la tête sur un truc.*

Je fixe le téléphone, la poitrine nouée. *Et si... et si on aimait vraiment plus d'une personne ?*

La réponse de Lily ne se fait pas attendre. « *Alors je dirais que tu as d'excellents goûts et que tu devrais probablement acheter un billet de loto, parce que, de toute évidence, la chance est de ton côté.* »

« *Je suis sérieuse* », je tape.

Lily répond. « *Moi aussi. C'est quoi le problème, au juste ? Ce sont des connards ? Parce que je rentre plus tôt sans hésiter, et on ira jeter des œufs sur leurs maisons.* »

Je me raidis. « *Non ! Mon Dieu, non, ils sont... ils sont incroyables. C'est ça, le problème.* »

Elle enchaîne. « *Il n'y a que toi pour voir ça comme un problème, que des mecs incroyables s'intéressent à toi . Écoute, tu te souviens de la série de romances à* laquelle tu m'as rendue accro ? Celle avec le harem inversé ? »

Je réponds : « *Ce n'est pas un livre.* »

Lily répond : « *Non, mais ça pourrait être encore mieux. En général, la vraie vie, c'est mieux. Je dis ça, je dis rien... »*

— Allô la Terre, ici Ruby ! La voix d'Ash me fait sursauter. Il agite une serviette devant mon visage. Aussi captivante que soit ta conversation par texto, on a des clients.

Je lève les yeux et vois que la clientèle d'après-boulot commence à arriver. Génial. Exactement ce dont j'ai besoin : un public pour ma crise existentielle.

J'envoie un message rapide à Lily. « *Je dois te laisser, le devoir m'appelle.* »

Elle répond par : « *Cette conversation n'est pas terminée ! Et Ruby ? Sois juste honnête avec eux. Et avec toi-même aussi. Ah, et envoie des photos des bras de l'Homme des Montagnes, c'est pour la science* 🔬*. »*

Je range mon téléphone, en essayant d'ignorer la sensation de brûlure qu'il provoque dans ma poche. Trois messages non lus de trois hommes différents attendent dans ma boîte de réception, chacun faisant battre mon cœur à tout rompre pour des raisons différentes.

— Tu sais, dit Ash en passant à côté de moi avec un plateau de verres. Pour quelqu'un qui possède un bar, tu es nulle pour encaisser les shots.

Je le regarde sans comprendre. — Quoi ?

— Tu sais, tenter ta chance ? Passer à l'action ? Te lancer ? Il sourit. Quoique, je suppose que tu te débrouilles pas mal dans ce domaine, vu le nombre de…

Je lui donne un coup sur le bras avec mon torchon. — T'as pas des verres à laver ?

— Et toi, t'as pas une vie amoureuse à mettre en ordre ?

Je gémis et laisse tomber ma tête sur le comptoir.

Il me tapote la tête. — Allez, viens, ces hipsters ne vont pas se servir tout seuls. Quoique, on pourrait sans doute les convaincre que c'est la nouvelle tendance : les cocktails artisanaux en libre-service, c'est très underground.

Malgré tout, je ris. Peut-être que Lily a raison. Peut-être que je dois arrêter de trop réfléchir et juste… être honnête.

Mais d'abord, je dois survivre à ce service sans imploser à cause de l'anxiété.

— Ruby ! crie Ash. La table trois attend ses gin-tonics artisanaux, de source locale et infusés à la lavande !

Je peux le faire.

Finalement, le rush de l'after-work se calme, ne laissant que quelques retardataires sirotant leurs verres dans les coins du bar. J'essuie des verres pendant qu'Ash me régale avec son dernier fiasco amoureux ; une histoire de mec qui s'est avéré être un clown professionnel. Littéralement.

— Alors, j'y suis, dit-il. Je me dis que je vais conclure, et là, il sort ce nez rouge…

Le carillon de la porte d'entrée retentit, et je lève les yeux.

Knox et Garrett entrent. Ensemble.

Mon cœur s'arrête de battre, et je me fige.

Ils parlent comme de vieux amis, et quelque chose là-dedans me tord l'estomac. Avant même de réaliser ce que je fais, je me laisse tomber derrière le comptoir, évitant de justesse de renverser un porte-verres.

— Qu'est-ce que tu… commence Ash.

— Chut ! je siffle en me collant contre les placards du bas. Oh mon Dieu, oh mon Dieu, tu n'as pas vu qui vient d'entrer ?

Il regarde par-dessus le bar, puis s'accroupit à côté de moi avec une expression amusée.

— Ah oui, Monsieur Canon numéro un et deux. Ils papotent comme s'ils se connaissaient. Il se relève, puis fronce les sourcils et baisse les yeux sur moi. Oh, Monsieur Canon numéro trois est là, aussi.

— Quoi ? Je risque un coup d'œil par-dessus le comptoir et, oui, voilà Dominic, toute son intensité sombre dans son t-shirt noir moulant, qui entre d'un pas assuré comme si l'endroit lui appartenait. Eux trois ensemble, c'est la tempête parfaite de tout ce que je veux et de tout ce que je ne peux pas avoir. Oh, putain, achevez-moi. Mes mains tremblent tellement que je dois m'agripper au rebord du meuble pour me stabiliser.

— Il faut que je sorte d'ici. Il faut que je m'enfuie… Ma poitrine est trop serrée, chaque inspiration plus courte que la précédente. Ils savent, ils ont découvert que j'ai été avec les trois, et maintenant ils vont me dire que je suis la pire personne au monde…

Ash s'accroupit de nouveau à côté de moi, son expression habituellement enjouée sérieuse pour une fois.

— Écoute, ça va aller, quoi qu'il arrive. Je te promets que je te couvre. Et s'ils tiennent vraiment à toi, alors ils trouveront un moyen de régler ça avec toi.

— Et sinon ? Ma voix se brise. Je ne sais pas pourquoi, mais l'idée de les perdre maintenant me donne l'impression qu'on m'éventre. J'enlace mon ventre avec mes bras, essayant de ne pas m'effondrer. Quelque chose a changé en moi. Je n'ai plus l'impression d'être la fille que j'étais avant, mais une fille qui est stupidement tombée amoureuse de trois hommes, sans réfléchir, et maintenant, au lieu de suivre mon instinct et d'aller leur parler, ils ont pris cette décision pour moi.

Ash me tapote la main.

— Fais-moi confiance, ça va aller.

Il se lève brusquement, et mon cœur ricoche contre mes côtes.

— Patronne, tu ferais peut-être mieux de te relever…

— Non, je reste ici pour toujours. Ils ne peuvent pas me briser le cœur s'ils ne me trouvent pas.

— Non, sérieusement, tu dois te relever maintenant.

Il y a quelque chose dans son ton qui me noue l'estomac. Lentement, je sors de ma cachette – et regrette immédiatement de l'avoir fait. Les gars sont à mi-chemin du bar, mais leur attention est concentrée sur quelqu'un d'autre.

Marcus.

— Oh, putain, je murmure. Parce qu'il fallait aussi qu'il soit là pendant tout ça. Je ferme brièvement les yeux. Mais qu'est-ce que j'ai fait pour mériter ça ?

Quand je les rouvre, je me retrouve prise dans un feu croisé de regards. Les yeux bleus de Knox sont remplis de quelque chose qui me serre la poitrine – de l'inquiétude ? De la pitié ? L'expression habituellement enjouée de Garrett a disparu, remplacée par un sérieux qui m'effraie. Et Dominic… son regard sombre passe de Marcus à moi, la mâchoire si serrée que je peux voir le muscle tressauter.

Je me concentre sur Marcus à la place. Au moins, je comprends les monstres. Il se dirige vers le bar avec ce sourire que je déteste – celui qui dit qu'il sait quelque chose qui va me blesser. Son regard entre les trois Alphas est calculé, suffisant. Bien sûr, il reconnaît Knox et Garrett puisqu'il les a vus avec moi, mais sa façon de regarder Dominic me donne la chair de poule.

J'ai besoin que la terre s'ouvre et m'avale toute entière.

— Quelqu'un veut boire un verre ? lance Ash, brisant le terrible silence. Que Dieu le bénisse.

Marcus se glisse sur un tabouret de bar, arborant toujours ce sourire de démon.

— Quel rassemblement fortuit. Je suis venu parler à ma chère cousine, et regardez qui d'autre se pointe.

— Qu'est-ce que tu veux ? je gronde, reconnaissante pour la colère. La colère vaut mieux que l'anxiété.

— Eh bien, après ton petit numéro de l'autre soir, j'ai commencé à mener ma petite enquête…

Je vais être malade. J'ai déjà connu ça. Il y a trois ans, quand j'ai commencé à sortir avec le propriétaire d'un restaurant du coin, Marcus a déterré toutes les infractions au code de l'hygiène que l'homme avait pu commettre. Deux ans avant ça, il avait fait renvoyer un autre homme en révélant son problème de jeu à son patron. Chaque fois que j'essaie d'avoir quelque chose de bien dans ma vie, Marcus trouve le moyen de tout gâcher.

— Je ne veux pas entendre ça. Ma voix tremble malgré mes efforts pour la garder ferme. Je t'ai déjà dit de ne plus jamais remettre les pieds ici.

Marcus ne bouge pas. Au contraire, son sourire s'élargit.

— C'est intéressant ce qu'on découvre en fouinant un peu, en suivant les gens. Son regard glisse vers les trois Alphas. Tu penses vraiment savoir qui ils sont ?

— De quoi tu parles, putain ? La voix de Knox est assez tranchante pour couper.

Dominic s'avance, l'expression meurtrière. — Tu nous as fait surveiller, enfoiré ?

Garrett se rapproche aussi, mais c'est moi qu'il fixe. À quoi pense-t-il ? Que je suis une personne horrible ?

— Oh, attendez. Le rire de Marcus me donne la chair de poule. Parce que ce n'est même pas le meilleur. C'est ce que Ruby ne sait pas. Il marque une pause pour l'effet, savourant clairement l'instant. Comment ces trois hommes qu'elle a rencontrés par hasard ? Pas si par hasard que ça, finalement. Ils ont travaillé ensemble, planifiant de te rencontrer depuis des semaines. Mettant en scène ces petits rendez-vous parfaits, prétendant qu'ils ne se connaissaient pas. Mais tout est faux !

Les mots me frappent comme un coup de poing dans le ventre. — Attends, quoi ? Ma poitrine est si oppressée que j'ai à peine l'impression de pouvoir respirer. De quoi tu parles ?

— Ruby… commence Garrett en faisant un pas en avant, mais je lève la main.

— C'est vrai ? Les mots ont un goût de cendre dans ma bouche.

Knox passe une main dans ses cheveux, l'air peiné. — Ce n'est pas ce que tu crois…

— Est-ce que. C'est. Vrai ?

— Angel. La voix de Dominic est plus douce que je ne l'ai jamais entendue. C'est pour ça qu'on est venus, pour t'expliquer.

Mais je ne peux pas. Je ne peux regarder aucun d'eux, je ne peux pas intégrer le fait que chaque moment que je pensais réel était en fait orchestré. La balade en téléphérique avec Knox. La danse avec Garrett. La séance d'entraînement avec Dominic. Tout ça était prévu, tout ça était faux ? Un sentiment de trahison me transperce.

— Est-ce que quoi que ce soit a eu la moindre signification pour vous ? Ma voix se brise.

— Putain, Ruby, bien sûr que oui. Garrett passe ses mains dans ses cheveux comme il le fait toujours quand il est stressé. Je n'ai pas réussi à te sortir de mes pensées. Nous avons tous les trois été complètement captivés par toi. Chaque rire, chaque contact… c'était réel.

Les yeux sombres de Dominic brûlent les miens. — Tes amies nous ont demandé de t'inviter à un rendez-vous arrangé, et une fois qu'on t'a vue, on a tous su qu'on devait te rencontrer pour de bon. Mais merde, Ruby… tu n'étais pas juste un rendez-vous arrangé. Tu as fait tomber toutes les barrières que j'avais, tu m'as fait ressentir des choses que j'ai passées des années à fuir. Je n'ai jamais eu l'intention de m'attacher à ce point.

— Attends, mes amies ? Je pense à Lily et Hannah, à leur plan de m'organiser un coup avec trois Alphas. Et ils sont là, devant moi, n'est-ce pas ?

Putain, quelle idiote de ne pas l'avoir vu.

Je ravale mes larmes, essayant de tout assimiler. Chaque souvenir semble maintenant souillé — ces rencontres informelles, ces moments que je croyais spontanés. Bien sûr, j'ai gardé mon propre secret, ne leur disant jamais ce que je ressentais pour eux trois. On n'a jamais mis d'étiquette sur ce qu'on vivait — juste des cafés, des séances d'entraînement, des discussions tard dans la nuit qui semblaient signifier quelque chose de plus.

Mais ça ? Ça, j'ai l'impression qu'ils m'ont piégée.

Une bouffée de chaleur me monte au cou alors qu'une pensée horrible me frappe. Est-ce qu'ils m'ont vue comme une pauvre petite Oméga incapable de trouver un Alpha toute seule ? Mes joues me brûlent, et je me force à croiser le regard de Knox.

— Ruby, s'il te plaît. On n'a jamais voulu te faire de mal. Tu es la chose la plus authentique que j'aie jamais ressentie. Tu es tout pour moi. On aurait dû être honnêtes dès le début.

— Oui, tu aurais dû ! Les larmes me brûlent les yeux, mais je refuse de les laisser couler. Mon Dieu, quelle idiote je suis. Et moi qui me sentais coupable d'être avec vous tous, alors que vous étiez tous complices. C'était un jeu pour voir qui m'aurait en premier ?

— Ce n'était pas comme ça. Garrett fait un autre pas en avant. Nous voulions juste…

— Quoi ? Voir lequel d'entre vous coucherait avec l'Oméga en premier ? Il y avait un pari ? Un calendrier ?

— Ce n'est pas… commence Dominic, mais Marcus le coupe.

— Oh, c'est tellement bon.

— Va te faire foutre. Tu auras de la chance si tu sors d'ici en un seul morceau pour ce coup-là, grogne Dominic dans sa direction.

Le sang se retire de mon visage, et c'en est trop. La tête me tourne, ma poitrine me fait mal, et je sens la bile remonter au fond de ma gorge.

— Dehors. Ma voix ne ressemble même pas à la mienne. Vous tous, foutez le camp de mon bar.

— Ruby, s'il te plaît, laisse-nous juste t'expliquer. Knox a l'air désespéré maintenant. Ce qui a commencé comme un rendez-vous arrangé est devenu réel. Ce que nous ressentons pour toi…

— Je ne peux pas supporter ça. La glace se propage dans mes veines, engourdissant tout. Vous m'avez menti et m'avez fait croire que j'étais spéciale pour chacun d'entre vous, mais maintenant j'ai l'impression que vous vous échangiez peut-être des histoires en coulisses. Et après ? Un tirage au sort pour savoir qui garderait la pauvre Oméga éplorée ?

Un rire rauque et amer m'échappe. Vous m'avez fait croire que j'étais la méchante, que je me sentais coupable de vous mener tous en bateau, alors que depuis le début, vous faisiez la même chose, mais en pire.

— Mon ange… Dominic tend la main vers moi, et quelque chose en moi se brise.

— Ne me touche pas ! Je recule. Sortez, c'est tout. J'ai besoin de digérer ça…

Le rire de Marcus résonne. — Oh cousin, tu as vraiment l'art de les choisir. Bien que, je doive admirer leur technique. Trois Alphas travaillant ensemble pour…— Toi aussi. Je me tourne vers lui, et quelque chose dans mon expression le fait reculer. Fous le camp de mon bar avant que j'appelle les flics.

— Tu ne peux pas…

— Essaie pour voir. Je retrousse les lèvres dans ce qui pourrait être un sourire. Je n'ai plus rien à perdre maintenant, n'est-ce pas ? Tu vas tout me prendre dans un peu plus d'une semaine. C'est ce que tu voulais, et tu as gagné. Heureux, maintenant ? Les larmes me piquent les yeux.

Pendant un long moment, personne ne bouge. Puis Ash s'éclaircit la gorge.

— Vous avez entendu la patronne. Dehors. Tous.

Lentement, ils sortent. Knox jette un dernier regard en arrière, son expression dévastée. Garrett ouvre la bouche comme s'il voulait dire quelque chose, puis la referme. Le visage de Dominic est un masque de chagrin — contre Marcus, contre lui-même, contre moi, je ne sais plus.

La porte se referme derrière eux avec un clic qui sonne comme définitif.

— Ruby… commence Ash.

— Non. Ma voix se brise. Juste… non.

Je me retourne et entre dans mon bureau, refermant la porte derrière moi. Ce n'est qu'à ce moment-là que je me laisse glisser jusqu'au sol, enlaçant mes genoux avec mes bras alors que les larmes finissent par couler.

Dehors, j'entends Ash dire aux derniers clients que nous fermons plus tôt. J'entends le raclement des chaises, le murmure des voix, le bruit de la porte qui s'ouvre et se ferme à plusieurs reprises.

Mon téléphone vibre dans ma poche. Trois messages, tous en même temps.

Knox : « Je sais que tu me détestes probablement en ce moment, mais s'il te plaît, laisse-moi t'expliquer. »

Garrett : « Ça ne devait pas se passer comme ça. Ce que je ressens pour toi est si réel que ça va me tuer si je te perds. »

Dominic : « Ne le laisse pas gagner, mon ange. Ne laisse pas Marcus nous t'enlever. »

J'éteins mon téléphone.

À travers la porte, j'entends la voix d'Ash.

— Ruby ? Tout le monde est parti. Tu veux que j'appelle Lily ?

Je colle mon front contre mes genoux et ne réponds pas. Que pourrais-je bien lui dire ? « Salut, tu te souviens des rendez-vous arrangés dont tu as parlé ? Il se trouve qu'ils complotaient dans mon dos pour savoir comment se relayer et me mentir. Surprise ! »

Le pire, ce ne sont même pas les mensonges. C'est que, même maintenant, mon cœur s'emballe encore en me souvenant des mains douces de Knox, du sourire espiègle de Garrett, de l'intensité de Dominic.

Je suis tellement idiote.

On frappe à ma porte, ce qui me fait sursauter.

— Ruby ? c'est encore Ash. Je sais que tu veux probablement être seule, mais… j'ai fait du café. Et il se pourrait que j'aie ces cookies aux pépites de chocolat que tu aimes tant.

Malgré tout, un rire mouillé m'échappe. — Tu m'as caché des cookies ?

— Tu n'es pas obligée de parler. Mais tu n'es pas non plus obligée d'être seule.

Pendant un long moment, je ne bouge pas. Puis, lentement, je tends la main et tourne la poignée.

En quelques instants, Ash est assis par terre devant ma porte, avec une assiette de sablés brûlés qu'il a préparés. Il la pose à côté de lui, ainsi que deux tasses de café qui contiennent probablement beaucoup trop de whisky.

— Tu es un vrai désastre, je lui dis, la voix rauque d'avoir pleuré.

— Ouais, eh bien. Il me tend un biscuit. C'est l'hôpital qui se moque de la charité.

Je prends une bouchée. C'est à la fois trop cuit et pas assez, et c'est probablement la meilleure chose que j'aie jamais goûtée.

— Qu'est-ce que je vais faire ?

— Pour l'instant ? Il me heurte l'épaule de la sienne. Tu vas manger ces horribles biscuits, boire ce café infect et t'autoriser à te sentir horriblement mal. Demain… Il hausse les épaules. Demain, on trouvera une solution.

— Promis ?

— Promis. Il me tend un café. Et puis, regarde le bon côté des choses : au moins, aucun d'eux ne s'est avéré être un clown professionnel.

Le rire qui jaillit de ma gorge est à moitié un sanglot, mais c'est déjà ça.

Pour l'instant, il faudra que ça suffise.

J'ai les mains qui tremblent si fort que je manque de laisser tomber les clés de mon bar. Je jette un regard circulaire au Winterscape Bar, mon bébé, la seule chose dans laquelle j'ai mis tout mon cœur et mon dernier lien tangible avec tante Eve.

Mon Dieu, ce qu'Ash me manque aujourd'hui. Il a été mon roc durant tout ce bazar, me disant de me ressaisir et de les écouter. Facile à dire pour lui — ce n'est pas lui qui s'est fait berner par trois Alphas sublimes. Même s'ils ne faisaient que rendre service à Lily et Hannah...

En parlant de mes meilleures amies bien intentionnées mais complètement folles, au moins, j'aurai de vraies réponses de la part de Lily ce soir, puisqu'elle est rentrée de son voyage d'affaires. Quatre jours à pleurer dans mon oreiller, ça suffit, non ?

Quatre jours à ignorer les messages de ces trois hommes, ça me déchire. Leurs odeurs sont encore partout.

Non. Je ne vais pas m'aventurer sur ce terrain.

Je remonte ma capuche pour me protéger de la neige, regardant les lumières de fête scintiller dans la tempête comme des lucioles multicolores. *All I Want for Christmas* résonne à pleins tubes dans les haut-parleurs de la rue, et je ne peux m'empêcher de renifler avec dédain. Ouais, tout ce que je veux pour Noël, c'est ne pas perdre mon bar au profit de mon connard de cousin, Marcus, dans quatre jours. Ah, et peut-être que mon cœur arrête de me donner l'impression d'être passé au hachoir à viande.

La neige tombe maintenant à gros flocons, transformant tout en une étrange boule à neige hivernale. Quelques voitures passent au ralenti, probablement pleines de gens rentrant chez eux pour retrouver leurs vies normales et sans histoires. Ça doit être bien.

— Allez, Ruby, bouge-toi les fesses. T'as juste à traverser la rue. Même toi, tu ne peux pas foirer ça.

Je sors de sous l'auvent et… putain de merde !

Des phares m'aveuglent alors qu'une camionnette dévie bien trop près, bien trop vite. Je recule en titubant, le cœur au bord des lèvres, mais avant même que je puisse réaliser ce qui se passe, la portière latérale s'ouvre brutalement dans un grincement qui me crispe les dents.

Un vide noir. Une silhouette masquée. Des mains qui m'attrapent — rudes, fortes, hostiles.

Je hurle et donne des coups de pied comme une chatte sauvage, mais c'est comme se battre contre un mur de briques. Le monde se met à tourner alors qu'on me tire dans la camionnette, et quelque chose se plaque sur mon nez et ma bouche. L'odeur me frappe — douceâtre, chimique — et me donne le vertige.

— Lâchez-moi, bande de… — Les mots s'empâtent, ma langue semble trop épaisse. La portière claque, et l'obscurité m'enveloppe, alors même que j'essaie de lutter. Ma dernière pensée cohérente avant que tout ne devienne noir, c'est que je suppose que l'univers n'était pas satisfait de me prendre mon bar et ma vie amoureuse — il a fallu qu'il tente le coup du chapeau.

21

GARRETT

Mes doigts tambourinent sur le bureau de mon bureau, chaque coup faisant écho à ma frustration grandissante. Cinq putains de jours de silence radio de la part de Ruby, et ça me bouffe de l'intérieur. Dehors, la neige tombe dru, transformant la cour de la brasserie en un désert hivernal qui correspond parfaitement à mon humeur.

Knox n'a pas arrêté de faire les cent pas depuis qu'il est arrivé. Sa désinvolture habituelle a disparu. Il n'est qu'épaules tendues et dents qui grincent alors qu'il regarde par la fenêtre. Même sa tenue de plein air de marque a l'air froissée, comme s'il avait dormi avec. Le connaissant, c'est probablement le cas.

— Je n'en peux plus. Knox se retourne, passant les mains dans ses cheveux déjà en bataille. —D'accord, on lui laisse de l'espace et du temps, mais putain, elle ignore nos messages et nos appels. Je n'ai rien foutu depuis qu'elle a découvert qu'on avait planifié nos rendez-vous avec elle. Et je suis dans un sale état.

Je comprends. L'équipe de ma brasserie m'évite depuis quelque temps. Apparemment, j'ai été odieux au travail. Le dernier brassin de stout doit être testé, mais je n'arrive à me concentrer sur rien. Chaque saveur me la rappelle.

Dominic est affalé dans mon fauteuil en cuir, mais il n'a rien de détendu. Ses yeux sombres sont toujours aussi vifs, et ses doigts ne cessent de tressaillir en direction de son téléphone. Le mec se bat probablement contre l'envie de pirater toutes les caméras de sécurité de la ville juste pour l'apercevoir.

— On est dans la même putain de galère, dit-il, la voix rauque. — Et je suis d'accord. Je veux aller la revoir. On lui a donné du temps, et j'ai besoin de lui expliquer notre version. Il se penche en avant, la mâchoire crispée. — Putain, je veux m'excuser, lui faire savoir qu'on a merdé. Et vous savez que je ne suis pas un homme qui s'excuse à la légère.

Le cuir de mon fauteuil grince alors que je me penche en arrière contre ma fenêtre. Le froid s'infiltre à travers ma chemise en flanelle, mais je le remarque à peine. Mon carnet de brassage est resté intact dans ma poche arrière depuis des jours, impossible de penser à de nouvelles recettes quand tout ce que je peux goûter, c'est la culpabilité.

— Je suis prêt, dis-je, surpris par le son rauque de ma propre voix. — Ce jeu d'attente est en train de m'étrangler. Les mots sortent à peine de ma bouche qu'un coup est frappé à la porte de la pièce. — Entrez, crié-je, m'attendant à voir l'un de mes brasseurs en pleine crise.

À la place, Cindy, mon assistante, passe la tête. Derrière elle se tient Ash, le barman de Ruby, qui a l'air de ne pas avoir dormi de la nuit. Mon estomac se noue. La raison de sa venue ne peut pas être bonne.

— Il a insisté pour vous parler, dit Cindy, l'inquiétude plissant son front alors qu'elle repousse ses cheveux blond terne de son visage.

Au moment où Ash entre dans mon bureau, je me raidis, en état d'alerte maximale. Knox arrête de faire les cent pas, et Dominic se redresse dans son fauteuil.

— Ruby a disparu, dit-il.

Trois mots. Juste trois putains de mots et mon monde bascule.

Ces mots me glacent le sang, et je traverse la pièce avant même de réaliser que j'ai bougé.

— Comment ça, disparue ?

— Elle n'est pas venue au travail hier. Ash se passe les mains sur le visage. Il a une sale mine, avec des cernes sombres sous les yeux et les cheveux en désordre. — Je pensais qu'elle était peut-être malade, vous voyez ? Mais elle n'est pas chez elle, elle ne répond pas à son téléphone. Lily, sa meilleure amie, n'a pas de nouvelles non plus, et croyez-moi, cette fille le saurait.

— Quand l'avez-vous vue pour la dernière fois ?

La voix de Dominic est d'un calme mortel, mais je connais ce ton. C'est celui qui pousse les gens intelligents à prendre leurs jambes à leur cou.

— Avant-hier, à la fermeture. Elle était... Ash secoue la tête, déglutissant difficilement. — Mec, elle était anéantie. Je connais Ruby depuis des années, je l'ai vue traverser des sales moments, mais là, c'était différent.

Knox émet un son comme s'il venait de recevoir un coup de poing. Je sais exactement ce qu'il ressent. Ma poitrine n'a pas cessé de me faire mal depuis des jours.

— Elle a donné un morceau d'elle-même à chacun de vous, continue Ash, nous regardant chacun à notre tour. — Son cœur. Et découvrir le coup monté ? Ça a brisé quelque chose en elle. Elle a passé des années à construire des murs, à se protéger, et vous, les gars ? Vous les avez franchis. Tous les trois.

— On ne voulait pas la blesser, dis-je, la voix plus rauque que je ne l'aurais voulu. On voulait qu'elle vive quelque chose de vrai, pas un putain de rendez-vous arrangé. Quelque chose d'aussi vrai que la façon dont elle nous a rencontrés.

Knox hoche doucement la tête, le regard toujours perdu à travers la fenêtre.

Dominic se lève brusquement, son téléphone déjà à la main. — J'appelle mon équipe. On va accéder à toutes les caméras de la ville, suivre ses déplacements. On trouvera bien quelque chose. Ses doigts volent sur l'écran. — Je file au bureau tout de suite.

— Knox et moi, on va rendre une petite visite à Marcus, j'annonce en attrapant déjà ma veste.

— Je viens avec vous, commence Ash, mais Knox l'interrompt d'un geste de la main.

— Non. On a besoin de vous au bar au cas où elle se montrerait ou essaierait de vous contacter. Je sors une de mes cartes de visite, griffonnant mon numéro personnel au dos. — Appelez-moi immédiatement si vous entendez quoi que ce soit. La moindre petite chose.

Quelques minutes plus tard, nous sommes dans l'énorme SUV de Knox, les chaînes des pneus crissant sur la neige fraîche. Les rues sont encore encombrées par la circulation du soir, les feux de stop rougeoyant à travers les tourbillons blancs. Knox conduit plus prudemment que je ne le voudrais, mais même moi, je dois admettre que les routes sont piégeuses.

— On aurait dû aller la voir plus tôt, marmonne Knox, les jointures blanchies sur le volant. On aurait dû camper devant sa porte jusqu'à ce qu'elle nous parle.

— Si ce salaud de Marcus l'a touchée… Je laisse la menace planer dans l'air. Nous savons tous de quoi cette ordure est capable. La vérification des antécédents de Dominic avait révélé assez de signaux d'alerte pour couvrir un champ de tir.

— On l'enterrera, dit simplement Knox, et venant de lui, cela a un poids particulier.

L'immeuble de la société d'investissement se dresse devant nous, tout de verre et d'acier. Normalement, j'apprécierais l'architecture, je noterais peut-être même à quoi cela ressemblerait sur une étiquette de bière. En ce moment, tout ce à quoi je peux penser, c'est que Marcus a intérêt à être là-dedans.

J'ai déjà franchi les portes tournantes et traversé la moitié du hall en marbre avant même que Knox ait pu se garer. La réceptionniste sursaute à mon approche, probablement parce que j'ai l'air d'être sur le point de commettre un meurtre. Ce qui, selon ce que j'apprendrai ici, n'est pas totalement à exclure.

— Marcus Winter. Où est-il ?

Elle cligne des yeux en me regardant, ses doigts manucurés en suspens au-dessus de son clavier. — Je suis désolée, monsieur, mais je ne peux pas…

— Maintenant. Le mot sort comme un grognement. Derrière moi, j'entends des bruits de pas, et je me retourne pour voir Knox approcher.

— Y a-t-il un problème ici ? Une voix grave coupe la tension. Je me retourne pour découvrir un homme plus âgé qui s'approche de nous à la réception, les cheveux blancs parfaitement coiffés, vêtu d'un costume impeccable. Deux gardes de sécurité le flanquent, mais ils restent en retrait, observant la scène.

— Douglas Sterling, dit-il en tendant la main. Je suis le propriétaire de Sterling Capital Partners. Et vous êtes dans mes locaux…

— Garrett Reynolds. J'accepte sa poignée de main. J'ai besoin de parler à Marcus. Maintenant.

Ses yeux se plissent légèrement, jaugeant ma chemise en flanelle et ma veste, mon jean usé et le logo de la brasserie sur ma veste. Il y a quelque chose de calculateur dans son regard.

— Peut-être devrions-nous discuter de cela en privé. Il fait un geste en direction d'un couloir.

Knox s'avance. — Nous ne partirons pas sans réponses.

L'expression de Sterling ne change pas, mais quelque chose dans sa posture se modifie. — Suivez-moi.

Son bureau est exactement ce à quoi on pourrait s'attendre : tout en acajou et en cuir, avec une vue sur les montagnes qui lui donne très probablement l'impression d'être le roi du monde. Je reste debout même lorsqu'il m'indique les chaises.

— Ruby Winters a disparu, dis-je sans préambule. Et votre beau-fils la menace depuis des mois.

Cela retient son attention et l'un de ses épais sourcils se hausse. — Disparue ? Expliquez-vous.

— Personne ne l'a vue depuis près de deux jours. Et ça fait des mois que Marcus essaie de lui mettre des bâtons dans les roues au Winterscape Bar. Coïncidence ? Je me penche en avant, les paumes à plat sur son bureau. — Je veux le trouver avant d'impliquer la police et qu'elle commence à fourrer son nez partout dans votre entreprise. Parce que je vous le promets, Marcus sera le suspect numéro un.

Sterling joint le bout de ses doigts et m'étudie. — Vous avez dit le Winterscape Bar ? L'établissement d'Eve Winters ?

— Celui de Ruby, maintenant. Sa tante le lui a légué.

— Ah. Il se penche en arrière. — Et vous êtes au courant de la condition dans le testament d'Eve ? À propos du mariage avant la veille de Noël ?

Les mots m'ont frappé de plein fouet. — Quoi ?

— Si Ruby n'est pas mariée avant la veille de Noël, le bar revient à Marcus. Le regard de Sterling se fait plus perçant. — Vous ne le saviez pas.

— Je pensais… Mon esprit s'emballe. — Je pensais qu'il essayait juste de la pousser à la faillite pour racheter l'endroit à des fins d'investissement.

Sterling soupire lourdement en se massant les tempes. — Ce putain d'idiot avait des projets pour développer la propriété, mais je lui avais dit de ne pas trop espérer hériter du bien d'Eve. Je l'ai tenu à l'écart de mes affaires à cause de son tempérament, mais j'ai promis à sa mère sur son lit de mort que je veillerais sur lui. Il lève brusquement les yeux vers moi. — Il a… des problèmes. Des accès de rage.

— Où est-il ? Les mots sortent de ma bouche, à peine contenus.

Au lieu de répondre, Sterling sort son téléphone et compose un numéro. Après plusieurs sonneries, il fronce les sourcils. — Pas de réponse. Il arrache une page d'un bloc-notes et écrit rapidement. — Son adresse et son numéro. J'ai besoin de savoir immédiatement s'il est impliqué. Il a déjà eu bien trop d'avertissements, après ses dernières accusations…

— Agression sexuelle et coups et blessures, intervient Knox, et je vois le visage de l'homme pâlir. La vérification des antécédents de Dominic avait été approfondie. Trop approfondie, maintenant que je pense à ce dont Marcus pourrait être capable.

J'attrape le papier. — S'il l'a ne serait-ce que touchée…

— Il fréquente le O'Malley's Bar sur la 5e, The Red Room au centre-ville, et il y a un chalet à l'autre bout de la ville, énumère Sterling. — Donnez-moi votre numéro. Je vais passer quelques coups de fil, voir si quelqu'un l'a vu.

Je lui dicte mon numéro, me dirigeant déjà vers la porte, quand sa voix m'arrête.

— Monsieur Reynolds. Il y a quelque chose de grave dans son ton. — Je le veux vivant.

Je me retourne et croise son regard.

— Pour l'amour de sa mère, je ne supporterais pas de le voir finir comme ça, continue Sterling, la voix dure. — Mais je vous le promets… s'il a fait ce que nous craignons, je lui ferai vivre un tel enfer qu'il souhaitera être mort.

Le trajet jusqu'au manoir de Marcus semble interminable, chaque kilomètre s'étirant comme une éternité à travers le tourbillon de neige. Knox dit à peine un mot, l'air dans la voiture est lourd. Je n'arrête pas de vérifier mon téléphone, priant pour qu'il sonne avec des nouvelles de Sterling ou d'Ash. Au lieu de ça, le nom de Dominic clignote sur l'écran. Je mets le haut-parleur.

— Elle s'est fait putain de kidnapper. Les mots de Dominic frappent comme des balles. — Hier, en fin d'après-midi. On entend un bruit de fracas en arrière-plan et, connaissant Dominic, c'est probablement un gadget coûteux qui vient de rencontrer son poing. — J'ai la vidéo. Une camionnette noire, sans plaques, s'est garée devant le bar. Deux hommes masqués. Sa voix se brise légèrement. — Ils l'ont attrapée. Ruby s'est débattue comme une diablesse, mais ils ont utilisé quelque chose, probablement du chloroforme. Ces putains de lâches.

Le poids dans ma poitrine menace de m'étouffer. Les mains de Knox se crispent sur le volant, et je vois sa mâchoire se contracter alors qu'il grince des dents. Elle a disparu, et nous n'en avions aucune idée. J'étais assis dans ma brasserie, à me noyer dans mon apitoiement pendant qu'elle…

— Il y a autre chose, s'efforce de dire Knox, la voix rauque comme du gravier. — Sterling nous a parlé d'un truc dans le testament d'Eve. Si Ruby n'est pas liée et mariée avant la veille de Noël, Marcus hérite du bar.

— Cet enculé de merde ! La voix de Dominic explose à travers le haut-parleur. Quelque chose d'autre se fracasse en arrière-plan. — C'est lui qui est derrière tout ça. C'est obligé. Le timing est beaucoup trop parfait.

— Bien sûr que c'est ce fils de pute, gronde Knox, en frappant la paume de sa main contre le volant. Sa nature décontractée habituelle a disparu, remplacée par quelque chose de sauvage. — C'est ça, son petit jeu ? La garder enfermée jusqu'à ce que la veille de Noël soit passée ?

— Trois jours. Ces mots ont un goût de cendre dans ma bouche. — Il n'a besoin que de la retenir trois jours, et elle perdra son bar.

Mes doigts s'enfoncent dans mes cuisses, assez fort pour y laisser des bleus. — Pourquoi ne nous en a-t-elle pas parlé ? De rien de tout ça ?

— Parce que peut-être qu'elle ne nous faisait pas vraiment confiance ? Qu'elle ne voulait pas donner l'impression de vouloir notre aide ? La voix de Knox est amère.

La neige tombe plus fort maintenant, de gros flocons dansent dans la lumière des phares. Mon carnet de brassage s'enfonce dans ma poche arrière. Combien de fois Ruby s'était-elle assise à mon bar, m'aidant à tester de nouvelles recettes alors que cette échéance lui pendait au nez ? Pendant que ce salaud menaçait tout ce qu'elle aimait ?

— On se dirige vers le manoir de Marcus, dis-je à Dominic. — Je t'envoie l'adresse par message. Rejoins-nous là-bas.

— Je suis déjà en route.

Le manoir se dresse devant nous à travers la tempête, une monstruosité victorienne tentaculaire en retrait de la route. Des fenêtres sombres nous dévisagent comme des yeux de mort, et malgré le terrain parfaitement entretenu, quelque chose d'abandonné se dégage de cet endroit. L'Aston Martin noire de Dominic est déjà garée devant.

— C'est vide, dit-il alors que nous approchons, ses yeux sombres et durs. La neige saupoudre ses cheveux, et il y a une éraflure à vif sur ses phalanges qui n'était pas là ce matin. — J'ai vérifié l'arrière, je suis entré par effraction. Pas de système d'alarme – un vrai travail d'amateur – mais il n'y a personne.

Il sort son téléphone, ses doigts volent sur l'écran alors qu'il s'approche de ma fenêtre côté conducteur. Les images de surveillance défilent, d'un noir et blanc cru, et mon estomac se retourne. Ruby sort du bar, remontant sa capuche pour se protéger de la neige. La camionnette apparaît comme un fantôme, et puis… Bon Dieu. Sa lutte. La façon dont elle se débat, luttant de toutes ses forces. Puis, son corps devient flasque à l'intérieur alors que la porte coulissante se referme.

Knox émet un son comme s'il venait de se faire éventrer. Je sens le goût du sang et je réalise que je me suis mordu la lèvre jusqu'au sang.

— La camionnette se dirige vers le nord en sortant de la ville, continue Dominic, la voix clinique, mais sa main tremble de rage alors qu'il fait défiler les flux des caméras. — On la perd après la bretelle de Morrison. Plus de caméras par là-bas.

— Allons-y, déclare Knox. — Je connais ce coin comme ma poche. J'ai fait des randonnées là-haut. S'ils la retiennent quelque part, on le trouvera. Il n'y a pas tant d'endroits accessibles par ce temps.

— Gare ta voiture plus loin sur la route, dis-je à Dominic. On passera te prendre. Inutile de laisser des preuves de notre passage si Marcus revient.

Peu après, nous sommes tous les trois dans le véhicule de Knox. Je n'arrive pas à chasser l'image de Ruby, son corps devenant flasque dans les bras de ces salauds. La femme qui embrassait comme le péché. Qui a fait irruption dans mon monde et m'a rendu chaotiquement obsédé par elle.

La neige tombe plus fort alors que nous nous dirigeons vers le nord, mais rien ne peut éteindre le feu qui brûle dans ma poitrine. Tiens bon, Ruby. On arrive pour toi. Et que Dieu vienne en aide à quiconque se mettra en travers de notre chemin.

Knox nous guide à travers la tempête qui s'aggrave, les phares peinant à percer l'épais rideau de neige. Chaque minute semble durer une heure. Les images de surveillance que Dominic a récupérées montraient leur véhicule se dirigeant vers le nord, mais après une cinquantaine de kilomètres de conduite prudente, nous arrivons à un embranchement qui se divise en trois routes dans l'obscurité.

— On perd les images des caméras bien avant. Alors, quelle putain de route maintenant ? déclare Dominic.

Les yeux de Knox se plissent tandis qu'il étudie chaque route, les essuie-glaces menant une bataille perdue d'avance contre la tempête. Il se penche en avant.

— Ces deux chemins sur la gauche ? Juste des autoroutes. Rien que du vide pendant des heures. Mais par là ? Il montre la bifurcation de droite. — Il y a un tas de vieux bâtiments. Quelques ranchs abandonnés. Marcus n'essaie pas de quitter la ville. Il a juste besoin de garder Ruby cachée jusqu'à la veille de Noël.

— Trois jours, je gronde, les mots ayant un goût de cendre dans ma bouche.

— Exactement. Knox passe en première. — Il voudra rester près de la ville lui-même. Les routes principales sont trop évidentes. Ça doit être par là, et on va les fouiller un par un jusqu'à ce qu'on la trouve.

Dominic murmure son accord alors que Knox prend le virage, nos phares illuminant le chemin enneigé devant nous.

Tiens bon, ma belle.
On arrive…

22

RUBY

Marcus me domine de toute sa hauteur, un sourire suffisant déformant son visage en un masque hideux. La faible lumière qui filtre par la fenêtre crasseuse fait ressortir les fils d'argent dans ses cheveux. Tout en lui me donne la chair de poule.

— Tu devrais vraiment me remercier pour ça, Ruby.

— Te remercier ? je crache les mots comme du venin. Pour quoi, au juste ? Pour avoir montré ton vrai visage, celui d'une excuse pathétique d'Alpha qui doit enchaîner les femmes pour se sentir puissant ?

Mes poignets me lancent là où les chaînes me scient la peau, mais je me force à me redresser sur le lit auquel je suis attachée, refusant de me laisser intimider. Il avait pris mon sac et mon téléphone, me laissant démunie.

— Ne le prends pas mal. Tu étais en train de couler ce bar. Les Omégas comme toi ne savent pas gérer d'entreprise ; vous feriez mieux de servir vos Alphas. Alors, je te rends service, même si tu ne t'en rends pas compte pour l'instant.

— Le couler ? Un rire rauque m'échappe. J'imagine que ça doit te bouffer de l'intérieur, de voir une Oméga réussir là où tu as échoué. Combien d'entreprises tu diriges, toi, en ce moment ? Aucune ! Ou alors, tu détestes les Omégas simplement parce que tu n'en trouves aucune pour aimer le monstre que tu es ?

— La ferme, putain, lance-t-il sèchement. Tu ne sais rien.

Son sourire narquois vacille une fraction de seconde, et j'enfonce le clou.

— Que dirait ton beau-père s'il te voyait maintenant ? En train de kidnapper des femmes parce que tu es incapable de…

Le revers de sa main heurte mon visage, faisant basculer ma tête sur le côté. Un goût métallique de sang emplit ma bouche, et je gémis, ayant l'impression que mon crâne va se fendre. Putain, qu'est-ce que ça a fait mal.

— La police viendra te chercher quand ils le découvriront.

Mes pensées s'envolent vers les trois Alphas qui m'ont brisée, mais qui ne quittent pourtant jamais mes pensées. Je veux croire qu'ils pourraient venir me chercher. Mais à qui je veux faire croire ça ?

Il glousse comme un fou.

— Tu crois que quelqu'un va te croire ? En plus, tu n'as pas d'Alphas à tes côtés, et ce n'est qu'une petite assurance pour que ces putains de connards ne fourrent pas leur nez dans tes affaires jusqu'à la veille de Noël. Après ça, Ruby, je te conseille d'aller les voir, d'écarter les jambes et de devenir leur Oméga pour ne pas te retrouver à la rue.

Je grince des dents, sans jamais avoir réalisé que je pouvais haïr quelqu'un autant que je le hais, lui.

— Tu es encore plus pathétique que je ne le pensais, putain.

— Quel langage… Il redresse les épaules. Et moi qui suis prévenant, te donnant même des conseils parce que je ne veux pas te voir sans rien. Tu as juste besoin d'apprendre ta place, c'est tout. Ta tante Eve n'était pas beaucoup plus intelligente, tu sais, mais dire des gentillesses à des gens comme elle peut leur faire croire que tu es quelqu'un de bien et te faire ajouter à leur testament.

Ses mots me transpercent. Il s'est joué de ma tante ? Elle m'avait dit que c'était un homme respectable qui était simplement perdu et avait besoin de conseils dans ce monde, mais il lui a menti depuis le début.

Mon sang se glace.

— N'ose même pas parler d'elle. Tu n'es pas digne de prononcer son nom, espèce de…

— Profite bien de ton séjour, Ruby, me coupe-t-il en se dirigeant vers la porte. Peut-être qu'un peu de temps au calme t'aidera à corriger cette attitude.

Puis il disparaît, et je suis seule dans cette pièce délabrée, avec pour seule lumière celle de la fenêtre à l'autre bout de la pièce.

De l'autre côté de la porte, des voix murmurent — Marcus et au moins une autre personne.

Je tire à nouveau sur les chaînes, sifflant de douleur alors qu'elles s'enfoncent plus profondément dans mes poignets déjà à vif. Je parie que Marcus les a achetées dans un vide-grenier. La pièce s'assombrit, et la panique me serre la gorge. Je la ravale.

Non. Non, tu n'as pas le droit de t'effondrer maintenant, Ruby. Réfléchis.

Le vieux cadre de lit grince alors que je m'affale sur le matelas, balayant la pièce du regard à la recherche de quelque chose d'utile. Le fleuron décoratif du montant d'angle attire mon regard. Il est mal fixé depuis que je suis arrivée et vacille légèrement à chacun de mes mouvements.

J'étire le bras dans sa direction jusqu'à ce que mon épaule hurle de protestation. Mes doigts effleurent le métal froid, mais je ne l'atteins pas tout à fait.

— Sérieusement ?

Je ramène mes genoux sous moi pour essayer

d'avoir un meilleur appui. Le matelas gémit et je me fige, ne voulant pas faire trop de bruit et attirer l'attention de Marcus.

Cette fois, j'arrive à saisir le fleuron en métal, mes doigts s'enroulant autour. L'objet est froid et rugueux à cause de la rouille, mais il bouge quand je le fais tourner.

Il ne se passe rien.

Allez, saloperie. Je le fais jouer d'avant en arrière, en ignorant la brûlure dans mes muscles.

Un bruit à l'extérieur de la chambre me fait retenir ma respiration. Des bruits de pas ? Non, juste le vent. La maison gémit autour de moi comme si elle souffrait.

Mes bras tremblent maintenant, mais je continue de m'acharner sur le fleuron. Je pense au bar et au fait que Marcus est probablement en train de faire l'inventaire des moyens de le démolir et de détruire tous mes souvenirs avec ma tante Eve.

J'ai tout donné pour ce bar l'année dernière pour qu'il réussisse, et je ne veux pas le perdre. Je m'y sens chez moi, comme si Eve était toujours là.

Je fais une pause, laissant reposer mon bras tremblant, puis j'essaie à nouveau. Je n'abandonnerai pas.

Le fleuron se détache si soudainement que je manque de me le prendre en plein visage. Je le rattrape de justesse avant qu'il ne puisse tomber bruyamment sur le sol, mon cœur battant la chamade.

Rapidement, j'examine la serrure des chaînes. Puis je commence à y insérer la vis fine et pointue attachée à sa base. Lily m'a appris à crocheter des serrures après que je me suis retrouvée enfermée hors de mon bar.

Tout est une question de sentir les goupilles, m'avait-elle dit, en faisant la démonstration avec une épingle à cheveux. Il faut les pousser une par une jusqu'à ce qu'elles se bloquent. Comme résoudre un puzzle avec les doigts.

Je positionne le métal juste comme il faut, de la manière dont elle me l'a montré, en exerçant une pression prudente vers le haut. Mes doigts travaillent à l'aveugle, cherchant cette résistance révélatrice qui signifie que j'en ai trouvé une. Le métal racle contre le métal alors que je sonde plus profondément. Un petit déclic retentit, et je souris. Une goupille de faite. Maintenant, les autres.

Les minutes s'égrènent alors que je sonde la serrure, refusant d'abandonner.

Encore un petit déclic, puis un autre, le bruit presque couvert par le hurlement du vent à l'extérieur. La manille s'ouvre brusquement.

Oui ! Va te faire foutre, Marcus.

Libérée des chaînes, je glisse hors du lit. Les lattes du plancher craquent sous mes pieds, et je grimace. Silence, silence, silence.

Un éclat de rire quelque part dans la maison me fait sursauter. La voix de Marcus traverse les vieux murs, il parle de passer un coup de fil. Son ton désinvolte me retourne l'estomac, comme s'il était à une réunion d'affaires au lieu de retenir quelqu'un en otage. Ce salaud est probablement en train d'appeler ses copains investisseurs, planifiant comment dépecer mon bar.

Je décide d'éviter la porte et de me diriger directement vers la fenêtre. Le vent souffle plus fort à l'extérieur, faisant trembler les vitres. La neige tourbillonne derrière le verre sale, assez épaisse pour masquer tout ce qui se trouve à plus de quelques mètres.

Mes doigts parcourent le cadre de la fenêtre, trouvant une serrure similaire à celle de mes chaînes, mais celle-ci est encroûtée par des années de peinture et de rouille. Lancer quelque chose à travers la vitre est hors de question. Autant sonner la cloche du dîner pour tout le monde en bas.

Alors, je sors mon crochet et je me mets au travail. Quelques minutes plus tard, rien. La serrure est pire que ce que je pensais ; chaque mouvement subtil me donne l'impression d'essayer de déplacer du béton plutôt que du métal.

Allez, foutu tas de rouille de…

La serrure finit par céder dans un grincement qui semble assez fort pour réveiller les morts. Je me fige, retenant ma respiration, mais les voix dans la maison continuent leur conversation étouffée.

Mes mains tremblent tandis que je soulève doucement la fenêtre, priant pour que le vieux cadre ne grince pas. L'air froid s'engouffre, charriant avec lui des flocons de neige cinglants. Le toit en pente en contrebas est couvert d'au moins quinze centimètres de poudreuse, mais il a l'air assez solide. Je suis au premier étage.

J'hésite un instant, je ne veux pas me casser une jambe, mais si je ne fais rien, je perds tout. J'enjambe le rebord de la fenêtre, une jambe après l'autre, reconnaissante de porter encore mes bottes.

En me glissant sur le toit inférieur qui avance sous la pièce où je me trouve, je trouve un appui stable, la neige craquant sous mes pieds. La pente n'est pas trop raide, mais un faux pas sur cette surface glissante et je ferai assez de bruit pour que Marcus arrive en courant. Ou je tomberai et me briserai la nuque, ce qui lui ferait probablement sa journée.

Des bruits de pas à l'extérieur de la chambre.

Mon cœur s'arrête.

— Non, non, non… Je m'écrase contre le mur extérieur près de la fenêtre, la neige me recouvrant, le froid s'infiltrant en moi. Les bruits de pas dépassent la porte de ma chambre et continuent dans le couloir, mais je sais que mon temps est compté. Ils viendront bientôt voir si tout va bien.

Par meilleur temps, ce serait une escalade facile. Dans cette tempête, avec des doigts engourdis et des jambes tremblantes…

Je dois bouger.

Le cœur battant à tout rompre, je m'agrippe au cadre de la fenêtre avec mes doigts gourds, perchée sur le rebord étroit. Deux mètres cinquante plus bas, la partie inférieure du toit disparaît dans un tourbillon de neige. Je me baisse pour m'asseoir, les bardeaux rugueux raclant mes vêtements tandis que je me traîne vers le bord. Mes muscles tremblent à la fois de froid et de peur. Une pointe acérée — un clou mal enfoncé ou une gouttière cassée — accroche mon manteau, et je dois m'arrêter, retenant à peine ma respiration pendant que je m'efforce de me libérer sans faire de bruit.

Je tends la main en arrière pour me dégager.

L'accroc dans ma veste se libère soudainement, et le monde bascule alors que je plonge en avant, dégringolant sur les bardeaux enneigés. L'estomac au bord des lèvres, j'atterris sur le sol neigeux, l'air chassé de mes poumons, et je sens le goût du cuivre là où je me suis mordu la lèvre pour ne pas crier. Je reste immobile, le cœur battant si fort que je crains qu'ils ne l'entendent à l'intérieur, à l'affût du moindre signe indiquant que j'ai été découverte.

Rien.

À travers les tourbillons de neige, j'aperçois la camionnette noire sur le côté de la propriété. Ma poitrine se serre alors que des souvenirs refont surface : moi, coincée dans une tempête en montagne, une nuit d'orage, mes doigts devenant bleus, la dangereuse confusion de l'hypothermie s'installant. Les bois, par ce temps, seraient une mort certaine. La camionnette pourrait avoir les clés, pourrait être déverrouillée… Je dois essayer.

Je me relève, courbée contre le vent glacial. Précipitamment, je contourne la maison. La neige étouffe mes pas mais cache aussi des plaques de glace. Je suis à mi-chemin de la camionnette…

Une douleur fulgurante explose sur mon crâne quand quelqu'un m'attrape les cheveux, me tirant brusquement en arrière. Un cri s'échappe de ma gorge alors que je m'écrase au sol. Le froid s'infiltre instantanément à travers mes vêtements tandis qu'une fureur brûle dans ma poitrine comme une chose vivante. Avant que je puisse me relever, des mains rudes me saisissent à la gorge par-derrière.

L'entraînement de Dominic prend le dessus sur la panique. Je lance mon coude en arrière de toutes mes forces, sentant le craquement satisfaisant de l'impact et un grognement de douleur. Mon talon s'abat de tout son poids sur un pied, et je me dégage violemment… seulement pour voir Marcus apparaître tel un cauchemar. Le connard derrière moi me donne un coup de pied dans les jambes, et je m'écrase le visage dans la neige. Un hurlement m'échappe.

Putain. Putain !

Je me redresse sur mes bras tremblants, mais Marcus me repousse au sol.

— Reste à terre, salope, aboie-t-il.

Je m'étale par terre et, en roulant sur le dos, je les vois, lui et son complice masqué, se dresser au-dessus de moi, tels des géants sombres se découpant sur le ciel neigeux.

— Traîne-la à l'intérieur, crache Marcus. C'est toi qui la surveilles, cette fois. Assure-toi qu'elle ne bouge pas.

L'homme à la cagoule grogne, sa main épaisse se tendant vers ma gorge…

En un éclair, il est projeté en arrière. Trois silhouettes familières surgissent de la tempête, tels des anges. Dominic et Garrett percutent le colosse et l'envoient au sol. Le poing de Knox s'abat sur la mâchoire de Marcus dans un craquement sonore, et je retrouve ce dernier à genoux, en train de prendre la raclée qu'il mérite, putain.

— Vous êtes venus pour moi, je murmure, les mots étranglés dans ma gorge tandis que les larmes gèlent sur mes joues.

Le colosse se débat pour se relever, mais Dominic est déjà derrière lui, lui enserrant la gorge de son bras.

— Tu l'as touchée, grogne-t-il, la voix pleine d'une promesse de vengeance. Grosse erreur.

L'énorme brute se débat contre l'emprise de Dominic, ses bras musclés se balançant sauvagement pour tenter de se libérer. Ses pieds donnent des coups, faisant voler la neige, mais Garrett est là, le martelant de coups de poing tandis que l'étreinte de

Dominic se resserre sur sa gorge. Le visage du malfrat pâlit et ses mouvements se ralentissent. Je ne veux pas voir ça, mais je suis incapable de détourner le regard.

Les mains qui griffaient les bras de Dominic commencent à retomber, ses jambes flageolant sous lui. Un bruit d'étouffement humide s'échappe de derrière la cagoule, et ses yeux se révulsent. Finalement, son corps massif s'affaisse, poids mort dans les bras de Dominic alors qu'il perd connaissance. Ce dernier le laisse tomber dans la neige.

Dès que l'homme de main s'écroule, Garrett s'éloigne et me rejoint en trois longues enjambées. Ses mains sont d'une douceur infinie lorsqu'elles encadrent mon visage, balayant la neige et les larmes dont je n'avais pas conscience. Ses yeux profonds scrutent mon visage.

— Tu es blessée, mon cœur ? Sa voix se brise. Putain, je mourrais s'il t'arrivait quelque chose. S'il te plaît, Ruby, dis-moi qu'il ne t'a pas fait de mal. Dis-moi qu'on n'est pas arrivés trop tard.

Je secoue la tête, submergée par l'émotion. Son odeur familière me serre la poitrine, tant ils m'ont manqué. Même à travers le souvenir de la trahison, le fait qu'ils soient venus pour moi fait voler quelque chose en éclats en moi.

— Ça va, j'arrive à dire. J'ai juste froid. Si froid.

Dominic traîne le malfrat inconscient à l'intérieur par le pied pendant que Knox maintient Marcus au sol, une lourde botte sur sa poitrine. Du sang coule du nez de Marcus tandis qu'il gémit de pathétiques excuses.

— La ferme, putain, gronde Knox en appuyant plus fort. Ses yeux bleu glacier croisent les miens et s'adoucissent instantanément. J'ai cru mourir de ne pas te voir ces derniers jours, ma jolie.

Je fonds de l'intérieur.

— On va arranger ça. Il déglutit difficilement. Il faut que tu nous laisses essayer. S'il te plaît.

Dominic revient de la maison avec une corde et commence à lier les jambes de Marcus aux chevilles, puis ses poignets, pendant que Knox le relève. Je reste blottie contre Garrett, avide de sa chaleur et de sa protection malgré tout. La douleur dans les yeux sombres de Dominic est à vif lorsqu'il croise mon regard.

— Je suis tellement désolé, mon ange, dit-il doucement en s'approchant de moi. On t'a cherchée partout depuis que tu as disparu. On devenait fous. Sa main plane près de ma joue, mais sans vraiment la toucher. On va arranger ça, tu verras. Peu importe le prix.

Les mots me manquent alors que les larmes me piquent les yeux. Le froid fait claquer mes dents, et Garrett me serre plus fort, son menton posé sur ma tête. Knox parle à voix basse à Dominic, quelque chose à propos de s'occuper des renforts qu'il a appelés, pendant que Marcus continue de pleurnicher.

Je n'arrive toujours pas à croire qu'ils m'aient trouvée, qu'ils m'aient sauvée, qu'ils aient fait payer ce connard.

— Il faut qu'on parte, murmure Garrett contre mes cheveux. Te mettre au chaud. — Il hésite. À la maison, si tu nous le permets.

Je hoche la tête.

— J'aimerais bien.

Ils chargent Marcus, ligoté et sanglotant, à l'arrière du SUV, et Knox revient vers moi pour me prendre dans ses bras. Son odeur de chocolat et d'orage m'enveloppe comme une couverture.

— Tu es à moi. À nous. — Il m'embrasse sur le front, ses lèvres chaudes contre ma peau glacée.

— À nous ? je demande en les regardant tous les trois alors que les deux autres approchent, leurs bottes crissant dans la neige. Nous sommes sous l'avancée du toit, à l'arrière de la maison, à l'abri du plus fort de la tempête, mais leur souffle forme toujours des nuages de buée blanche dans l'air glacial.

À ma grande surprise, les trois Alphas s'agenouillent devant moi, la neige trempant leur jean. Les yeux bleu glacier de Knox brillent de larmes non versées, tandis que les mains de Garrett tremblent en attrapant les miennes. L'expression habituellement sévère de Dominic s'est effondrée, laissant place à une vulnérabilité brute.

— Nous avions l'intention de te partager depuis le début, commence Garrett, la voix rauque. Si tu nous voulais tous les trois. Mais on voulait te rencontrer d'abord, pour nous assurer que le courant passerait naturellement, sans pression.

— Ensuite, il y a eu la compatibilité olfactive, poursuit Dominic en passant une main dans ses cheveux noirs. Cette connexion irrésistible à laquelle aucun de nous n'aurait pu renoncer, même en essayant. Il faut que tu comprennes, Ruby... Dès l'instant où j'ai senti ton odeur, mon monde entier a basculé.

Knox me serre la main.

— On avait prévu de te rencontrer séparément parce qu'on voulait que tu nous voies dans notre vie de tous les jours. Pas de faux-semblants de premier rendez-vous, pas de pression. Juste de vrais liens qui se formeraient naturellement au bar, à la brasserie, pendant les cours de ski. Mais on a merdé. — Sa voix se brise. On t'a retiré le droit de faire ce choix toi-même.

— Sans toi, je perds la tête, avoue Garrett, la neige fondant dans ses cheveux sombres. Chaque fois que quelqu'un commande un verre à la brasserie, je me retourne, m'attendant à te voir. Je mettrais le feu au monde entier pour arranger les choses.

Les larmes me piquent les yeux alors que je les regarde : trois puissants Alphas à genoux dans la neige, leurs visages marqués par le regret et le désir. Au plus profond de moi, au-delà de la blessure, je sais qu'ils disent la vérité. Mais...

— Je suis toujours furieuse contre vous, dis-je, la voix tremblante. Vous savez combien de personnes dans ma vie ont essayé de me dire ce qu'un Oméga peut ou ne peut pas faire ? Quels choix j'ai le droit de faire ?

— On a merdé, reconnaît Dominic, ses yeux sombres intenses. Qu'est-ce qu'on peut faire pour te montrer qu'on est désolés ?

J'enroule mes bras autour de moi, luttant contre l'envie de me jeter dans leur étreinte.

— Du temps, je murmure. Si vous êtes sérieux à ce sujet, à notre sujet, vous serez patients. Peut-être qu'on pourra essayer de nouveau d'avoir des rendez-vous normaux, de tout recommencer…

— Oui, disent-ils à l'unisson, l'espoir fleurissant sur leurs visages.

— Tout ce que tu voudras, ajoute Dominic, puis il échange des regards chargés de sens avec les autres. On prendra tout le temps dont tu as besoin, sauf pour une chose…

Mon cœur s'emballe alors qu'ils se regardent, puis se tournent à nouveau vers moi.

— Nous n'avons rien à t'offrir pour le moment, dit Knox doucement.

— Mais… poursuit Garrett.

— Veux-tu nous épouser ? demandent-ils ensemble.

Je les dévisage, des flocons de neige fous s'accrochant à mes cils, mon cœur menaçant d'exploser dans ma poitrine. Trois paires d'yeux — bleu glacier, vert forêt et brun foncé — me regardent avec un espoir et un amour si nus que j'en ai le souffle coupé.

— Pourquoi est-ce que tu dis ça ? je parviens à articuler, la gorge nouée alors que les larmes me brouillent la vue. Je voulais te faire souffrir encore un peu, et voilà que tu me sors ça ? Je secoue la tête, mais quelque chose dans leurs regards intenses fait rater un battement à mon cœur. Au fond de moi, je crois bien savoir pourquoi.

Garrett se relève, secouant la neige de ses genoux. Les autres font de même.

— Nous connaissons la vérité sur le testament de ta tante, et il est hors de question qu'on laisse Marcus te prendre ton bar. Nous allons t'épouser, ma belle, et si tu ne veux pas de nous, nous nous effacerons et ne te prendrons rien. Nous avons tout ce que nous pourrions désirer... l'argent, le succès, à l'exception d'une chose... un Oméga à aimer.

— Tu es tout pour nous, ajoute Knox, la voix rauque. Ces derniers jours sans toi, sans savoir si tu étais en sécurité, ont été une torture.

Dominic s'approche, sa présence d'une tendresse déchirante.

— Nous passerons nos vies à te protéger, à te chérir, si tu nous le permets.

Je couvre mon visage de mes mains alors que les larmes coulent à flots, ma poitrine se serrant. C'est dingue ; toute cette situation est insensée. C'est comme un rêve fou où tout ce que j'ai toujours voulu se réalise de la manière la plus chaotique qui soit. Une partie de moi craint que ce soit trop rapide, trop tôt, mais une autre partie sait avec une certitude viscérale que c'est le bon choix. Et après ce que Marcus vient d'essayer… je ne peux pas le laisser gagner. Pas alors qu'il me reste trois jours…

Ils m'entourent, des bras puissants m'enveloppant de leur chaleur et de leurs odeurs familières. Soudain, je ne touche plus le sol, blottie contre le torse de Dominic.

— Bon, allons te mettre au chaud, me murmure-t-il à l'oreille.

Dans le SUV, Marcus gémit, là où ils l'ont coincé entre la portière et les sièges arrière, les suppliant de le relâcher. Dominic jette un coup d'œil en arrière.

— Oh, on va te déposer chez ton père. Il veut te voir… il sait tout ce que tu as manigancé. Son sourire est carnassier. Et juste pour que tu le saches, si tu t'approches de l'un d'entre nous, et surtout de Ruby, je te briserai un os à chaque putain de fois, en commençant par ton cou. Estime-toi heureux qu'on ne t'ait pas enterré dans les bois aujourd'hui. Mais il y aura toujours une autre occasion si tu croises à nouveau notre chemin.

Le silence est magnifique.

Je suis blottie entre Dominic et Garrett pendant que Knox conduit. Ses yeux bleu glacier croisent les miens dans le rétroviseur avec de légers sourires qui font s'emballer mon cœur. C'est irréel – la chaleur de leurs corps, la douceur avec laquelle ils me touchent, comme si je risquais de disparaître s'ils me lâchaient. Après tout ce qui s'est passé, je devrais être plus effrayée, plus incertaine. Au lieu de ça, je me sens… chez moi.

Ils s'arrêtent devant un immense immeuble de bureaux, puis Knox et Dominic traînent Marcus à l'intérieur.

— Qu'est-ce qui va lui arriver ? je demande à Garrett.

— Quelque chose de grave, j'espère.

— Vraiment horrible, j'ajoute, et nous rions tous les deux. Il me serre contre lui, se blottissant dans mon cou. Juste pour que tu saches, on ne va plus jamais te perdre de vue. Chaque jour, on sera dans ton bar jusqu'à ce que tu sois prête à nous avoir… à vivre avec nous.

Je cligne des yeux, surprise par la vitesse à laquelle tout se passe, même si cela me semble juste.

— Trois maisons, trois Alphas… c'est quoi, une sorte de planning de garde alternée ? je le taquine.

Garrett glousse en me prenant le visage en coupe.

— Notre plus grand regret est de t'avoir fait du mal. Nous allons passer le reste de notre vie à nous faire pardonner. Tu le sais, n'est-ce pas ?

Les larmes me montent à nouveau aux yeux – s'arrêteront-elles un jour ?

— Je te prends au mot.

Après un bon quart d'heure, les autres reviennent, et Knox rit alors que nous nous éloignons.

— Ce connard de Marcus pourrait bien se faire déshériter par son beau-père. On lui a tout pris, il se retrouve sans le sou…

La mâchoire m'en tombe. — Après toutes les fois où il m'a dit que je finirais sans rien, à la rue… Je pousse un cri de joie qui les fait tous rire. — Vous n'avez pas idée à quel point ça me rend heureuse d'apprendre qu'il va souffrir. Et c'est à vous trois que je le dois.

— Ce n'est que le début de tout ce que nous ferons pour que tu aies toujours le sourire, promet Knox, alors que son regard croise le mien dans le miroir avec une telle tendresse que j'en ai la poitrine qui se serre.

Et d'une manière ou d'une autre, malgré tout, je le crois. Je crois en eux. En nous.

23

RUBY

Le SUV s'arrête devant le Bureau de l'État Civil, son imposante façade en pierre saupoudrée de neige fraîche. Malgré l'heure tardive, une lumière chaude s'échappe de quelques fenêtres, faisant danser les flocons comme des étoiles filantes. Mon estomac se noue nerveuse-ment quand je réalise que ce n'est pas la route vers chez moi.

— Qu'est-ce qu'on fait ici, maintenant ?

Dans le rétroviseur, les yeux bleus de Knox croisent les miens, une lueur malicieuse dans le regard.

Dominic prend ma main dans la sienne. — On a fait jouer nos relations pendant qu'on déposait Marcus. Il me fait un clin d'œil, et je ressens cette sensation qui me fait fondre et qui m'énerve toujours autant. Vraiment. — Si tu es d'accord, on veut t'épouser ce soir. Faire enregistrer les papiers immédiatement, puisqu'il ne te reste que trois jours. Mon avocat nous rejoint aussi avec les documents pour le testament.

— On ne prend aucun risque, dit Garrett, sa main chaude sur ma cuisse.

Ce contact envoie une spirale de chaleur à travers moi, et je bouge sur mon siège, ce qui me vaut des regards malicieux de la part des trois Alphas. Maudits soient-ils.

— Mais… comment ça fonctionne, au juste ? je demande en faisant un geste entre nous quatre, essayant d'ignorer à quel point ils sentent bon, à quel point il semble juste d'être entourée par eux. — Je veux dire, légalement ?

Knox se tourne sur son siège, ses yeux bleu glacier pétillants. — Il y a des dispositions spéciales dans la loi Alpha-Oméga pour les mariages multiples. Des circonstances spécifiques où jusqu'à cinq Alphas peuvent épouser un seul Oméga.

— Comme quoi ? je demande, sincèrement curieuse malgré moi.

— La compatibilité olfactive est la principale, explique Garrett, son pouce dessinant des cercles distrayants sur ma cuisse. — Quand plusieurs Alphas ressentent une connexion olfactive irréversible avec le même Oméga, c'est considéré comme un impératif biologique.

— Et aussi, les enchevêtrements professionnels,

ajoute Dominic. — Quand les entreprises de plusieurs Alphas sont interconnectées avec l'établissement d'un Oméga. La loi reconnaît le besoin pratique d'une protection juridique pour toutes les parties.

— Notre avocat a aidé à monter notre dossier, continue Knox. — Aucun de nous ne pouvait supporter l'idée qu'un seul puisse t'appeler sa femme. Sa voix se fait plus basse, me faisant frissonner d'excitation. — Nous voulons tous notre marque sur toi, notre nom à côté du tien.

Je rougis violemment, mais je leur rappelle : — Vous trois, vous avez encore beaucoup à vous faire pardonner.

Ils me regardent tous avec une telle intensité que ma peau picote.

— Tu es magnifique quand tu souris, murmure Garrett en glissant une mèche de cheveux derrière mon oreille.

— Ouais, eh bien, je suis toujours en colère contre vous trois, je dis en essayant de paraître sévère.

— Et tu as raison de l'être, admet Knox l'air tout à fait contrit.

— Mais peut-être que pour aujourd'hui seulement, tu pourrais nous accorder ton indulgence si nous allons nous marier, suggère Dominic.

J'éclate de rire, le son remplissant la voiture de

chaleur. Ils se joignent à moi, sachant que c'est de la folie, et pourtant, j'adore l'idée.

Mon cœur s'emballe tandis que je regarde ces trois hommes incroyables qui ont bouleversé mon monde. Je suis toujours en colère, toujours blessée, mais en regardant la neige tomber autour de nous, en sentant leur amour et leur protection m'envelopper comme une couverture, je ne peux m'empêcher de penser que parfois, les décisions les plus folles sont les bonnes.

— Alors ? demande doucement Garrett. — Prête à devenir Mme Reynolds-Anderson-Chase ?

— Ça en fait des promesses, je taquine, mais ma voix s'étrangle tandis que trois paires d'yeux se fixent sur moi avec une telle intensité brûlante que j'en oublie de respirer.

— Ce n'est qu'un avant-goût de ce que nous allons t'offrir, ronronne Knox, et soudain, il fait très, très chaud dans la voiture.

Bon. Le mariage d'abord. Ensuite, je verrai comment continuer à leur en vouloir tout en sachant que mes chaleurs bouillonnent juste sous la surface. Être une Oméga, c'est compliqué.

[**R**uby]

Plus tard, mon cœur bat la chamade alors que je me tiens juste devant les portes de la salle de cérémonie, peinant à croire que cela arrive vraiment. Une heure plus tôt, Lily et Hannah avaient déferlé comme des tornades, avec Ash dans leur sillage, armées d'une robe, de maquillage et d'expressions déterminées.

La robe qu'elles ont apportée est parfaite : une soie d'un blanc nacré, fluide comme l'eau, qui épouse mes formes avant de retomber en un doux mouvement jusqu'à mes genoux. De délicates perles captent la lumière sur l'encolure droite et les mancherons. Mes cheveux sont relevés en un chignon torsadé, œuvre des mains expertes de Lily, et de douces mèches encadrent mon visage. Le rendu global est nuptial, sans faire ouvertement robe de mariée.

— Prête ? me demande Lily en me serrant la main, ses yeux brillants de larmes de joie. Tu es si belle.

Je prends une grande inspiration, les yeux déjà piquants.— Je n'arrive pas à croire que je vais me marier. Il y a quelques heures, je m'échappais par une fenêtre.

Hannah rit doucement.— Et maintenant, tu épouses trois des Alphas les plus canons de la ville. La vie est marrante, parfois.

Mon estomac est envahi de papillons.

Les portes s'ouvrent, et mon souffle se coupe. La

pièce semble irréelle dans la lumière du soir, la neige tombant doucement derrière les hautes fenêtres. Mes Alphas… Mon Dieu. Ils se tiennent à l'avant dans des costumes de cérémonie empruntés, et cette vision achève de me faire perdre le peu de contenance qu'il me restait.

Les yeux bleu glacier de Knox se plantent dans les miens, son attitude habituellement décontractée transformée en quelque chose de puissant dans ce costume noir. Le doux sourire de Garrett a une pointe de possessivité qui me fait sourire face à sa malice. Et Dominic… la grâce dangereuse que j'ai toujours perçue en lui est pleinement exposée, ses yeux sombres brûlant d'intensité en suivant chacun de mes mouvements.

Mes pieds m'entraînent en avant. Moi qui m'inquiétais de leur avouer mes sentiments pour chacun d'eux, et pendant tout ce temps, ils avaient l'intention de me partager. Je ne devrais pas être en train de penser à la façon dont cela fonctionnera dans la chambre – je leur en veux toujours. Mais en les observant me regarder, il est difficile de m'accrocher à cette colère. Surtout quand je sais pourquoi nous précipitons cette cérémonie.

C'est pour m'aider avec le testament.

L'ajout de l'avocat au contrat de mariage a tout scellé pour moi : si nous nous séparons, je garde mon bar en totalité et j'obtiens la moitié de leurs actifs combinés, tandis qu'ils ne peuvent pas toucher à ce qui est à moi. Pour eux, il ne s'agissait pas d'argent. Il n'a jamais été question que de moi.

Quand je les atteins, ils se disposent autour de moi — Garrett et Knox de chaque côté, Dominic formant un demi-cercle protecteur en se tenant derrière moi. Leurs odeurs m'enveloppent comme un bouclier, me faisant me sentir plus en sécurité que jamais.

— Mes bien chers frères, commence l'officiant, mais j'entends à peine les mots. Je suis trop absorbée par l'intensité qui émane de mes Alphas, par la façon dont ils ne cessent de me toucher — la main de Garrett dans le bas de mon dos, les doigts de Knox effleurant mon épaule, le souffle chaud de Dominic contre mon cou.

Une larme s'échappe, et Knox la rattrape avec son pouce. Ils me serrent plus près, et je sais avec une certitude absolue que je n'oublierai jamais ce moment. Aussi magique et précipité soit-il, il est parfait à sa manière.

La voix de l'officiant transperce ma torpeur.

— Vous, Ruby Winters, acceptez-vous de prendre ces trois Alphas pour époux légitimes ?

— Oui, je le veux, j'arrive à dire, la voix étranglée par l'émotion.

Leurs « oui » respectifs vibrent en moi.

Nous signons les papiers — moi la première, puis mes Alphas, et enfin nos amis comme témoins. L'avocat appose son sceau officiel, rendant le tout légal et exécutoire. Et c'est ainsi que je me retrouve mariée. À trois hommes. Qui m'embrassent maintenant un par un — Garrett, avec douceur et tendresse, Knox, passionné et possessif, Dominic, profond et dominateur. Et j'ai gardé mon bar…

Mes doigts effleurent le pendentif en forme de flocon de neige à mon cou, et j'adresse un remerciement silencieux à tante Eve. J'avais maudit cette folle clause de mariage dans son testament, détestant la façon dont elle essayait de contrôler ma vie, mais sans elle, je n'aurais peut-être jamais trouvé mes trois héros. Peut-être qu'elle savait quelque chose que j'ignorais depuis le début.

— Demain, on te trouvera des bagues dignes de ce nom, murmure Dominic contre ma tempe.

— On fait tout à l'envers, dis-je en riant à travers mes larmes.

— Ça a été à l'envers depuis le début, sourit Knox. Pourquoi changer maintenant ?

Nos amis nous entourent de leurs étreintes et de leurs félicitations. Lily et Hannah pleurent aussi, me serrant fort dans leurs bras et déclarant que c'était écrit.

Ash m'attire dans une étreinte d'ours. — Il était temps, bon sang. Mais je dois demander… vous prenez des congés pour une lune de miel ?

Je secoue la tête, encore toute étourdie. — Tout ça est arrivé si vite… Je veux juste me concentrer sur le moment présent. Je le serre dans mes bras en retour, si reconnaissante d'avoir de tels amis autour de moi.

Peu de temps après, la fête se déplace dans la boulangerie de Lily et Hannah, transformée au pied levé en un espace de réception intime. Une musique douce est diffusée tandis que des guirlandes lumineuses scintillent au-dessus de nos têtes. Elles ont réussi à préparer un magnifique gâteau à trois étages décoré de fleurs fraîches et de rubans argentés.

— Je n'arrive pas à croire que j'ai trois maris, dis-je pour ce qui est probablement la centième fois, faisant rire tout le monde alors que nous nous rassemblons autour du gâteau.

— Alors… les arrangements pour dormir ? lance Lily en haussant les sourcils d'un air malicieux. Parce que, ma chérie, j'ai vu ton lit. Il n'est pas vraiment conçu pour quatre.

— Lily ! je sens mon visage s'enflammer, soudain très consciente que je n'ai pas vraiment pensé à la logistique.

— Ne t'en fais pas, on a tout prévu, dit Dominic avec un sourire en coin qui me rend à la fois nerveuse et excitée.

— Ah oui ? je demande, ce qui leur arrache des gloussements à tous les trois.

Garrett m'attire contre lui, ses lèvres frôlant mon oreille. — Mon ange, tu ne vas pas passer notre nuit de noces seule. Surtout si près de tes chaleurs. J'essaie de cacher ma rougeur pendant que tout le monde fait semblant de ne pas avoir entendu cette observation très personnelle, mais c'est impossible quand mes Alphas me regardent comme s'ils voulaient me dévorer toute crue.

— Bref, je lance d'une voix forte, ce qui fait sourire tout le monde. Garrett se contente de me serrer plus fort, déposant un baiser sur le sommet de ma tête.

La fête est parfaite, remplie de rires et de tant d'amour que je suis sur le point d'exploser. Au moment où nous sommes prêts à partir, je flotte sur un nuage de bonheur et de gâteau. Puis ça me frappe — une vague de chaleur si intense que mes genoux manquent de se dérober. Je tombe dans les bras de Knox, qui me rattrape instantanément. Une humidité soudaine inonde ma culotte, et mon ventre se contracte sous l'effet d'un besoin soudain et désespéré.

Oh putain. Mes chaleurs sont là, et elles m'ont frappée de plein fouet.

Les trois Alphas se figent, leurs narines frémissant en captant mon odeur. Leurs regards s'assombrissent d'une faim synchronisée qui me fait gémir.

— Chez moi, dit Dominic d'un grognement sourd. C'est moi qui ai le plus grand lit, et de loin.

— Toujours à frimer sur la taille, hein ? On verra bien ! lance Knox avec un sourire en coin. Mais les regards brûlants que les trois Alphas me jettent me donnent à penser que Knox ne plaisante pas uniquement sur la taille du lit.

Knox se penche tout près, son souffle chaud contre mon oreille.

— Prête à te faire baiser par trois Alphas, ma belle ?

La promesse possessive dans sa voix me fait frissonner. Cette nuit s'annonce très, très intéressante.

RUBY

— Tu peux me poser… J'ai des jambes, j'arrive à dire alors que Dominic me sort de la banquette arrière du SUV de Knox, mais même moi, j'entends à quel point ma voix est haletante. Une chaleur m'inonde, suivie de près par une contraction au plus profond de mes entrailles, et mes doigts s'agrippent à la chemise de Dominic. J'ai l'impression que tout mon corps vibre, chaque terminaison nerveuse frémit. — Oh, mon Dieu, qu'est-ce qui m'arrive ? C'est censé être comme ça ?

Le regard sombre de Dominic se plonge dans le mien, rempli d'une intensité qui me coupe le souffle. — Ton corps sait ce dont il a besoin, murmure-t-il, et le grognement dans sa voix me donne des frissons dans le dos. — Et nous allons te le donner. Absolument tout.

— Il appelle tes Alphas, ajoute doucement Garrett,

sa main trouvant la mienne. — Nous sommes là pour toi, mon ange. Son pouce trace des cercles dans ma paume, et même ce petit contact est électrique. — Tu es si parfaite comme ça, toute rouge et en manque de nous.

Knox apparaît à côté de nous, repoussant mes cheveux de mon front. Je tends la main vers lui et je l'attire plus près jusqu'à ce que nos lèvres s'écrasent l'une sur l'autre. Le contact envoie des étincelles dans tout mon corps, et je gémis dans sa bouche. Il a le goût des nuits d'hiver et du sexe, et j'en veux plus, plus, plus.

— Regarde comme elle est déjà réceptive, souffle Knox contre mes lèvres. — Si belle. Si nôtre.

— D'accord, il faut qu'on rentre, sinon je doute que mes voisins apprécient le spectacle qui s'annonce, marmonne Dominic. Devant la porte, il me passe dans les bras de Knox, et je me blottis immédiatement contre sa poitrine, cherchant son odeur familière de chocolat et de neige.

— Je n'arrive pas à me lasser de ton odeur, murmure Knox dans mes cheveux, suivi d'une profonde inspiration. — Ça me rend fou.

— Garrett, l'appelé-je en tendant la main vers lui. J'ai la tête qui tourne à cause de leurs parfums enivrants. La partie rationnelle de mon cerveau essaie de comprendre la rapidité avec laquelle tout cela se produit, mais mon corps a dix longueurs d'avance, désirant leur contact comme on désire de l'oxygène. — Je n'ai aucune idée de comment on va s'y prendre, mais j'ai besoin de vous tous… s'il vous plaît. La douleur…

— On s'occupe de toi, ma chérie, apaise Garrett en attrapant ma main tendue et en déposant un baiser dans ma paume. — On va prendre si bien soin de toi, te faire tellement de bien que tu oublieras tout sauf nous.

À travers le brouillard, j'essaie de m'accrocher à quelques pensées rationnelles. Nous venons de nous marier. Tout arrive si vite. Mais quand je les regarde chacun à leur tour — Dominic et son regard sombre, Knox et son regard sauvage, Garrett et sa possessivité — mon cœur menace d'exploser. Ils sont mon monde, maintenant, tous les trois. Il y a un mois, j'étais seule dans mon appartement au-dessus du bar, et maintenant, j'ai trois maris qui me regardent comme si j'étais tout ce qu'ils avaient toujours désiré.

Quelque part au fond de mon esprit, j'entends la voix de maman. « *Tu verras…* »

Je repousse cette pensée. Ces hommes ne ressemblent en rien à mon père. Ils sont protecteurs, ils prennent soin de moi, et même… ils m'aiment. Je le crois au plus profond de mon âme. Je le vois dans la façon prudente dont Knox me tient, la tendresse avec laquelle Dominic me caresse les cheveux, la douceur avec laquelle Garrett me murmure des mots tendres.

— Je vais vénérer chaque centimètre de ta peau,

promet Dominic, la voix sombre de désir, puis il se dirige vers la porte d'entrée pour la déverrouiller.

— On va te marquer pour que tout le monde sache que tu es à nous, me chuchote Garrett à l'oreille.

Sa voix et ses mots me donnent le vertige.

La maison défile dans un flou tandis que Knox me porte à l'intérieur ; tout ce que j'aperçois, ce ne sont que des bribes de hauts plafonds, de meubles en cuir et d'immenses fenêtres. Un sapin de Noël massif scintille dans un coin, ses branches vertes chargées de lumières clignotantes et d'ornements. Tout crie le style entre garçonnière et grand luxe, mais je le remarque à peine alors qu'une autre vague de désir déferle en moi.

— S'il vous plaît, gémis-je. Tout semble trop chaud, trop sensible. Ma peau réclame leur contact, et chaque parcelle de mon être meurt d'envie de me soumettre, de les laisser prendre soin de moi.

Ils m'emmènent dans une immense chambre avec le plus grand lit que j'aie jamais vu, avec des draps sombres et des oreillers moelleux. Quand Knox me dépose sur le matelas, je pousse un cri à la perte de contact.

Je me redresse sur le lit, tendant les mains vers eux.

Ils sont tous là instantanément, m'entourant, leurs odeurs se mêlant — cèdre et fumée, chocolat et neige, houblon et cuir. Des mains caressent mon corps, mes cheveux, mon visage, et je me cambre sous leur contact, un ronronnement vibrant dans ma gorge.

— Regarde comme elle est désespérée de nous avoir, gémit Knox. — Ça fait si longtemps que j'attends de t'avoir comme ça, bébé.

— Ne t'inquiète pas, mon ange, apaise Garrett en déposant un baiser sur mes lèvres. Ses doigts se glissent dans mes cheveux, tirant doucement d'une manière qui me fait haleter. — Nous allons te protéger. Soulager la douleur. Mais tu devrais savoir… ça pourrait durer une semaine.

— Une semaine ? dis-je, le souffle coupé, les yeux écarquillés. Personne ne m'avait dit ça. Une semaine de ce besoin brûlant, de cette faim désespérée ? — Je ne pense pas pouvoir…

— Tu le peux, intervient Dominic. — Et tu le feras. Parce qu'on sera là, à te baiser, à te lécher, à te donner tout ce dont tu as besoin. Sa main se pose sur mon visage, son pouce effleurant ma lèvre inférieure. — On va te faire crier pour nous, petite Oméga. Te faire nôtre de toutes les manières possibles.

Mon monde se réduit aux sensations écrasantes qui s'enroulent entre mes cuisses, mais peu importe à quel point je les serre, ça ne soulage pas le désir.

— Tu trembles pour nous, ma chérie, murmure Garrett contre mon cou, s'agenouillant sur le lit pour se rapprocher de moi, son souffle chaud sur ma peau.

J'essaie de former des mots, mais une autre vague de chaleur me traverse, plus forte qu'avant. Mes doigts s'agrippent à la chemise de Knox, le tirant plus près, tandis que mon autre main est sur Dominic, tirant sur sa ceinture. — C'est trop, j'arrive à haleter. — Je n'ai jamais… Je ne peux pas…

— Chut, apaise Dominic en repoussant mes cheveux de mon visage. Son contact est doux, mais je peux sentir la retenue dans ses mouvements. — On sait que c'est écrasant. Les premières chaleurs le sont toujours. Mais on s'occupe de toi.

La main de Knox trouve la mienne, la serrant doucement. — Tu te débrouilles si bien, Ruby. Si parfaite pour nous.

Ma peau picote partout où ils me touchent, la chaleur sous ma peau atteignant un niveau presque insupportable.

Les mains de Knox encadrent mon visage, ses yeux cherchant les miens.

Les doigts de Dominic tracent le long de ma clavicule, laissant des traînées de feu dans leur sillage.

La partie rationnelle de mon cerveau essaie toujours de tout assimiler — trois Alphas, tous à moi, tous me désirant en même temps. Et j'adore ça ! Mes instincts se délectent de leur attention, de leur contact, de la façon dont ils me regardent comme des sauvages désespérés de me baiser, de me nouer.

— J'ai besoin de vous, gémis-je, me fichant de paraître désespérée. — S'il vous plaît…

Tournant la tête, je cherche le baiser de Knox, et il s'exécute immédiatement. Ses lèvres sont douces mais exigeantes, et je fonds en elles. Sa poigne trouve mes hanches, ses doigts s'enfonçant en moi, me montrant à quel point il se retient à peine. Les deux autres ont leurs mains partout sur moi, tirant sur mes vêtements.

La fermeture éclair dans mon dos glisse, et ma robe tombe de mes épaules. Je frissonne malgré la chaleur qui m'inonde. Trois paires d'yeux s'assombrissent en même temps, et les grognements possessifs qui remplissent la pièce me font ronronner de satisfaction.

— Magnifique, souffle Knox contre mon cou. — Notre belle Oméga.

Mes doigts tremblent alors que j'attrape les boutons de la chemise de Knox, tirant dessus avec force, ayant besoin de la lui enlever. — Je ne peux plus attendre, je murmure.

Ce sont mes Alphas. Mes compagnons. Mon tout.

En quelques instants, ils font glisser la robe le long de mon corps et me l'enlèvent, me laissant dans mon string blanc. Garrett est déjà en train de m'ôter mes talons.

— Superbe, j'entends Dominic murmurer, son regard parcourant mon corps de haut en bas, s'attardant sur mes seins.

— Putain ! Knox se lèche les lèvres.

— Tu es mouillée pour nous ? demande Garrett, son regard se fixant sur mon string. — Est-ce qu'on rend ta petite chatte toute trempée ?

Ces mots me défont alors que je regarde mes Alphas se transformer en sauvages pour moi, avides de sexe. Je respire lourdement, ma poitrine se soulevant, mes tétons si durs que je pourrais exploser si l'un d'eux me touchait.

— Il n'y a qu'une seule façon de le savoir, je taquine en m'adossant sur mes coudes.

Dominic se jette sur moi le premier, ses doigts s'enroulant dans l'élastique de mon string, et il le fait glisser sur mes hanches. Je les soulève du lit, et il tire ma culotte jusqu'en bas. Son regard se pose sur le feu entre mes jambes comme s'il était sur le point de se perdre.

Je garde les cuisses serrées, et je sens ma chatte enfler, devenant incontrôlablement humide.

Comme s'ils lisaient dans mes pensées, les trois hommes se déshabillent, arrachant leurs chemises et les jetant de côté. Mon regard tombe sur leurs abdominaux, leurs torses, et mon corps se réchauffe encore plus. Chaussures enlevées, ils débouclent leurs ceintures et ouvrent leurs pantalons. Je me penche en avant, désespérée de voir tout ce qu'ils ont entre les jambes.

Me mordillant la lèvre inférieure, j'observe tout cela, sachant que je dois être la fille la plus chanceuse du monde d'avoir ces trois Apollons rien que pour moi.

Trois queues et j'ai le souffle coupé.

Elles sont toutes énormes, longues, et leur circonférence… J'avale difficilement, ne sachant pas comment elles vont rentrer en moi.

Leurs glands brillent de leur liquide pré-éjaculatoire, et je remarque qu'ils ont chacun le nœud bulbeux à la base de leur membre, juste au-dessus de leurs testicules, comme tous les Alphas. Celui qui grossit une fois à l'intérieur d'une Oméga, nous liant l'un à l'autre. Je n'ai peut-être pas d'expérience avec un Alpha, ma première fois ayant été avec un mâle Bêta, mais je sais comment les Alphas fonctionnent.

Et en ce moment, j'ai l'embarras du choix, et une chose qu'ils ont tous en commun est leur taille incroyable. Nus, des érections si rigides et dressées… J'ai du mal à ne pas rester bouche bée, surtout qu'ils sont tous bâtis comme des armoires à glace, des muscles partout.

— Ruby, grogne Dominic. — Montre-nous. Laisse-nous voir ta belle petite chatte.

Je frissonne, respirant plus vite, mais il est là, des mains tendres sur mes genoux, et il les écarte davantage. Je les laisse s'ouvrir, un miaulement dans ma gorge pour m'offrir à eux tous.

Les trois hommes se rapprochent du bout du lit, leur regard glissant le long de mes cuisses jusqu'à l'endroit où je sens ma chatte palpiter d'excitation.

— Elle a besoin d'être léchée et baisée, murmure Knox, posant un genou fléchi sur le lit tandis que Dominic et Garrett font de même. — Écarte-toi plus pour nous. Fais-le, ordonne-t-il.

. . .

$\mathcal{J}$e n'hésite pas en m'écartant pour eux, leur donnant ce qu'ils convoitent : moi.

Je tremble, me sentant à la fois vulnérable et si putain de sexy.

— Magnifique. Je savais que tu me rendrais accro, râle Dominic.

Garrett fait glisser ses doigts le long de ma jambe, me dévorant d'un regard sexy.

Knox se penche, ses doigts calleux s'insinuant entre mes lèvres gonflées, traçant un chemin de mon clitoris à mon entrée.

Je gémis à voix haute, la poitrine bombée, mes seins rebondissant, les désirant désespérément. Il utilise deux doigts pour écarter davantage mes lèvres pendant que je me tortille, suspendue à chacun de ses contacts.

— Regarde-moi ce joli petit trou, dit Knox.

Dominic se penche aussi et enfonce deux gros doigts en moi.

Je pousse un cri, la sensation de sa présence en moi me rendant folle. C'est intense, plus sensible que les fois précédentes où on m'a doigtée.

— Elle est tellement prête. Regarde comme sa délicieuse chatte aspire mes doigts. Il en enfonce un troisième, et je halète, mes hanches se balançant. — Combien de doigts tu crois que je peux te mettre, mon cœur ?

— Putain, j'adore la voir écartée comme ça, grogne Garrett.

Knox empoigne sa bite. — Elle va peut-être nous supplier pour qu'on lui mette deux queues dans ce petit trou.

Ma respiration s'accélère, mais mes yeux s'écarquillent. — Attendez, deux ? Non, c'est trop…

Je gémis de nouveau tandis que Dominic accélère le va-et-vient de ses trois doigts en moi, plus vite, plus fort, tout mon corps se balançant. Je dégouline, de plus en plus mouillée, mon corps se cambrant alors que je m'effondre sur le lit, les jambes plus écartées que jamais.

— Et ce petit cul plissé et serré, murmure Garrett en me fixant d'un regard lubrique. — J'ai envie de baiser ce joli petit trou bien serré.

— Tu vas te contenter d'en parler ?

Dominic se retire, et je gémis pour protester, les yeux levés vers eux.

— Elle est prête, mais d'abord, j'ai besoin de goûter, dit-il. Il se penche de tout son corps, puis sa bouche se pose sur ma chatte, et je pousse un cri. Il passe longuement sa langue sur toute ma longueur avant de la passer sur mon clitoris, qui picote d'une sensibilité incontrôlable.

— Oui, je suis prête.

Knox et Garrett rient en se plaçant de chaque côté du lit, s'agenouillant sur le matelas. Ils prennent chacun un sein, aspirant fort mon téton, le faisant rouler sous leur langue, le mordillant, puis tirant dessus.

Je me débats sous eux tandis qu'ils me dévorent tous les trois, et la douleur de mes chaleurs commence à se transformer en un plaisir ultime. Avoir trois bouches sur mon corps est euphorique. Je n'aurais jamais imaginé que ça puisse être aussi bon. La langue de Dominic continue de caresser mon clitoris, la friction s'intensifiant et se resserrant au plus profond de moi.

Il se retire brusquement, et les deux autres font de même. Je suis allongée sur le dos entre eux, offerte et ronronnant pour en avoir plus. Mes mains se tendent vers eux tandis que Dominic se rapproche, ses mains glissant sous mes fesses, m'attirant à lui. L'instant d'après, je sens sa bite massive s'enfoncer en moi, sa largeur s'insinuant de plus en plus profondément, m'étirant.

Je sers les draps dans mes poings, me tortillant pour en avoir plus tandis que Knox et Garrett me regardent me faire défoncer.

— Prends une grande inspiration, me dit Dominic, et au moment où je le fais, il me percute. La douleur est soudaine, mais la montée en puissance du plaisir aussi. Je hurle, les larmes aux yeux à la fois à cause de la sauvagerie de sa baise, ses hanches s'abattant sur moi, et à cause de l'euphorie de la sensation incroyable de me faire empaler par lui. Il est brutal, et une partie de moi savait qu'il le serait.

Les deux autres empoignent leur bite, me regardant être ravagée, tanguant sur le lit, mes seins qui s'agitent à chaque coup de rein profond qui me donne l'impression que Dominic pourrait me fendre en deux.

Mon clitoris palpite, chaque parcelle de mon être se contracte.

Je tends la main vers les bites de mes deux autres maris, les enroulant dans ma main et tirant dessus. Ils sont agenouillés de chaque côté de moi, grognant, et il y a quelque chose de si parfait, de si primal à se faire prendre par des Alphas. Ce sont des bêtes qui prennent ce qu'elles veulent, mais ça me dit que les Omégas sont faites pour les supporter. Mon corps vibre, en voulant plus, parce que je ne veux jamais cesser de ressentir cette sensation.

Nous sommes en phase, et il ne faut pas longtemps à Dominic pour poser ses doigts sur mon clitoris, le pinçant et le pressant. Son contact me fait partir, et je frissonne sous l'effet de l'orgasme qui me déchire. Chaque parcelle de mon être se crispe, mais Dominic ne ralentit jamais.

Les deux bites dans mes mains palpitent, et en quelques secondes, elles giclent des rubans de foutre blanc partout sur moi : sur mes seins, mon ventre, mon cou et mon visage. Et mon Dieu, il y en a tellement, partout.

Poussant un cri à chaque coup de rein au fond de moi, Dominic s'arrête et agrippe mes hanches, puis il s'enfonce encore plus profondément, et c'est si large…

Je me tortille.

— Reste tranquille, ma belle, me dit-il. — Ça va prendre un moment pour faire entrer mon nœud en toi, mais tu es si humide, si avide de moi, n'est-ce pas ?

— Putain, oui, elle l'est, répond Knox en vidant ses dernières gouttes sur moi.

Garrett termine aussi, puis sort de la chambre et revient quelques secondes plus tard avec des serviettes… beaucoup de serviettes. Il en lance une à Knox, puis en utilise une autre pour m'essuyer, me nettoyer, ce que j'adore. Son sourire me fait fondre.

Mais je pourrais bien perdre tout contrôle alors que la sensation d'étirement entre mes cuisses provoque en moi une excitation incroyable, accompagnée de la forte pression de Dominic qui s'enfonce en moi… Il lève les yeux, un sourire narquois aux lèvres, pendant que je suis à bout de souffle.

— Tu m'as si bien pris, tu t'es ouverte… Oh, Ruby, tu n'as pas idée à quel point tu es sexy en me prenant tout entier.

Tous les trois regardent entre mes cuisses, Garrett et Knox caressant leur bite encore dure.

— Regarde-moi cette chatte délicieuse et bien étirée, murmure Knox, en bavant presque.

Avant que je ne puisse retrouver ma voix, Dominic

glisse ses mains sous mes cuisses, me soulevant légèrement du lit et faisant des va-et-vient en moi, pas autant qu'avant, mais assez pour aller plus profondément. Putain, je le sens jusqu'au fond, si épais, me remplissant complètement. Il grogne, les yeux révulsés.

— Quand je vais jouir, je vais me nouer si fort dans ta chatte. Je vais te remplir de mon foutre, me dit-il, souriant comme s'il avait attendu ce moment. Il hurle presque, sa poigne se resserrant alors qu'il s'enfonce plus fort en moi, nos corps s'entrechoquant.

— C'est tellement sexy, putain ! grogne Garrett.

Mon corps accueille Dominic, et l'étirement m'excite plus qu'il ne me fait mal maintenant.

Quelques instants plus tard, Knox est à mes côtés, sa bite se balançant vers ma bouche.

— Ouvre-toi, ma belle, m'ordonne-t-il en s'enfonçant pratiquement au-delà de mes lèvres. Je goûte la salinité de son foutre, et je le suce goulûment, mon corps secoué de soubresauts.

Garrett se roule sur le dos sur le lit à côté de moi, me jetant un regard malicieux. Avant que je ne comprenne ce qui se passe, la bite de Knox sort de ma bouche tandis que lui et Dominic me soulèvent, me plaçant rapidement pour que je m'allonge sur Garrett, mon dos contre son torse, son énorme bite calée entre mes fesses.

Le rythme de leurs mouvements s'intensifie,

comme s'ils s'étaient concertés sur la façon dont ils allaient tous me baiser en même temps.

Avant que je ne puisse demander, Knox a sa bite devant mon visage, et je tourne la tête, l'accueillant avidement dans ma bouche.

Le souffle de Garrett caresse mes oreilles. — Je vais y aller doucement au début, mon ange. Tu es prête à ce que je te baise le cul ?

Je fredonne ma réponse, donnant mon accord.

Ses doigts glissent sur mes fesses tandis que Dominic soulève mes jambes pour lui faciliter la tâche. En quelques secondes, la pression dure de sa bite taquine mon anus. Je suffoque, incertaine de pouvoir le faire.

— Tu es si putain de belle, murmure Garrett alors que je suce fort Knox, pendant que Dominic pince mon clitoris. Garrett enfonce d'abord un doigt en moi, ce qui est étrange, mais alors qu'il fait des va-et-vient, une excitation inattendue me picote. Le fait que je sois si trempée offre beaucoup de lubrifiant, donc la douleur est la pression d'être possédée. Je me balance contre son doigt, qu'il remplace en un instant par sa bite. Il insinue le bout, et je transpire maintenant, à bout de souffle.

Ces hommes ne vont pas me relâcher, et je ne veux pas qu'ils le fassent, pas quand mes entrailles sont en feu et que seuls leur contact, leurs érections, peuvent calmer les flammes.

— Tu te débrouilles si bien, murmure Garrett à

mon oreille alors qu'il s'enfonce plus profondément en moi.

Je gémis, cette sensation inattendue me faisant trembler à l'approche d'un autre orgasme. Je ne m'attendais pas à être aussi excitée, mais je suis à leur merci.

Il est profondément en moi, et je les sens tous les trois enfouis en moi, me possédant, me revendiquant comme leur.

— Tu es si magnifique, remplie de nos bites, dit Knox d'une voix haletante, en tendant la main pour pincer mon téton. Garrett a ses bras sur mes hanches, me guidant.

— Qu'est-ce que ça fait d'avoir ma grosse bite au fond de ton cul ? demande-t-il.

— Et ma bite massive dans ta chatte serrée ? ajoute Dominic.

— Tu suces si bien ma bite, ajoute Knox.

Je me tortille et gémis mon approbation, mon plaisir.

— Je sais que nous apprenons encore à nous connaître et que beaucoup de choses se sont passées rapidement, commence Dominic. — Mais je t'aime tellement, putain, que ça fait mal.

— Depuis cette première nuit au festival, souffle Garrett contre ma peau. — J'aime tout de toi, Ruby.

— Notre parfaite Oméga, grogne doucement Knox, sa main sur ma mâchoire, me guidant pour

prendre sa bite plus profondément. — Je t'aime tellement, mon ange.

Je ne peux réussir qu'à émettre un gémissement profond en réponse, les larmes me piquant les yeux face à la profondeur de l'émotion dans leurs voix. Mon cœur crie ce que ma bouche ne peut pas dire… Je vous aime, je vous aime, je vous aime.

Puis ils commencent à vraiment me baiser, à me montrer ce que signifie être véritablement possédée par trois Alphas et aimée par eux.

RUBY

Trois semaines plus tard

J e n'arrive pas à détacher mon regard de la maison de Dominic, depuis le jardin. Non, de *notre* maison — du moins, temporairement. Le soleil matinal se reflète sur les immenses fenêtres, faisant briller la demeure moderne comme si elle sortait tout droit d'un maga-zine d'architecture. Huit chambres, avait-il dit nonchalamment, comme s'il était parfaitement normal d'avoir une maison plus grande que certains hôtels. La large allée serpente le long de jardins bien entretenus, menant à ce qui doit être un garage pour au moins quatre voitures, et c'est tout aussi magni-fique que dans mon souvenir de la première fois où je suis venue. L'endroit tout entier a tout de la *garçon-nière de célibataire qui a réussi*, avec ses lignes épurées et son ambiance mi-industrielle, mi-luxueuse.

— Tu vas gober les mouches, me taquine Knox en arrivant derrière moi, enroulant ses bras autour de ma taille et se blottissant contre mon cou. Son contact me fait fondre.

— Je n'arrive toujours pas à croire que tout ça est réel, j'admets en m'adossant à son torse solide. — Que quoi que ce soit le soit.

— Tu ferais mieux de commencer à y croire. — Ses lèvres effleurent mon oreille. — Parce que main-tenant, tu es coincée avec nous.

Le grondement des camions de déménagement interrompt ma réponse. Deux véhicules massifs s'ar-rêtent, suivis par le pick-up de Garrett avec Dominic à la place du passager. Mes maris en sortent, et mon cœur s'emballe un peu plus chaque fois que je les vois tous ensemble. Ça me rappelle à quel point j'ai de la chance.

Garrett a déjà retroussé les manches de sa chemise en flanelle, révélant ce magnifique tatouage sur le processus de brassage que j'adore suivre du bout des doigts. Ses cheveux sombres sont plus en désordre que d'habitude. Il parle avec animation aux déménageurs, probablement de la manière de trans-porter avec précaution son précieux bureau qu'il a insisté pour apporter.

Dominic rôde — il n'y a vraiment pas d'autre mot

pour le décrire — dans notre direction, vêtu d'un jean foncé et d'un t-shirt noir qui met ses épaules en valeur de façon criminelle... et me retourne les entrailles. Ses cheveux noirs lui tombent dans les yeux de cette manière qui me donne une envie folle de les repousser.

— Prête ? — demande-t-il, son regard malicieux s'adoucissant en croisant le mien.

Avant que je puisse répondre, Knox me fait pivoter et me vole un baiser rapide qui est tout sauf innocent. Quand il s'écarte, l'air beaucoup trop content de lui, j'entends le rire grave de Garrett.

— Vous commencez sans nous ? — lance Garrett en traversant l'allée. — Ce n'est pas très juste.

Je me dérobe avant de me laisser complètement distraire par trois Alphas très séduisants et très déterminés. — Non ! Nous avons du travail, messieurs. Les baisers, c'est pour plus tard.

— Taquine, marmonne Dominic, mais il sourit.

L'heure qui suit est un chaos total, alors que les déménageurs et mes trois Alphas commencent à décharger les camions. Je dirige le trafic, essayant de me souvenir quels cartons vont où, quand je remarque un déménageur qui transporte quelque chose dans la maison qui me fait marquer une pause. — C'est... une guitare ?

— Oh oui, c'est la mienne. Je joue un peu. — Knox lève les yeux d'un carton qu'il est en train de porter.

— Un peu ? — ricane Garrett en passant avec ce

qui ressemble à une partie d'un cadre de lit. — Il est modeste. Attends de l'entendre pousser la chansonnette.

— Tu n'as jamais dit que tu étais musicien, dis-je en suivant Knox à l'intérieur. Le hall d'entrée s'ouvre sur ce magnifique grand salon aux plafonds hauts et au mur de fenêtres donnant sur le jardin. Une immense cheminée en pierre domine un mur, tandis que l'agencement à aire ouverte mène à une cuisine qui ferait pleurer de jalousie des chefs professionnels.

Knox pose son carton et m'attire derrière un énorme poteau de soutien, me pressant contre la pierre fraîche. — Il y a beaucoup de choses que tu ne sais pas encore sur moi, murmure-t-il. — C'est ça qui est amusant, quand je te montre de nouvelles facettes de moi.

Son baiser a le goût de la pluie fraîche, et je commence à peine à m'abandonner à lui quand un raclement de gorge se fait entendre à proximité.

— Si vous deux avez bientôt fini... — La voix de Dominic est amusée.

Je jette un coup d'œil par-dessus l'épaule de Knox et le trouve en train de nous observer avec ce regard intense qui fait flageoler mes genoux. — On était juste en train de... discuter de l'emplacement des meubles ?

— C'est comme ça qu'on appelle ça, maintenant ?
— Garrett apparaît avec un autre carton, ses yeux

verts pétillant. — Dans ce cas, il faut que je discute de quelques emplacements avec toi aussi.

— Plus tard, je promets, en esquivant les mains de Knox qui tentent de m'attraper. — On n'arrivera jamais à rien à ce rythme !

— C'est un sacrifice que je suis prêt à faire, déclare solennellement Knox, ce qui me fait rire tandis que je m'échappe.

La cuisine n'est pas seulement magnifique, c'est le rêve de tout chef avec ses deux fours, sa cuisinière à gaz à six feux et son réfrigérateur à double porte qui, j'en suis sûre, coûte plus cher que ma voiture. Le salon principal donne sur une salle à manger formelle que je n'imagine pas utiliser un jour, et il y a une véritable bibliothèque avec des étagères intégrées qui n'attendent qu'à être remplies.

— Ton bureau est à l'étage, me dit Dominic en me prenant la main alors que j'explore. — À côté du mien. Ceux de Knox et Garrett sont de l'autre côté de la maison.

— J'ai un bureau ? — Je ne suis toujours pas habituée à ça, à être si bien choyée, à avoir des maris qui pensent à ces choses-là. J'ai toujours été seule depuis la mort d'Eve, alors cette attention me met au bord des larmes de bonheur, ma gorge se serrant.

Son expression s'adoucit d'une manière qui n'est que pour moi. — Tu auras tout. — Dominic me tire plus près, une main glissant dans mes cheveux. — Tout ce que j'ai est à toi maintenant.

Le baiser est plus lent que celui, enjoué, de Knox, plus profond, faisant se recroqueviller mes orteils dans mes bottes. Dominic embrasse comme il fait tout le reste : avec une intensité qui me fait oublier mon propre nom.

— Hé ! — La voix de Garrett me sort de ma torpeur. — Pas juste de commencer sans nous !

Je me recule en riant du grognement de frustration de Dominic. — Plus tard, je promets à nouveau, déposant un autre baiser rapide sur ses lèvres. — Tu me montres ce bureau ?

Les escaliers montent en courbe jusqu'à un palier qui se divise en deux ailes. Dominic me guide dans un couloir, m'indiquant les pièces. — Suite principale », indique-t-il vers une double porte à droite. — Assez grande pour nous tous.

Mon souffle se coupe à cette suggestion. Une chambre partagée est un rêve devenu réalité. Au cours des trois dernières semaines, j'ai séjourné chez eux, ou ils sont venus s'installer chez moi, bien que l'espace y soit très limité. Alors avoir un lit aussi immense pour nous, c'est tout ce dont je pouvais rêver.

— Ton bureau, poursuit-il en ouvrant une autre porte. La pièce est magnifique, avec encore plus de fenêtres donnant sur le jardin et un espace de bureau intégré. Mais ce qui attire mon regard, c'est le petit coin avec un fauteuil de lecture confortable et une petite table.

— Pour quand tu as besoin d'espace, explique doucement Dominic. — On en a tous besoin parfois.

Cette prévenance, la façon dont ils comprennent mon besoin de solitude occasionnelle alors même que nous construisons cette vie ensemble, me serre de nouveau la gorge. Je me retourne et enroule mes bras autour de sa taille, respirant son parfum enivrant.

— Merci, je murmure contre son torse.

Ses bras se resserrent autour de moi. — Tu es tout pour moi, Ruby.

Je lève le menton, souriante, incapable de croire que cela m'arrive. Comment est-ce que ça peut être ma vie ? — J'adore cet endroit. Mais on devrait probablement descendre, car les deux autres vont monter d'une seconde à l'autre et on ne finira jamais de déballer, je taquine en m'éloignant à contrecœur.

— C'est certain qu'ils nous trouveront.

En bas, je suis entourée de cartons, essayant de donner un sens à cet immense espace. Sérieusement, qui a besoin d'autant de placards ?

J'ai déménagé toutes mes affaires de mon ancien appartement, et maintenant mon barman, Ash, y a emménagé. Il a insisté sur le fait qu'il devait économiser de l'argent pour acheter sa propre maison un jour, alors je lui ai proposé de rester là pour l'aider. Il m'a toujours soutenue au bar, a été là pour moi après le décès de tante Eve, donc bien sûr que je lui donnerai tout ce dont il a besoin si ça peut l'aider à avancer. Un loyer gratuit entre amis est donc la moindre des choses que je puisse faire pour lui.

Et maintenant, alors que je me demande où tout devrait aller, les mains chaudes de Garrett se posent sur ma taille.

— Tu as l'air submergée, observe-t-il en me caressant doucement. Je m'appuie contre lui avec un grognement tandis que ses doigts talentueux remontent vers mes épaules jusqu'à un nœud de tension.

— J'essaie juste de décider si nous avons vraiment besoin de quatre machines à café différentes, dis-je en montrant le comptoir où je les ai alignées. — Je veux dire, je sais que nous avons tous des préférences différentes en matière de café, mais ça me semble excessif.

— Hmm, la noire, c'est celle de Dominic. Touches-y et il pourrait vraiment grogner. — Le rire de Garrett gronde dans sa poitrine contre mon dos. — L'argentée, c'est celle de Knox pour ses cafés filtres sophistiqués. La rouge, c'est la mienne parce que j'aime mon café comme j'aime ma bière : assez fort pour tenir debout tout seul.

— Et cette jolie petite machine vert menthe ? je demande.

— Ça, c'est la tienne, ma chérie. — Il dépose un baiser sur ma tempe. — Pour tes concoctions à la crème de noisette dont Knox soutient que ce n'est pas du vrai café. Je l'ai achetée pour toi la semaine dernière.

Mon cœur s'envole en entendant sa délicate attention. Je suis encore en train de m'habituer à la générosité et à l'amour de mes Alphas.

— Hé, j'ai entendu ça ! — Knox apparaît dans l'embrasure de la porte, portant un autre carton. Ses cheveux blonds hirsutes sont humides de sueur, ce qui les fait boucler aux extrémités d'une manière injustement séduisante. — Et je maintiens ce que j'ai dit. Le café devrait avoir le goût du café, pas d'un dessert.

— C'est l'homme qui met du sirop d'érable dans tout qui dit ça, je taquine, me souvenant du petit-déjeuner qu'il nous a préparé la semaine dernière.

— Le sirop d'érable est un don des dieux et je ne m'excuserai pas de l'apprécier, déclare Knox en posant son carton et en venant me voler un baiser. Il a un goût salé dû à l'effort, et je ne peux m'empêcher de passer mes mains sur ses épaules, sentant le muscle saillant sous mes doigts.

— Si vous trois avez fini de vous câliner dans ma cuisine... — La voix profonde de Dominic nous fait tous sursauter légèrement.

— *Notre* cuisine, je corrige automatiquement, puis je me fige en voyant son expression. Oh. Oh non. C'est son regard de prédateur, celui qui finit généralement par me laisser essoufflée et suppliante. — Dom...

— Notre cuisine, acquiesce-t-il en s'approchant d'un pas félin. Knox et Garrett s'écartent légèrement, lui faisant de la place sans pour autant me lâcher. Je suis encerclée par les Alphas, trois parfums distincts se mélangeant d'une manière qui embrume mon esprit. — Et qu'est-ce que tu as l'intention de faire dans *notre* cuisine ?

La façon dont ses yeux sombres se plissent me dit que je ne trompe personne. Puis sa bouche est sur la mienne, chaude et exigeante. Je gémis alors que les lèvres de Garrett trouvent mon cou, tandis que les mains de Knox se glissent sous l'ourlet de mon t-shirt, ses doigts calleux remontant jusqu'à mon soutien-gorge.

Un raclement de gorge sonore provenant de l'entrée nous fige tous.

— Alors, euh, où est-ce que vous voulez les cartons de la salle à manger ? — demande l'un des déménageurs, regardant partout sauf dans notre direction.

Mes joues sont en feu alors que mes maris ne bougent pas de mes côtés.

— Je vais vous montrer, j'articule, en lissant ma chemise et en essayant d'avoir l'air professionnelle. Alors que je passe devant Dominic, il attrape ma main.

— À suivre, murmure-t-il, et la promesse dans sa voix me fait frissonner d'excitation.

Une heure plus tard, je fais enfin des progrès dans l'organisation de la cuisine quand de la musique descend de l'étage. Le doux grattement d'une guitare acoustique m'arrache à ma tâche, et je suis le son jusqu'à trouver Knox dans ce qui sera notre salon commun, perché sur une pile de cartons avec sa guitare sur les genoux.

Il lève les yeux quand j'entre, et ses iris bleu glacier me font fondre. — Tu fais une pause ?

— Je n'ai pas pu résister à l'envie d'enquêter sur la musique, j'avoue en m'asseyant en tailleur sur le sol près de lui. — Tu es vraiment doué.

Ses doigts dansent sur les cordes, égrenant une mélodie que je reconnais presque. — Je jouais à la fac. Je le fais encore parfois, quand j'ai besoin de réfléchir.

— Et à quoi tu penses, là ?

Son sourire devient plus doux, plus intime. — À la chance que j'ai. À quel point c'est incroyable qu'on se soit tous trouvés. J'ai vécu seul depuis la perte de mes parents, et je détestais le vide de la maison. Je ne peux pas te dire à quel point je suis prêt à ne plus me réveiller dans une maison silencieuse, à enfin avoir une famille à nouveau. — La mélodie se transforme en quelque chose de plus doux, presque une berceuse, et mon cœur se serre pour sa perte, pour son agonie. Je veux le serrer dans mes bras et m'assurer qu'il ne se sente plus jamais seul. — Je pense aussi à quel point tu es belle en ce moment, avec la lumière du soleil dans tes cheveux et cette petite tache de poussière sur ton nez.

Je lève la main pour frotter mon nez, me sentant rougir. Knox met sa guitare de côté et se laisse glisser pour me rejoindre sur le sol, me tirant sur ses genoux.

— Tu es ridicule, je lui dis, tout en me blottissant dans sa chaleur.

— Peut-être. — Il se frotte le nez contre mon cou, me faisant glousser. — Mais tu adores ça.

— Je t'aime, je corrige sans réfléchir, puis je me fige. Nous ne nous le sommes pas encore dit — aucun de nous — trouvant encore notre chemin dans cette relation.

K nox s'immobilise un instant, puis ses bras se resserrent autour de moi. — Redis-le, murmure-t-il contre ma peau et quand je m'exécute, il me vole un baiser délicieux.

Un mouvement dans l'embrasure de la porte attire mon attention. Garrett et Dominic se tiennent là, nous observant. Mon cœur martèle ma poitrine, mais je croise chacun de leurs regards en disant clairement : — Je vous aime. Vous tous.

Soudain, je suis passée de l'un à l'autre, recevant trois baisers très différents mais tout aussi passionnés. Celui de Knox, joueur et doux ; celui de Garrett, profond et intense ; celui de Dominic, féroce et possessif.

— Nous t'aimons aussi, murmure Knox quand ils me laissent enfin respirer.

— Tellement d'amour, ajoute Garrett.

Dominic ne dit rien, mais son baiser sur mon front dit tout.

Nous serions peut-être restés là pour toujours, enchevêtrés dans notre salon à moitié déballé, si l'estomac de quelqu'un n'avait pas gargouillé bruyamment. Nous regardons tous Knox, qui sourit d'un air penaud.

— Quoi ? Déménager, ça creuse !

— Je crois qu'il y a des en-cas dans l'un des cartons de la cuisine, dis-je en m'extirpant de leur étreinte. Et nous devrions probablement finir de déballer si nous voulons faire ce barbecue de pendaison de crémaillère ce soir.

— Rabat-joie, boude Garrett, mais il se lève et me tend la main.

— Plus vite nous aurons fini, fait remarquer Dominic, plus vite nous pourrons étrenner notre nouvelle chambre comme il se doit.

Eh bien. Voilà une excellente motivation pour se remettre au travail.

Le soleil de l'après-midi traverse les immenses fenêtres, créant des flaques de lumière chaude sur le parquet alors que je m'attaque à d'autres cartons. Je viens de découvrir ma collection de sous-verres de bar vintage — soigneusement emballés par Garrett, si l'emballage précis dans du papier journal en est une indication — quand j'entends un léger sifflement dans le couloir.

— Dominic, tu nous as caché des choses, lance Knox, l'excitation claire dans sa voix. Ruby ! Garrett ! Il faut que vous voyiez ça !

Je suis sa voix dans un couloir que je n'ai pas encore exploré, et le trouve sautillant sur la pointe des pieds devant une double porte. Garrett apparaît en face, l'air curieux.

— Qu'est-ce qui t'agite comme ça ? demande-t-il, mais Knox se contente de sourire et pousse les portes avec emphase.

Alors je le vois.

— Putain, je souffle.

C'est un home cinéma. Pas juste une salle multi-média avec une grande télé, mais un vrai de vrai cinéma avec des sièges en gradins, des fauteuils en cuir inclinables, et un écran qui prend presque tout un mur.

— J'en déduis que ça te plaît ? La voix amusée de Dominic vient de derrière nous, et je me tourne vivement pour lui faire face.

— Tu as une salle de cinéma dans ta maison, dis-je, essayant encore d'assimiler l'information. Une vraie salle de cinéma.

— Notre maison, me corrige-t-il, faisant écho à

mes mots de tout à l'heure. Et oui. Bien qu'elle n'ait pas beaucoup servi ces derniers temps.

— Oh, elle va servir, déclare Knox, déjà affalé dans l'un des fauteuils. Les soirées ciné sont désormais officiellement obligatoires.

— Après avoir fini de déballer, lui rappelle Garrett, même s'il est en train d'examiner le système de son.

Je suis toujours sur le seuil, secouant la tête, quand les bras de Garrett glissent autour de ma taille par-derrière. — À quoi tu penses ? murmure-t-il à mon oreille.

— Que c'est de la folie, j'avoue. Tout ça… la maison, nous quatre, tout. Parfois, j'ai l'impression que je vais me réveiller et que tout ça n'aura été qu'un rêve.

Il me fait pivoter dans ses bras, relevant mon menton jusqu'à ce que je croise son regard sombre. — Ce n'est pas un rêve, dit-il. C'est la réalité. Nous sommes réels. Son pouce caresse ma lèvre inférieure. — Je dois te le prouver ?

La chaleur m'inonde les joues alors que Knox siffle. — Allez vous prendre une chambre, vous deux !

— Nous en avons plusieurs, fait remarquer Dominic d'un ton sec, mais Garrett se contente d'un baiser qui réussit à me couper le souffle. Je m'enroule autour de lui, incapable de me sentir assez proche. Il a une façon de me faire oublier le reste du monde.

Il ne nous faut pas longtemps pour nous remettre

au travail, car nous semblons nous arrêter sans cesse pour nous embrasser, ce qui montre à quel point je suis obsédée par eux.

Mais il commence à faire plus sombre dehors, la plupart des cartons sont déballés, du moins ceux de la cuisine. Et nous organisons un barbecue de pendaison de crémaillère pour nos amis les plus proches aujourd'hui.

— Je vais commencer à faire mariner les steaks, propose Garrett. Il s'est autoproclamé chef cuisinier pour la soirée.

— Je vais chercher les guirlandes lumineuses dans mon pick-up, dit Knox. Ce jardin a besoin d'un peu d'ambiance.

Garrett monte à l'étage, et je le suis jusqu'à la grande pièce qui commence à avoir l'air plus habitée maintenant, avec des photos qui apparaissent sur les murs et des touches personnelles qui émergent des cartons. Je m'arrête devant une photo encadrée de tante Eve que quelqu'un a dû déballer, et la touche doucement.

— Elle serait heureuse, dit doucement Garrett. De te voir — de nous voir — comme ça.

— Elle a tout orchestré avec le testament et le fait que je devais me marier avant la veille de Noël, je réponds, en pensant à cette stipulation ridicule qui a tout commencé. D'une manière ou d'une autre, elle savait que ça se terminerait parfaitement.

— Eve a toujours su, approuve-t-il en déposant un baiser sur ma tempe.

Je le regarde s'éloigner, admirant la façon dont ses épaules remplissent sa chemise en flanelle, puis je surprends Dominic qui me sourit d'un air entendu.
— Quoi ?

Knox nous appelle soudainement d'en bas pour l'aider avec les lumières. Nous nous précipitons donc à son secours.

L'heure suivante passe dans un tourbillon d'activités. Knox et moi nous battons avec les guirlandes lumineuses pendant que Garrett et Dominic font des miracles dans la cuisine. Dominic disparaît brièvement et revient avec des chauffages de terrasse dont j'ignorais même l'existence, les positionnant stratégiquement autour de l'immense canapé d'extérieur modulable.

— Ce jardin est immense, je commente, debout sur la terrasse et observant l'espace. Il est plus grand que tout mon appartement, avec des parterres paysagers soignés et ce qui ressemble aux prémices d'un coin brasero.

— Trop ? demande doucement Dominic en venant se tenir à côté de moi.

Je me blottis contre lui, respirant ce parfum addictif de cèdre et de fumée. — Non. Juste… différent et incroyable. Je suis habituée à mon petit balcon avec une chaise bancale.

— Nous trouverons notre espace parfait, promet-il. Quelque chose qui soit à nous dès le début.

— C'est déjà plutôt parfait, j'admets.

Il émet un son évasif, mais je le sens se détendre.

— Attention ! crie Knox d'en haut, et je lève les yeux juste à temps pour le voir perché de manière précaire sur une échelle, essayant de suspendre des guirlandes à travers la pergola.

— Fais attention ! je glapis, mais il se contente d'afficher son sourire d'accro à l'adrénaline.

— Toujours.

— Menteur, lance Garrett depuis l'embrasure de la cuisine. Dois-je te rappeler l'incident du ski ?

— C'était une seule fois !

— Quel incident du ski ? je demande, curieuse.

— Non ! Knox pointe un doigt accusateur vers Garrett. Tu as promis de ne jamais raconter cette histoire !

Les yeux verts de Garrett pétillent de malice. — J'ai promis de ne pas la raconter à tes clients. Ruby n'est pas une cliente.

Je les regarde tour à tour, curieuse d'en savoir plus. J'oublie parfois qu'ils se connaissaient avant moi, qu'ils ont une histoire dont j'apprends encore les détails.

— Raconte ? je demande gentiment, en battant des cils vers Garrett.

Knox gémit. — Oh non, pas les yeux de biche. Au secours !

Mais Dominic se contente de sourire. — En fait, j'aimerais bien entendre cette histoire aussi.

— Des traîtres, vous tous, grogne Knox, mais il réprime un sourire en descendant de l'échelle.

— Très bien. Raconte-lui. Mais rappelle-toi que j'étais clairement stupide à l'époque. Knox pousse un soupir théâtral, ce qui me fait pouffer de rire.

— Tu l'étais ? marmonne Dominic.

Garrett s'appuie contre la rambarde de la terrasse. — Alors, c'était il y a environ cinq ans. Knox venait de lancer son entreprise, et il essayait d'impressionner un groupe de riches clients avec son expertise en ski.

— Je suis un skieur expert, intervient Knox, ses mains jouant distraitement avec mes cheveux.

— Chut, tu as perdu le droit de raconter, je lui dis en me blottissant davantage dans sa chaleur. Continue, Garrett.

— Donc, il y a cette piste très difficile : Devil's Drop. Elle est techniquement interdite à moins d'avoir des permis spéciaux et une grande expérience. Knox décide qu'il va y emmener ses clients, même si des rapports signalaient des conditions instables.

— Pour ma défense, commence Knox, mais nous le faisons tous taire.

Garrett continue en souriant. — Ce jour-là, je faisais une livraison au restaurant de la station. J'arrive juste à temps pour voir Knox guider ce groupe, tous parés de leur équipement de ski de marque. Il frime, fait des virages sophistiqués, jouant à fond la carte du guide expérimenté.

— Oh non, je murmure, sachant déjà que ça va être grandiose.

— Oh si. Le sourire de Garrett s'élargit. Donc il est en train de faire une manœuvre complexe, s'y mettant à fond, quand soudain…

— La neige était poudreuse ! proteste Knox.

— …quand soudain, son ski accroche mal et il s'envole. Mais pas n'importe quelle chute. Il réussit à perdre ses deux skis, à faire une pirouette dans les airs et à atterrir la tête la première dans le seul tas de neige rose de toute la montagne.

— De la neige rose ? je demande, en me tournant pour regarder le visage de plus en plus rouge de Knox.

— La station avait organisé un truc pour la Saint-Valentin, marmonne-t-il. Avec de la neige colorée à certains endroits.

— Il a refait surface en ressemblant à un granité rose très, très en colère, siffle Garrett entre deux rires. Et le meilleur ? Ses clients pensaient que ça faisait partie du spectacle. Ils ont commencé à essayer de l'imiter, en plongeant dans la neige rose. Le temps que la patrouille de ski arrive pour enquêter sur l'utilisation non autorisée de la piste, il y avait six personnes en train de se rouler dans la neige rose, et Knox qui ressemblait à un flamant rose congelé.

Je ris si fort que j'ai à peine le temps de respirer, et même Dominic glousse.

— J'ai quand même fait la vente, souligne Knox, mais il rit aussi. Ils ont réservé une semaine entière de leçons.

— Parce qu'ils pensaient que se jeter dans la neige rose faisait partie de la technique avancée ! Garrett essuie des larmes de ses yeux. La station a dû mettre des panneaux spécifiant *Pas de plongeon intentionnel dans la neige* après ça.

— Mais je pense que je portais mieux le rose que Garrett ne portait la bière quand sa première expérience de brassage a explosé.

— Oh non. Garrett se redresse. Ce n'est pas l'histoire que nous racontons aujourd'hui.

— Je ne sais pas, dit Dominic d'une voix traînante. Je pense que Ruby serait très intéressée d'entendre parler du Grand Désastre de la Bière au Miel.

— Tu es au courant ? Garrett a l'air trahi.

— Je sais tout, dit simplement Dominic, me faisant frissonner d'une manière qui n'a rien à voir avec l'air du soir.

La sonnette retentit avant que nous puissions commencer une autre histoire, et le rire de Hannah flotte dans la maison. Mais alors que nous nous dirigeons tous pour accueillir nos invités, je range ce moment — ce parfait instant d'histoire partagée et de taquineries affectueuses — dans mon cœur. Ce sont les histoires que je veux connaître, les souvenirs dont je veux faire partie, la vie que je veux construire avec eux.

— Je vais ouvrir, dis-je, mais Knox me tire en arrière contre lui.

— Le système de sécurité de Dominic les a probablement déjà laissés entrer, marmonne-t-il contre mes cheveux. Il a raison — quelques instants plus tard, Lily fait irruption sur la terrasse par les portes-fenêtres, les bras chargés de ce qui semble être assez de desserts pour nourrir une armée.

— Cet endroit est dingue ! déclare-t-elle en posant son fardeau. Ruby, ma chérie, tu as officiellement tout gagné dans la vie.

Derrière elle, Hannah apparaît avec encore plus de nourriture. — Rien que la cuisine ! s'extasie-t-elle. J'emménage. Vous ne pouvez pas m'en empêcher.

— Fais la queue, dit Ash d'une voix traînante en les suivant. Il porte plusieurs bouteilles de whisky cher. Patron, c'est une sacrée amélioration par rapport à ton appartement.

Mes joues sont en feu, et je me lève pour les prendre tous dans mes bras. — C'est juste temporaire, je commence à dire, mais le bras de Dominic se resserre sur mes épaules.

— Pour l'instant, approuve-t-il, mais quelque chose dans son ton fait bondir mon cœur. Jusqu'à ce qu'on trouve quelque chose d'encore plus grand et de mieux.

— Mieux que ça ? Lily a l'air sceptique, désignant

du geste le vaste jardin avec son aménagement paysager professionnel et la façon dont la maison semble briller de l'intérieur. J'ai du mal à imaginer mieux.

— Tout va bien là-dedans ? lance Garrett depuis le barbecue, et je réalise que je suis restée silencieuse trop longtemps, perdue dans mes pensées de foyers permanents et d'avenirs.

— *P*arfait, je réponds, et je le pense vraiment. En me levant, je vais l'aider avec les steaks, admirant la façon dont la lumière déclinante du soleil accroche les reflets argentés dans ses cheveux. — Besoin d'un coup de main ?

— Simplement de ta compagnie, dit-il doucement, en me tirant contre lui pour un baiser rapide qui a le goût de la bière qu'il sirotait. Derrière nous, j'entends Knox se lancer dans une histoire élaborée qui fait glousser Hannah et Lily pendant qu'Ash ajoute des commentaires sarcastiques. Puis j'entends la sonnette et, en un rien de temps, d'autres personnes nous rejoignent. Je ne reconnais pas beaucoup de monde, mais mes maris voulaient que leurs amis les plus proches et leurs collègues soient là.

— Je n'arrive pas à croire comment les choses ont tourné après tout ça, j'avoue en me penchant contre le corps solide de Garrett.

Il fredonne pensivement en retournant un steak.
— Incroyable dans le bon sens du terme, ou incroyable au point d'être écrasant ?

— Les deux ? Ni l'un ni l'autre ? Je regarde Dominic esquisser un sourire à quelque chose que dit Ash, tandis que Knox fait la démonstration de ce qui ressemble à une figure de ski particulièrement désastreuse. — Je n'arrête pas d'attendre que le couperet tombe.

— Pas de couperet qui tombe tant que je suis là, promet Garrett. Maintenant, va faire connaissance avec de nouvelles personnes pendant que je finis ça. Et dis à Knox que s'il veut son steak saignant, il a intérêt à arrêter d'essayer de convaincre Lily de le laisser lui apprendre l'escalade.

Je ris et retourne vers le groupe, m'installant dans l'espace entre Hannah et Lily. L'air du soir est parfait — juste assez frais pour justifier de se blottir contre le corps chaud le plus proche, mais pas assez froid pour nous faire rentrer. Pas avec les chauffages d'extérieur qui tiennent le froid de l'hiver à distance.

— Je ne comprends tout simplement pas comment tu as pu avoir autant de chance, dit Hannah, en regardant Knox et Garrett se disputer en plaisantant sur la température du barbecue pendant que Dominic discute avec quelqu'un d'autre. — Moi, je suis coincée avec les désastres des applis de rencontre, et toi, tu te retrouves avec trois spécimens parfaits de mâles Alpha.

— Des spécimens ? ricane Lily. Qu'est-ce que c'est, des expériences de laboratoire ?

— Tu vois ce que je veux dire ! Hannah agite la main d'un air expressif. — Regarde-les. Regarde-les, bon sang ! Knox avec ce visage et cette mâchoire magnifiques, et tout ce côté montagnard un peu sauvage. Garrett, si calme et posé avec son génie de brasseur. Et ne me lance même pas sur Dominic…

— Pitié, non. Je ris en m'installant entre elles sur le grand canapé d'angle. — Son ego est déjà assez démesuré comme ça.

— J'ai entendu ! lance Dominic sans même se retourner.

— C'était fait pour ! je réponds, ce qui fait glousser Knox et Garrett.

— Mais sérieusement, Ruby, dit Lily, les yeux pétillants en se tournant vers moi. — Trois Alphas magnifiques, un manoir, et ce qui ressemble au barbecue le plus cher du monde. Est-ce que je devrais m'inquiéter, moi, ta meilleure amie, de retrouver mon propre corps dans la rivière quand tu n'auras plus de temps pour moi ?

— Lily ! Hannah frappe le bras de sa sœur pendant que je m'étouffe avec ma boisson.

— Quoi ? Je dis juste que si ça se transforme en début de documentaire sur un fait divers, je veux qu'on me reconnaisse le mérite de l'avoir vu venir la première.

Je me mets à rire parce que Lily adore les documentaires sur les faits divers et les place dans les conversations dès qu'elle le peut.

— Si ça peut t'aider, lance Knox de là où il essaie maintenant de jongler avec des bouteilles de bière. — Je suis presque sûr que Ruby pourrait nous battre tous les trois à la bagarre.

— Et comment, j'approuve, en pensant à mes cours d'autodéfense avec Dominic.

— Et puis, ajoute Dominic d'un ton sec, si nous étions des tueurs en série, nous ne serions pas aussi évidents.

Il y a un moment de silence stupéfait avant que tout le monde n'éclate de rire. Voir Dominic faire des blagues et être super détendu me surprend encore, de la meilleure des manières.

— C'est prêt ! annonce Garrett, et c'est la ruée générale vers les assiettes et les places.

Je me retrouve avec mon assiette en équilibre sur mes genoux et la cuisse de Dominic pressée contre la mienne. Knox s'affale à mes pieds, utilisant mes jambes comme dossier pendant qu'il dévore son steak. Garrett nous rejoint après avoir servi tout le monde, s'installant de l'autre côté de moi.

— C'est une tuerie, gémit Lily, la bouche pleine de steak. — Garrett, veux-tu m'épouser ?

— Désolé, je suis déjà pris, répond-il tranquille-ment, et mon cœur a de nouveau cette petite palpitation.

— Ça valait le coup d'essayer, soupire-t-elle théâtralement. — Ruby, tu es une femme chanceuse.

— Crois-moi, je le sais, je murmure, et je sens trois mains distinctes me serrer à différents endroits en réponse.

Je commence à peine à penser que cette soirée ne pourrait pas être plus parfaite quand la première grosse goutte de pluie me tombe sur le nez. Heureusement, c'est au moment où la plupart d'entre nous finissent leur repas.

— Tout le monde à l'intérieur ! crie Garrett alors que le ciel s'ouvre soudainement. Nous nous précipitons tous, attrapant assiettes et verres, essayant de ne pas glisser sur la terrasse de plus en plus mouillée. Dominic, bien sûr, est le seul qui arrive à avoir l'air gracieux.

— Vite, par ici ! je lance, en maintenant les portes-fenêtres ouvertes alors qu'un vent violent se lève de nulle part. Tout le monde s'entasse à l'intérieur, en riant et légèrement humides. Les cheveux de Hannah sont plaqués sur son visage, et le chignon soigneusement coiffé de Lily commence à retomber.

— Eh bien, dit Ash d'une voix traînante en regardant sa chemise trempée. — C'était rafraîchissant.

— Désolé pour ça, commence Garrett, mais je le coupe avec un baiser qui a le goût de la pluie et de la sauce barbecue.

— Tu plaisantes ? C'est parfait. Devant son sourcil

haussé, je souris. — Maintenant, on a une excuse pour leur montrer la salle de cinéma.

— La quoi, maintenant ? Lily se redresse, soudain intéressée.

Dominic apparaît avec une pile de serviettes moelleuses — bien sûr qu'il en avait en réserve — et commence à les distribuer. — Suivez-moi, dit-il, ce petit sourire jouant au coin de ses lèvres.

Je reste un peu en retrait, regardant tous nos amis le suivre comme des chiots excités. Garrett m'attrape par la taille, me tirant contre sa poitrine humide de pluie.

— À quoi tu penses ?

— Juste… heureuse, j'avoue, en me tournant pour lui faire face. Des gouttelettes de pluie s'accrochent à ses cils. — Vraiment, vraiment heureuse.

J'adore me blottir dans ses bras et juste me laisser tenir par lui, quand la voix de Knox dérive jusqu'à nous.

— Si vous deux avez fini de vous bécoter dans le couloir, vous manquez l'imitation de Lily découvrant la salle de cinéma.

— On ne se bécote pas, je réponds, puis je pousse un cri quand les mains de Garrett se promènent sur mes fesses. — Bon, d'accord, peut-être qu'on se bécote un peu.

Quand nous rejoignons enfin les autres, presque chaque siège étant occupé par mes amis et mes maris, je ne peux m'empêcher de rire en voyant Lily affalée de façon théâtrale sur l'un des fauteuils inclinables. — Je ne partirai jamais, annonce-t-elle. — C'est ma maison maintenant. Je vis ici.

— Tu devras te battre avec Ruby pour ça, fait remarquer Hannah, déjà recroquevillée dans un autre fauteuil, les pieds rentrés sous elle.

— S'il te plaît, Ruby a trois Alphas entiers. Elle peut bien partager une pièce.

— Je ne sais pas, commente Ash, en examinant le système de son dernier cri. — Vu à quel point notre patronne peut être bruyante, vous ne voudriez peut-être pas être trop près d'une de leurs chambres.

— Ash ! Je bafouille, sentant mon visage s'enflammer alors que mes compagnons grognent tous possessivement. Il se contente de m'adresser ce sourire aux dents du bonheur, sans aucun remords.

— Quoi ? Je travaille tard au bar, tu te souviens ? Les murs de ces bureaux ne sont pas aussi insonorisés que tu le penses.

Si c'est possible, mon visage devient encore plus chaud. Knox est secoué par un rire étouffé derrière moi, tandis que Garrett a l'air bien trop satisfait de lui-même. Même les yeux de Dominic brillent.

— Bon ! dis-je d'une voix forte. — Qui veut regarder un film ?

— Oh, oui ! Lily rebondit sur son siège. — Quelque chose de romantique !

— De l'action, contre Hannah.

— De l'horreur, disent Dominic et Ash en même

temps, puis ils se regardent et se font un check du poing.

— Quoi que nous choisissions, dit Garrett en me tirant sur l'un des plus grands fauteuils inclinables avec lui. — Est-ce qu'on peut se mettre d'accord pour éviter les films de Noël ?

Je lui donne un coup de coude dans les côtes pendant que tout le monde rit. La plupart d'entre eux connaissent ma relation compliquée avec Noël, à cause de la clause du testament de tante Eve m'obligeant à me marier pendant la période des fêtes.

— En fait, dit Knox, s'installant dans le fauteuil à notre droite tandis que Dominic prend celui de gauche. — J'ai une idée.

Il lance quelque chose sur l'incroyable système de contrôle par tablette, et soudain le générique de début de *Princess Bride* remplit l'écran immense.

— Parfait, je soupire en me blottissant contre le torse de Garrett alors que Hannah et Lily applaudissent.

— Comme vous voudrez, murmure-t-il, et je tends la main pour entrelacer mes doigts avec les siens.

Le film passe, mais je me surprends à regarder mes amis et mes maris plus que l'écran. Hannah et Lily citent leurs passages préférés, tandis qu'Ash et Dominic débattent de la faisabilité de diverses techniques de combat à l'épée. Les mains de Garrett ne cessent de me caresser, de jouer avec mes cheveux, de nouer et dénouer nos doigts. Knox n'arrête pas de me lancer des regards si doux qu'ils font chavirer mon cœur, et même Dominic semble plus détendu que je ne l'ai jamais vu, son intensité habituelle adoucie par la lumière tamisée.

— Tu sais, me murmure Knox à l'oreille pendant un moment calme. — Pour quelqu'un qui déteste Noël, tu en as reçu un sacré cadeau.

Je pense au testament de tante Eve, à ma colère au début. À la façon dont il m'a amené ces trois hommes incroyibles, à la façon dont ils ont comblé des vides dans ma vie que j'ignorais même exister. À la façon dont mes amis ont accepté notre relation inhabituelle sans poser de questions.

— Ouais, je chuchote en retour, sentant trois paires d'yeux se tourner instantanément vers moi, à l'écoute du moindre de mes sons. — C'est vrai.

Alors que le générique de fin défile, je lutte pour garder les yeux ouverts. La longue journée de déménagement, les hauts et les bas émotionnels, et la chaleur de Garrett à côté de moi conspirent tous pour me rendre somnolente.

— Je crois que c'est notre signal, dit Hannah en se démêlant de son fauteuil. — Certains d'entre nous ont des pâtisseries à faire demain matin.

— Mais c'est si confortable, se plaint Lily, bien qu'elle soit déjà debout. — Ruby, j'étais sérieuse pour l'emménagement.

— Trouve-toi tes propres Alphas, je marmonne d'une voix endormie, ce qui les fait rire.

D'autres se lèvent aussi, en bâillant et en commençant à faire leurs adieux. Nous sommes tous debout maintenant.

— En parlant de ça, lance Ash d'une voix traînante dans ma direction. — Je suppose que tu ne seras pas là tôt demain pour ouvrir le bar ?

— Je peux peut-être faire la grasse matinée demain ? je dis d'un air penaud, me sentant coupable.

— Je m'en occupe, ajoute-t-il doucement. — Prends ta journée, patronne. Tu l'as bien méritée.

— Ash, tu es le meilleur.

— Je sais. Il sourit. — Souviens-t'en juste au moment de mon évaluation.

Une fois que tout le monde est parti et que nous avons fait nos adieux, la maison semble soudainement immense et silencieuse. Je suis toujours blottie dans la salle de cinéma avec Knox, tandis que Garrett et Dominic raccompagnent nos amis.

— Prête à aller au lit ? me murmure-t-il à l'oreille.

Mon cœur rate un battement. — Je devrais aider à ranger…

— C'est déjà réglé, dit Garrett, de retour avec Dominic. — Le service de nettoyage s'occupera de tout demain.

Bien sûr que Dominic a un service de nettoyage.

— Alors… Je me mords la lèvre, les regardant tour à tour. — Au lit ?

L'atmosphère change instantanément, se chargeant d'électricité, et je suis complètement partante.

— Si tu n'es pas prête... commence Garrett, toujours le gentleman.

— Je suis prête, je dis rapidement. Peut-être trop rapidement, vu le petit rire de Knox.

— Laisse-nous prendre soin de toi, gronde Dominic en me tendant la main.

Je la prends, le laissant me relever des genoux de Knox. Nous montons à l'étage, et je suis hyper-consciente d'eux trois autour de moi — Dominic en tête, Knox et Garrett juste derrière. La porte de la chambre principale s'ouvre pour révéler cet espace d'un luxe pur, avec un lit qui doit être fait sur mesure pour accueillir confortablement quatre personnes.

Avec mes vêtements, je ne peux m'empêcher de grimper sur le lit invitant, et de m'effondrer sur le matelas le plus confortable du monde. Immédiatement, je suis entourée de peaux chaudes et de parfums familiers. Il faut un peu d'ajustement — un enchevêtrement de membres, quelques repositionnements doux — mais nous nous installons finalement, moi blottie contre le torse de Garrett, Knox en cuillère derrière moi, et la main de Dominic posée sur ma hanche depuis sa place de l'autre côté de Garrett.

— Je crois qu'on a oublié l'étape où il faut se déshabiller, dit Knox doucement, ce qui me fait éclater de rire. Comme si c'était leur signal, ils tripotent déjà mes vêtements, me déshabillant, puis se déshabillant eux-mêmes. Je glousse, essayant de les repousser en jouant, ce à quoi j'échoue bien sûr lamentablement. Leurs baisers et leurs mains sont partout sur moi, et je me laisse tomber amoureuse d'eux, car je ne peux leur résister que pour un temps limité.

Et parce que c'est tout ce que je n'ai jamais su que je voulais. Tout ce dont les vœux sont faits.

Ici, c'est chez moi.

À PROPOS DE HARLEY KNIGHT

Bonjour, je suis Harley Knight ! Je suis une auteure de romans d'amour complètement passionnée par les livres, l'écriture et les fins heureuses. J'adore créer des histoires remplies d'émotion, de passion et de personnages inoubliables qui vous accompagnent bien après la dernière page. Quand je n'écris pas, vous me trouverez plongée dans un bon livre ou en train d'imaginer ma prochaine grande aventure. Pour moi, rien n'est plus beau que de façonner des histoires d'amour qui nous rappellent pourquoi l'amour vaut la peine qu'on se batte pour lui.